林

魅丽文化 花火工作室

国民可爱先生

小北 著

江苏凤凰文艺出版社
JIANGSU PHOENIX LITERATURE AND ART PUBLISHING, LTD

图书在版编目（CIP）数据

国民系可爱先生 / 小北著．-- 南京：江苏凤凰文艺出版社，2019.12
ISBN 978-7-5594-4270-3

Ⅰ．①国… Ⅱ．①小… Ⅲ．①长篇小说 - 中国 - 当代
Ⅳ．① I247.5

中国版本图书馆 CIP 数据核字 (2019) 第 268008 号

国民系可爱先生

小北 著

出 版 人 张在健
责任编辑 张 倩 王 青
选题策划 喻 戎
特约编辑 喻 戎 吴 龄
装帧设计 ABOOK 壹书工作室 阿鬼 Design QQ|476454071
官方微博 @图书出版秒秒米
出版发行 江苏凤凰文艺出版社
南京市中央路 165 号，邮编：210009
网 址 http://www.jswenyi.com
印 刷 湖南凌宇纸品有限公司
开 本 880mm × 1230mm 1/32
印 张 9
字 数 208 千字
版 次 2019 年 12 月第 1 版，2019 年 12 月第 1 次印刷
书 号 ISBN 978-7-5594-4270-3
定 价 38.80 元

目录

CONTENTS

第一章

他以前是我的冤家

这是宋秒秒第五次失恋，准确地说是第五次被劈腿。

前四次她没什么意见，分手就分手，被劈腿她也认了。虽然那几个前男友都很帅，但她对他们的感情并没有那么深，她也就没太难过。可是这次不一样，沈倦不但是她爱慕的男生，他还选在C市高校舞蹈大赛她最丢人的时刻向她摊牌。

宋秒秒怎么想怎么郁闷。

看着宋秒秒难过的样子，言妍递给她一个冰激凌，对她神秘一笑："秒秒，你是不是真的舍不得沈倦？"

"你说呢？"对着平时最爱的冰激凌，宋秒秒毫无食欲，"你说我是不是真的中邪了？怎么每个男朋友都会劈腿？"

言妍将两个冰激凌都塞进自己嘴巴里舔了一口，说："你是不是中邪，那要问算命的才知道，我只问你是不是想追回沈倦。"

宋秒秒重重地点头："想。"

"想就好。"言妍对着宋秒秒笑笑，"那我就告诉你一个秘方。"

"你快说，别卖关子了。"一听言妍有办法，宋秒秒立马来了精神。

"咱们学校最近在流传一个'恋爱锦鲤'的传说，他好像是从美国新来的交换生，经济系的，是校网球队的新晋男神。据说只要在他打赢比赛的时候默默许下恋爱的愿望，就会美梦成真，迅速找到真爱！"

"恋爱锦鲤？什么玩意儿？"听了言妍的话，宋秒秒皱了皱眉，"我说言妍，我拜托你，就算想逗我开心也编个像样的好不好？"

"真的真的，我不骗你。刚开始我也不信，可是你知道陆培培吧？就是你们系那个爱撒娇的女孩。她最近正和一个学弟打得火热，我前天还看到两人在食堂你一口我一口地喂饭。还有我们隔壁寝室的胡可，也天天抱着电话和她男朋友煲电话粥，一打就是两个小时，那个亲热甜蜜劲啊……我要不是心理素质好，都听吐了。"

"那又怎么样？人家恋爱不是很正常？"

“正常？才不正常呢。”言妍低头对宋秒秒降低声音说，“我都打听过了，她们全是在那个‘恋爱锦鲤’赢比赛的时候许过愿，之后才迅速恋爱的。而且她们还偷偷告诉我好几个实现了愿望的人，我观察之后发现她们确实都是最近刚恋爱的。”

看着言妍一本正经的样子，宋秒秒皱了皱眉，问：“真这么神奇？”

“反正也就是许个愿，既不费钱也不费事，你就死马当活马医。万一是真的呢？你不就又抱得沈倦这个校草重新在怀里了？”言妍说着，对她扯了扯嘴角，“不过如果你不在乎沈倦呢，那就随他去吧……”

“我在乎。”宋秒秒打断言妍。说完这三个字，她心里却像被刀扎了一般。

宋秒秒这样是有原因的。

刚进大学那会儿，宋秒秒一度觉得自己是走了桃花运，接连不断有帅哥向她明送情书暗送秋波。年轻的小女孩哪见过这阵势，完全被冲昏了头脑，迅速坠入了爱河。可惜好景不长，她的恋爱来得快去得也快，四段恋情没有一段超过一个月的，而且连结果都一样：以男方劈腿告终。

三天前，宋秒秒的第五次恋情依旧没逃脱被劈腿分手的结果。

而且，沈倦对她说分手的时候，正是宋秒秒最狼狈的时候。

当时，宋秒秒看着眼前丝毫不像开玩笑的沈倦，一边捂着肚子一边皱眉看他：“你说什么？”

“宋秒秒，你刚刚已经听清了，我没必要再重复一遍。我们还是好聚好散吧。”沈倦说着，朝一脸温柔的穆涵走去。

“沈倦，你给我……”宋秒秒很想拉住沈倦，但她的话还没说完，肚子便再次猛然一痛。她再也说不出半句话来，直奔前方的洗手间。

几分钟以后，宋秒秒几乎虚脱在马桶上。她揉着肚子，有些无助。更加让她无助的是，她发现洗手间里根本没有手纸。环顾四周，宋秒秒有点不知所措。

可是她再不知所措，也不会像五分钟前在舞台上时那么狼狈了。

C市高校舞蹈大赛是C市各个大学舞蹈队准备了将近一年的重要比赛，为了这次比赛，宋秒秒更是在脚腕受伤的情况下毅然参加。宋秒秒是C大校舞蹈队最有天赋的王牌选手，校舞蹈队的严教练很看好她，认为她能在此次大赛单人舞项目上夺冠。事实上，在看了其他选手的表现后，宋秒秒确实很有信心，以她的水平，几乎可以说胜券在握。

宋秒秒之所以很看重这次的比赛，是因为这次比赛的奖金有五万块。在比赛之前宋秒秒就打算好了，她要用这笔奖金和沈倦去日本，来一趟甜蜜之旅。

刚开始的时候，宋秒秒的确发挥得很好，毕竟是严教练嘴里的天才队员，宋秒秒独舞的《黑天鹅》，舞姿又稳又美。不论是观众还是评委，都用欣赏的眼光注视着她的每一个动作。

可是谁也没有想到，跳到一半的时候，宋秒秒猛然感到肚子一痛。这一痛来得突然且猛烈，宋秒秒脚下一个不稳，舞步直接错了。好在有过不少比赛经验，肚子虽痛，但宋秒秒咬着牙坚持。可惜肚子实在不争气，脸色苍白的宋秒秒在跳跃的时候终于重重地摔倒在舞台上。

甚至因为痛得实在厉害，她从舞台上艰难地爬起来后，连话都没办法说，就不得不终止比赛，捂着肚子狼狈地离开舞台……

宋秒秒这辈子都无法忘记台下所有人那不可思议的眼神，她恨不得找个洞跳进去。而在后台被沈倦拦住，听了他的分手宣言后，她连找洞的勇气都没有了。

她像被抽空了一般。

其实，因为有前四次的被劈腿经历，宋秒秒并不恨沈倦，她只

番外 他和她的小时光

1

游乐场里，宋秒秒刚刚缠着宋爸爸带她一起坐了旋转木马，十分满足。其实原本她是想坐云霄飞车的，无奈她太小，毕竟她才读幼儿园小班，所以工作人员不允许。好在旋转木马也很好。

就在宋秒秒思考着下一个项目玩什么时，她意外看到一个和她差不多年纪的浑身脏兮兮的小男孩正坐在一个角落里大哭。

她很想拉宋爸爸一起去看看，因为那个小男孩哭得很伤心，可当时宋妈妈在游乐场里迷路了，宋爸爸一直在打电话给宋妈妈指路。

趁着宋爸爸不注意，宋秒秒跑到了小男孩身边，一脸好奇地看着他。

“你叫什么名字啊？怎么在这里哭啊？”

可惜小男孩只是哭，似乎根本没有听到她的话。

“你别哭了，我这里有颗糖，给你吧？”宋秒秒说着，从口袋里掏出一颗彩色的糖果。

像是被施了魔咒一般，看到糖果

是想成为一个职业网球运动员吗？”

靳云琛愣了愣，似乎没有想过这个问题。

“可能吧。”

对这个答案，宋秒秒很不满意：“什么叫‘可能’，你连自己的梦想是什么都不知道吗？”

“你呢？你现在的梦想，还是成为一个伟大的舞蹈家吗？”靳云琛转头看向她，不知道是阳光太晒，还是他身体太热，他的脸好像有点红。

这个问题也让宋秒秒怔了一下，她没想到上次在商场和他说的话他还记得。宋秒秒有点不好意思地点了点头：“嘿嘿，你还记得呀？能不能成为伟大的舞蹈家，我是不知道，不过偷偷告诉你，我已经重新报名继续学习舞蹈了。”

“真的吗？”靳云琛没想到宋秒秒的速度这么快，距离上次他们谈话还没过多久她就付诸了行动。

“对啊，你看看我最近练习的有没有进步。”宋秒秒说着忽然转起了一个圈，双脚垫高，摆出一个芭蕾舞的基本动作，“怎么样，好看吗？”

靳云琛看着宋秒秒穿着运动服跳舞的样子，嘴角忽然勾起一抹微笑。看着眼前的甜美女孩，他觉得嘴唇有点发干，半晌才点了点头开口：“好看。”

“我还没有穿上正式的芭蕾服呢，我告诉你，穿上芭蕾服穿芭蕾舞才好看呢，以后我跳给你看啊。”宋秒秒说着，像是忽然想起了什么，她有点兴奋地对靳云琛说，“靳云琛，那这样行不行，以后我一定努力成为一个舞蹈家，不过你要答应我，你要成为网球世界冠军！”

看着宋秒秒激动的样子，靳云琛淡淡一笑：“好。”

“那我们一起，为梦想奋斗吧！”宋秒秒说着，比了一个剪刀手，“你来比一个，不对，是这样的，然后再笑一个，对，就像我这样，耶！”

这一年，宋秒秒十七岁，靳云琛十八岁。

郁郁葱葱的香樟树，在网球场上落下斑驳的剪影，微风吹过，拂过她的发梢、他的脸庞。

阳光正好。

青春正好。

那些美好的故事，仿佛正要开始。

知道真相的小男孩看着宋秒秒说谎话一点都不脸红的样子，心里一阵惊叹。

宋秒秒说完，像是怕小男孩告状一般，趁人不注意，突然朝他做了一个噤声的手势。

可惜她的手还没放下，柱子后面突然伸出一个头来对宋秒秒大喊：“阿姨，她骗你的，她刚刚一直在游戏厅里打游戏，我作证！”

“你……”可能没想到小男孩突然喊这么一嗓子，宋秒秒整个人都愣了。

“我就知道，我就说你怎么会迷路。”十分了解自己女儿性子的宋妈妈说话的同时，巴掌就落在了宋秒秒身上。

看着宋秒秒上蹿下跳躲着宋妈妈的霹雳八卦掌，靳云琛皱着眉头看着突然跑过来的和他长得一模一样的靳云霆，说：“哥哥，你干吗拆穿她啊？”

“刚刚我在游戏厅看到她玩得可厉害了，比我都打得好。”靳云霆幸灾乐祸地看着不远处的宋秒秒。

刚刚他跑去游戏厅玩，就看到一个穿着舞蹈裙的小女孩熟练地打着游戏，手法娴熟得一点都不像她这个年纪的小女孩该有的。

靳云霆正想上去和她较量一番，结果他的话才说完，小女孩就看了看时间，突然头也不回地对着他挥了挥手跑走了。

“下次吧，我来不及了。”

看着小女孩蹦蹦跳跳慌慌张张的身影，靳云霆有点郁闷地朝她的背影高喊：“下次是什么时候啊？我们还会再见到吗？”

可惜小女孩根本没有听到，身影转眼就消失在人群中。

听完靳云霆的话，靳云琛白了他一眼，说：“你这是嫉妒。”

说完，他也望向不远处的宋秒秒。

只见宋秒秒躲在舞蹈老师身后，一边躲一边求饶：“妈妈我错了，我下次再也不敢了。哎哟，我的屁股都打成八瓣了……”

“还给我贫嘴。”

她的样子太过可爱，以至于兄弟二人都看得入迷了。

“臭小子，别让我再看到你，不然我见你一次打你一次。”宋秒秒得空往这边望，突然发现刚刚和她聊天的小男孩变成了两个一模一样的人，她愣了，小时还没回去，就莫名开心。

这才是真正的周末时光应该有的样子啊。

这是宋秒秒学舞蹈的第二年，在宋妈妈的监督下，她每个周末都要来这里练习舞蹈，没有一点自由。看到那些和爸爸妈妈开心地逛商场的小朋友，宋秒秒不知道有多羡慕。

而她连这半个小时的自由时光都是偷来的。

其实如果是宋妈妈在的话，她连这半个小时的自由都不敢偷。不过今天，她看到陪她来上舞蹈课的宋妈妈出去了一会，机不可失，于是她赶紧捂着肚子对老师说她肚子疼，要上厕所。

从舞蹈教室溜出来后，她先是吃了一个冰激凌，又在另一层的游戏室玩了好一会。算了算时间，这才溜回来。她原本是想先观察一下情况再过去，以防宋妈妈突然杀出来。

“哇，我最羡慕会跳舞的人了。你都会跳什么舞……”听说宋秒秒会跳舞，小男孩羡慕地看着她。

结果他的话还没说完，就被宋秒秒立马捂住了嘴巴。

“喂，你小声点！我都说了我是偷溜出来的。”宋秒秒紧张地看向舞蹈室，没发现异常这才松开小男孩，得意地说，“我会跳的可多了。”

小男孩还想说些什么，突然听到舞蹈室门前有些吵闹。

“宋秒秒去哪了？”外出回来的宋妈妈终于发现了宋秒秒不在，紧张地看向舞蹈老师。

“她说她去上厕所了，不过……这上厕所的时间好像有点长。”舞蹈老师也意识到自己的疏忽，有些着急起来。

宋妈妈皱了皱眉，问：“她去了多久了？”

“估计有一会了，应该没事的，宋妈妈你放心……”

“妈妈，妈妈，我在这里。”见势不妙，宋秒秒和小男孩挥挥手，急忙跑上前去，再不过去，就要出大事了，“对不起，我刚刚好像迷路了。”

“迷路？这商场你来过这么多次，怎么会迷路？”见宋秒秒突然跑过来，宋妈妈疑惑了一下。

“刚刚这层的厕所都满了，我就跑到下一层去，跑着跑着就摸不着路了。”宋秒秒说着，声音委屈了起来。

线，根本没有人扶他，哥哥和温婉也只会站在远处看着摔倒的他哈哈大笑。

小小的靳云琛，哭得更难过了。

靳云琛的爸爸妈妈找过来时，靳云琛嘴里的糖果已经吃了大半，但面对宋爸爸和宋秒秒着急的眼神，他还是没开口说一句话。

靳爸爸靳妈妈一边道谢一边将靳云琛抱走，靳云琛回头看向宋秒秒。而同样被宋爸爸抱走去玩下一个游乐项目的宋秒秒，还在和宋爸爸小声讨论。

“爸爸，他真的不是哑巴吗？那他为什么不说话？”

“也许他只是不喜欢说话。哪有我家的小宝贝这么多话。”说着，宋爸爸挠了挠怀里的宋秒秒的痒痒。

“哈哈哈，好痒，哈哈哈。”

宋秒秒的笑声渐远，懵懂的靳云琛也不知道为什么，自己就一直盯着她远去的方向看。

这一年，宋秒秒三岁，靳云琛四岁。

靳爸爸没有发现，怀里的靳云琛刚刚还哭得委屈，现在却忽然莫名地笑了笑。

靳云琛也说不上为什么，只是觉得嘴巴里的糖果，很甜很甜。

比他从前吃过的任何一块糖，都要甜。

2

商场五楼，一个穿着漂亮舞蹈裙的小女孩正鬼鬼祟祟地在一个柱子后面张望。不远处，是一家名为LUCK的舞蹈室，玻璃窗内，许多和她穿着一样舞蹈裙的小女孩正在跳舞。

她朝着那间教室张望，不知道到底在看什么。

“你在这干吗？”耳边突然响起小男孩的声音，宋秒秒吓了一跳。

她转头就看到一个穿着干净的小男孩正站在自己身边，也学着自己的样子好奇地朝舞蹈室的方向张望。

宋秒秒没好气地说：“关你什么事？”

说完，见小男孩原来好奇的眼神忽然变得有点委屈，她觉得自己说话好像不太友善。想到自己这偷来的半会儿悠闲，她又对他笑笑：“我不想练舞，偷偷跑出来的。”

宋秒秒想到自己刚刚借口肚子痛出来上厕所，却在外面晃荡了小半个

“咦，怎么变成两个了？双胞胎？哎，妈，你别打了，你看那边，大变活人……”

这一年，宋秒秒六岁，靳云霆靳云琛兄弟俩七岁。

那个时候他们谁也不认识谁，只以为对方是自己人生路上的一个匆匆过客。谁也没想到，多年以后，他们还会在彼此的生命里谱写那么多的故事。

3

Z城一中的网球场上，宋秒秒一身白色运动服，扎着马尾，举着网球拍，一副跃跃欲试的样子。她对对面的靳云琛挑衅般地挑了挑眉，说：“靳云琛，发球吧，我准备好了！”

靳云琛同样穿着一身白色的运动服，他头戴网球帽，目光平静，看不出丝毫波澜。

突然，他将手中的网球朝空中一抛，轻轻挥动着球拍，网球便朝宋秒秒飞来。

宋秒秒的目光死死地盯着飞过来的网球，脚步随着网球的方向移动着。她看准时机，猛一挥拍，然后……网球掉到了脚边。

靳云琛沉默。

“嘿嘿，那个，意外意外，再来再来。”宋秒秒尴尬地将网球捡起来，学着刚刚靳云琛的样子，挥动网球拍将网球传过去。

靳云琛站在原地，一动不动，适时挥动球拍，网球就折返了过来。

宋秒秒双眼死死地盯着网球，终于找准时机出击。

“嘿！”宋秒秒大力一挥，“哇，我接住了我接住……”

话未落音，只见网球打到了球网中，掉到了地上……

“可能你没这方面的天赋。”靳云琛看着滚到地上的网球，点评道。

“谁才第二次拿起球拍就会的？而且我感觉比上次在商场那个网球馆有进步多了。来，咱们再来！”宋秒秒再次作势站好。

没错，这是宋秒秒第二次打网球。

自从前不久学校的夏令营活动中，靳云琛一鸣惊人地打败了得意扬扬的七班同学，她就对靳云琛佩服得五体投地，三番五次缠着靳云琛教她打网球。

靳云琛无奈，到底还是抵不过她的软磨硬泡，前不久刚被她拉去一家网球馆打过一次，这次又被拖到了学校的操场。

其实，他看一眼就知道宋秒秒不是打网球的这块料。

“谁才第二次拿起球拍就会的……”

这句话，靳云琛虽然没有反驳，但他甚至见过第一次拿起网球拍就会打的人，而且有两个，一个是他，一个，是他的哥哥靳云霆。

像是天生就和网球有不解之缘一般，十岁那年，第一次接触网球，他就喜欢上了这项运动，他的哥哥也一样。靳爸爸看到两个孩子的热情，便给他们请了一位专业私教，每日刻苦训练。

用教练的话来说，他们两个打网球的天赋，真是百里挑一。

但是不知道为什么，两人每一次的较量，都以哥哥落败告终。

靳云琛想起每次和靳云霆对打时，靳云霆发力过猛，势不可挡。但败就败在他太过用力，太想赢。

靳云琛不知道该怎么和哥哥说他的技术问题，因为每一次靳云琛想提出这些问题的时候，他就会对靳云琛不屑地大发雷霆。

“你少用一副高高在上的姿态来教训我，我才是哥哥！”

这样的话，靳云琛听了不少遍。

是啊，他是哥哥，可是哥哥和弟弟之间，从什么时候开始变得这么剑拔弩张了？

靳云琛想不明白。

“想什么呢？”见靳云琛一副神游的样子，宋秒秒突然朝他高喊。

“我们先休息一下吧。”靳云琛示意宋秒秒一起坐到旁边的香樟树下。

宋秒秒早就被太阳晒得一身汗，跑过来畅快淋漓地喝一大口水之后，又急忙递水给靳云琛。

“靳云琛，你从什么时候学习打网球的啊？你一直都打得这么好吗？”宋秒秒的八卦之心在上次找他练习的时候就燃起了，可惜，靳云琛似乎根本没有打算理她。

“十岁吧。”靳云琛想了想，说，“可能我骨子里就喜欢打。”

后一句算是对宋秒秒的第二个问题的回答。

很谦虚的回答。

宋秒秒没想到靳云琛这次能回答她，有点激动：“哇，你真厉害！那以后你的一瞬间，小男孩顿时不哭了。他接过宋秒秒递过来的糖，一边抹着鼻涕一边把糖塞到嘴巴里，还带着满脸泪水对宋秒秒笑了笑。

“你的爸爸妈妈呢？”宋秒秒像个小大人一样看着小男孩。她之所以这么熟悉这些话，是因为来游乐场不久宋爸爸就这样帮助过一个和父母走散的小男孩。宋秒秒有样学样，连语气都学着宋爸爸。

小男孩却只是看着宋秒秒，仿佛听不懂一般。

“秒秒，你跑哪去了？吓爸爸一跳！”宋爸爸忽然慌张地过来抱住了宋秒秒，很显然是挂了电话后才发现身边的宋秒秒不见了。

宋秒秒却一脸严肃地对宋爸爸嘘了一声，说：“爸爸，你小声点，这个小哥哥，他好像不会说话。”

宋爸爸也发现了一脸眼泪的小男孩，望了下四周，宋爸爸对他说：“小朋友，你爸爸妈妈呢？”

小男孩还没说话，宋秒秒却开了口：“爸爸，他不会是哑巴吧？”

靳云琛心想：我才不是哑巴，我只是从小就不爱说话。

今天是温婉的生日，两家人约定一起来游乐场玩。温婉是靳云琛妈妈闺密的女儿，小小年纪的他当然不懂什么是闺密。他只知道他从小就经常和温婉一起玩。不，准确地说，是他和哥哥还有温婉一起玩。更准确地说，是大人们让他们三个一起玩，但通常大人看不到的时候，哥哥就和温婉一起玩，不带他。

今天也是一样。

大人们碰到一起，仿佛有说不完的话。他们三个便在附近跑来跑去。温婉今天穿着漂亮的裙子，像一个小公主。她还掏出一个魔法棒，说要给他们两个变彩色的糖果。结果当然是没变出来。但她从她妈妈那里要了三个糖果，跑过来要分给他和哥哥靳云霆。

可惜糖果递到他手里时，哥哥突然一把将他推开，拿起那个彩色的糖果对他说：“你来追我们呀，你追到我们了，这颗糖就给你。”

说完，哥哥便拉起温婉的手往前跑。

然而，靳云琛还没跑多久就不小心被一块石头绊倒了，他瞬间就大哭起来。可惜他已经跑离了大人们的视是很纳闷。这种纳闷甚至让她顾不得想，比赛当中肚子为什么会突然莫名地疼痛。这三天里，她只是一直在思考一个问题：她到底中了什么邪？她的爱情都以这么狗血而统一的方式结束。

可惜她百思不得其解，唯一想明白的是：沈倦和前四个男生不一样。

如果以分数来评价她对他们五人的感情，前四个男生的分数加起来也没有沈倦高。所以，在听了言妍的话以后，宋秒秒深吸了一口气。

“那个什么‘恋爱锦鲤’在哪儿？带我去瞅瞅。”

C 大的网球队素有“C 市未来之星”的称号，学校不仅给了网球队特定的训练场地，还聘请了退休的专业网球教练出任网球队教练。在按照正规运动员的标准训练的情况下，校网球队多次和市内有名的网球俱乐部合作出战，而且战绩一直很显赫。也因此，C 大的校网球队在学校里一直地位很高。

但跟在言妍身后左拐右拐地走向网球馆的宋秒秒，是第一次来这里。

因为从小就有一个成为舞蹈演员的梦想，所以，宋秒秒的大部分业余时间都贡献给了舞蹈训练。人人都说她有超高的舞蹈天赋，却不知道她比别人多花了多少时间在训练中。

两人刚到网球馆，还未走近，便远远地听到欢呼声。

“真是好运呀，好像他们正在比赛！”看到不远处围观的人群，言妍有些激动。

“不对呀，要是这个‘恋爱锦鲤’真这么灵，怎么没人在许愿啊？”走近一些，宋秒秒观察了一下，发现围观的人没有太多，大部分还是男生。

可能刚刚有人赢了球，所以才有人欢呼，但更多的时候大家都只是安静地看着场内的比赛。

“这你就不知道了吧？你以为随便许许就能灵的啊？”言妍对宋秒秒说，“据培培说呀，一定要在那个‘恋爱锦鲤’赢球的那一瞬间许愿，而且一定不能招摇，最好偷偷进行，别让人看出你在许愿，在心里一直默念喜欢的人的名字就好了。这个秘密目前也只在极小范围内流传，所以还没那么轰动。”

“真有那么邪门？他是月老啊？”宋秒秒还是有点怀疑。

“你试试不就知道了？记住啊，一定要在他赢球的那一瞬间在心里许愿，不然不灵了可别怪我——呐，就是那个戴帽子高个子的男生。”言妍说着，伸手指向了赛场上左边的男生。

顺着言妍指的方向，宋秒秒看到穿着纯白色网球运动 T 恤的男生，他的帽檐压得很低，但手中的网球拍握得很稳。宋秒秒不是第一次看网球比赛，她发现那个男生的打法很强势，速度也很快。

因为距离有点远，宋秒秒害怕错过男生赢球的瞬间，所以目光一直没有离开他。但是越看那个男生，宋秒秒越有一种熟悉感。

当男生抬头接球时，宋秒秒终于彻底怔住了。

“不会这么巧吧？”看到男生的脸时，宋秒秒有些恍惚，她不敢置信地咽了咽口水，碰了碰身边的言妍，“言妍，这个‘恋爱锦鲤’叫什么？”

言妍也正目不转睛地看着男生，听了宋秒秒的话，她头也不回地说：“他叫什么来着？培培说过一次，我忘了，反正大家都叫他‘恋爱锦鲤’，叫什么随便啦。”

“是不是叫……靳云琛？”

“对对对，好像就是这个名字。”言妍恍然想了起来，但下一秒她就疑惑地看向宋秒秒，“不对，你怎么知道啊？”

宋秒秒没有回答她，但从宋秒秒震惊的眼神中，言妍立马察觉到了猫腻：“怎么？你们认识？”

宋秒秒看着网球场上一个猛挥将球拍向对手的靳云琛，咽了咽口水：“何止是认识啊，准确地说，他以前是我的冤家……”

“5 ：3！靳云琛赢了！”

“看来裴之枫的队长位置要拱手相让了！”

“支持！靳云琛太厉害了！”

……

宋秒秒的话还没说完，观众们突然兴奋地尖叫了起来，将她的声音完全盖了过去。

“你刚刚说什么？什么冤家？”言妍看了看宋秒秒。宋秒秒正心虚的时候，言妍突然扭过头拉了拉刚刚说话的男生，问：“这是什么情况？什么‘裴之枫的队长位置要拱手相让’？”

男生愣了愣，反问：“你不知道这场比赛是靳云琛和裴之枫为了争夺校网球队队长职位而举办的吗？”

还没等言妍反应过来，男生已经给了她一记“你不知道的话来凑什么热闹”的眼神，又继续和身边的人兴奋地为靳云琛欢呼起来。

看得出来，靳云琛很受欢迎，至少有一大半的观众为他赢得比赛而欢呼。

当然，也有为裴之枫输了比赛而感到难过的。

宋秒秒身边就有一个。

原本宋秒秒还在思考怎么和言妍讲述她和靳云琛的冤家路窄，但现在完全没有这个必要了，因为言妍的心思已经完全转移到裴之枫身上去了。

言妍好不容易找了一个脾气好的人打听了一下，才弄清楚今天的比赛具体是怎么回事。

原来三天前，靳云琛约定和裴之枫比赛，比赛的赌注是校网球队队长的身份。至于他们之间为什么会有这样一场比赛，还要从靳云琛说起。

靳云琛是作为美国斯坦福大学的交换生来到C大的，进入学校的当月他就申请加入校网校队。C大的校网球队不是普通学校的校队组织，因为赢得了不少比赛，不但在C市，甚至在全省都是数一数二的网球战队，所以校网球队的教练当然不会随意让人进来。因此，校网球队苏教练设下了不少考验。然而，让所有人都没有想到的是，靳云琛不但以最高标准通过了这些考验，战胜了苏教练安排的队员，还都以碾压式的分数胜出。这让苏教练简直如获至宝，他当然是张开双手热烈欢迎这位网球天才。

靳云琛技术了得，加上长相帅气，身材高挑，他在正式加入校网球队的第二天就被封为网球队的新晋男神。

队员们对他心悦诚服，女生看到他两眼放光。

然而，所有人都发现，这位新晋男神对谁都和和气气的，唯独对校网球队队长裴之枫不太友善。

在靳云琛没有出现之前，裴之枫一直是校网球队的风云人物，在他的率领下，球队也确实打出了不少好成绩。按理说，原本应该是裴之枫对这位抢了他风头的新晋男神有敌意，但大家发现事情恰恰相反，靳云琛处处挑衅着裴之枫，连训练的时候两人间都擦着火花。

终于，在三天前，他向裴之枫下了挑战书。

言妍不知道这些也是情有可原，因为三天前她们正在参加C市高校舞蹈大赛。

“这只‘臭锦鲤’，仗着自己打得好，欺人太甚！”了解到事情经过的言妍气愤地替裴之枫打抱不平。

“怎么，你的裴学长输了，你这么心疼啊？”看着言妍愤愤不平的样子，宋秒秒打趣她。

“抢了裴学长的风头就算了，连队长的身份也要抢去，你不觉得有点过分吗？”如果是在平时，听到宋秒秒提裴学长，言妍一定面红耳赤。但今天看着裴之枫站在赛场上被打败的样子，她除了满眼的心疼，再也顾不得其他了。

宋秒秒也顺着言妍的目光望去，就见靳云琛已经走到了裴之枫面前。

二人身高相仿，这样针锋相对，赛场上立马多了一丝紧张的气氛。观众席上的人停止了欢呼，全都静静地看着他们。

“你的技术很好，可惜体力差了点，身体也不太灵活。”靳云琛看着裴之枫，眼神里满是不屑。

裴之枫握了握球拍，倒显得平静：“我输了，以后你是队长。”

“这是理所当然。”靳云琛说着，剜了裴之枫一眼。

虽然离得有点远，可是在看到靳云琛那个眼神的时候，宋秒秒心里还是一紧。

不知道为什么，宋秒秒总觉得这个人和她认识的那个靳云琛很不一样。

她认识的靳云琛虽不至于温柔如白月光，但在她的记忆中，哪怕他再生气，也从来没有对谁发过火，更不可能有这么阴鸷的眼神。不过她又转念想了想，已经三年不见，靳云琛又去了国外，有些改变也许也是正常的……

“都怪我，要是我早点来给裴学长加油助威，他肯定就不会输的。每次我在的时候，裴学长都会赢的！”

言妍是裴之枫的头号迷妹，只要没有舞蹈训练，她一定会在网球馆观看裴之枫的训练，要是裴之枫有什么比赛，她更是第一个到场支持，摇旗呐喊。

言妍的话打断了宋秒秒的回忆，她抬头才发现靳云琛已经拿着球拍转身离开了。

随后裴之枫也离开了。

“裴之枫，不要气馁，你是最棒的！”一声高呼让转身离开的裴之枫突然回头，他望向声音的来源——宋秒秒旁边的言妍。

不知道是不是言妍的声音太响了，不但裴之枫回头了，连快走出赛场的靳云琛也朝这边看了看。

宋秒秒立马扭过头去，生怕被靳云琛看到。

不过还是晚了，她明显感觉到一道目光落到了自己身上。

“靳云琛不会看到我了吧？”宋秒秒也说不上为什么害怕被靳云琛看到，但她还是情不自禁在心里嘀咕，“都三年没见了，也许他早就把我忘了吧？”

裴之枫给了言妍一个微笑之后转身继续走了，见两位男神都离开了，围观的人也朝网球馆门口挤去。一路上，大家有的在为裴之枫感到惋惜，有的在为靳云琛高超的技术惊叹。

“对了，你刚刚许愿了没有？”刚走出网球馆门口，言妍像是想起了什么，突然看了看宋秒秒。

“啊？我……忘了。”宋秒秒这才想起，她们来这里是为了许愿的。

向靳云琛许愿……宋秒秒想了想她以前对他做的事，心道：就算他真如传说一般灵验，他也不可能保佑我吧！

这个想法，显然不止她一个人有。因为她刚说完，言妍就气鼓鼓地说：“不过没许也好，赢裴学长的比赛，就算许了愿也肯定也不灵，哼！”

宋秒秒：你在逗我？

因为宋秒秒的意外退赛，C 大校舞蹈队队长穆涵以高分获得了 C 市高校舞蹈大赛单人舞冠军。同时，她还收获了爱情。

校内网上，有人传出一张穆涵获得冠军后在后台被沈倦抱起来的照片，与之明显对比的是另一张照片：宋秒秒捂着肚子在舞台上瘫倒、表情抽搐的样子……

大家的一致评价是：校草沈倦抛弃宋秒秒，爱上穆涵，无疑做出了一个正常男人的正确选择。

这种“大猪蹄子”的言论被一个 ID 名叫“大言不惭”的网友破口大骂，可惜支持宋秒秒的人还是少。

言妍故意不让宋秒秒看到那张照片，但宋秒秒不用看，也可以想象出当时沈倦抱着穆涵是怎样的表情——他会挑着眉头，嘴角勾起一个温柔的微笑，用充满柔情的眼神深情地望着……穆涵。

宋秒秒之所以知道，是因为她当初就是被沈倦这个笑容迷倒的。

宋秒秒永远都记得自己第一次单独遇到沈倦那天。

那还是一个月前，那天，因为独自练习舞蹈到很晚，所以她是最后一个离开舞蹈室的。初秋的夜已经有些凉，舞蹈室离生活区有段距离，这个时间点路上几乎没有什么人影，路灯昏黄，四周安静得有些可怕。

没走多久她就被一只突然出现的黑猫吓了一跳。

看着那只眼睛发亮的黑猫，宋秒秒还没来得及反应，下一刻，一道人影出现了。

“不好意思，吓你一跳吧？”

说话的是一个穿着白衬衫的高挑男生。

他的嘴角挂着一抹淡淡的微笑，声音很轻，说话的时候满眼温柔地望着宋秒秒。

他就是沈倦。

C 大的校草沈倦，宋秒秒当然知道。只不过宋秒秒从进大学后每天努力练习舞蹈，无暇顾及其他，加上她那接连不断的桃花运，她和沈倦也不在一个系，所以她和沈倦几乎没什么交集。

那晚可以算是他们第一次的正式相识。

宋秒秒当时也谈过四段不长的恋爱了，虽然她连接吻都还没来得及经历就分手了，但她也多少懂得了爱情的味道。

宋秒秒当然不是那种贪恋男色的肤浅女生，但当时看到沈倦的眼神，她的内心突然生出一种从未有过的悸动。在那四段恋爱中，她都从未体验过这种悸动。

同样感受到悸动的还有沈倦，说完那句话后，他就看着宋秒秒，渐渐怔住了。两人凝望着对方，目光缱绻，直到那只黑猫再次叫了几声，两人才有点不好意思地从对方的身上移开视线。

后来宋秒秒才知道，那只黑猫是只流浪猫，腿还受了些伤，沈倦正打算抓住它带它去看兽医。

之后，他们二人合力将那只黑猫抓住，并送到了兽医那里。

让宋秒秒没想到的是，第二天当她从舞蹈室练习完回宿舍时，她再次在昏黄的路灯下看到了沈倦。

“我是怕再有野猫吓到你。”沈倦温柔地对她笑笑。

第三天，沈倦在同样的位置等着宋秒秒，但他没像前一天一样直接将她送回宿舍，而是先请她吃了一家很有特色的消夜。

第四天，沈倦出现在宋秒秒面前时，怀里抱着那只治好了脚伤的黑猫，身后还藏着一束玫瑰花。

……

一个星期之后，宋秒秒就沦陷在沈倦温柔的眸中。

宋秒秒答应沈倦的追求时，心里只有一个声音：我想和他在一起。

在一起的半个多月里，他们没有吵过一次架，每天甜蜜地在一起，做着正常情侣做的事，看最热门的电影，一起去食堂吃饭，还一起养那只黑猫。

宋秒秒相信，一定是哪里出了问题，才导致沈倦和她分手。如果真是邪门，那么用许愿这种办法来解决，未尝不可。

可是她怎么也没有想到，好不容易有个人可以让她和沈倦重归于好，结果对方居然是被她欺负了三年的高中同桌，想一想当初靳云琛对她的态度……只有八个字可以总结她的命运：冤家路窄，天要亡我。

如果用一个成语来形容宋秒秒之后那几天的状态，“萎靡不振”最合适不过了。

她蓬头垢面地窝在宿舍的床上，舞蹈也不练了，心里唯一的想法就是命运对她实在太残忍。

言妍也没有顾得上安慰宋秒秒。裴之枫那天战败后，她觉得有必要献出自己的一份爱心，所以她天天上课很积极，有事没事地找机会和裴之枫上同一堂课，方便对他嘘寒问暖。

舞蹈队的严教练原本是打算对宋秒秒那天比赛落败的原因和她认真谈个话的，但因为亲眼看到了宋秒秒在后台被甩的过程，为了照顾她的感受，这个谈话也一拖再拖。

宋秒秒在寝室里窝到第三天的时候，严教练的谈话时间也终于拖到极限了。被同学传话说严教练让她去舞蹈室时，宋秒秒心下一紧。

其实这几天她也是有意不去舞蹈队的，原本她被严教练寄予厚望，希望能在本次的大赛中拿下冠军，结果却出了这样的岔子。一想到严教练，还有自己在舞台上狼狈摔倒的样子，宋秒秒就于心有愧。

不过她也知道，出了这样的事，队里肯定会过问的。所以收拾了一下后，她还是来到了以前几乎每天都会来的舞蹈室。

校舞蹈室在艺术楼的一楼，严教练特意挑了一个大家都在上课没来训练的时间喊她，所以宋秒秒赶过去的时候，舞蹈室里只有严教练一个人在。

严教练当初也是国家级舞蹈队备选苗子，只是听说她也在一次重要的比赛中出现了重大失误，左腿受伤，之后的水平便慢慢下降，她也慢慢不再抱着成为舞蹈家的梦想，最终选择了做校舞蹈队的教练。

也正因如此，在看到这么有舞蹈天赋的宋秒秒时，她才格外惜才。

“严教练……”宋秒秒来到严教练面前，满脸愧疚地看着她。宋秒秒很想对严教练说声“对不起”，但不知道是不是最近发生的事让她太难过，她张了张嘴，终于还是没有说出来。

“你的失误很让人意外，”严教练伸手捋了捋宋秒秒耳边的头发，声音很轻，却开门见山，“我后来想了想，这有失常理。这几天你冷静下来，有没有想过到底是怎么回事？”

“当时肚子突然一痛，”宋秒秒像是陷入了难堪的回忆当中，咬了咬嘴唇说，“但那天不是我的生理期，比赛那些天我也严格注意着自己的饮食，所以……我也不知道到底是怎么回事。”

“本来打算第一时间给你的身体做一个检查的，但是……”严教练想到那天在后台沈倦对宋秒秒说的话，终于还是避开了这个话题，“你仔细想想，赛前你有喝过什么东西吗？”

为了保持最佳状态，宋秒秒将一切意外因素都考虑了进去，每次比赛前她都会十分注意，那天也一样。宋秒秒想了想，没想出什么特别的地方，于是摇了摇头。

“严教练，为什么会这么问？你是怀疑有人……”

“我也只是例行问一问，你不要想多了。”严教练说着，拍了拍她的肩膀，“这样吧，这几天你好好休息一下，调整一下状态，趁着最近没有什么比赛，先休息一段时间。”

作为严教练的心头肉，宋秒秒早已经被严教练当作自己的亲生女儿一般疼爱了。宋秒秒也和她很亲近，所以她知道宋秒秒把这次的比赛看得很重。她还记得当初宋秒秒跑来对她说，等自己赢了比赛拿了奖金就和沈倦去日本旅行的。

宋秒秒感激地看了看严教练，这几天她也确实没有心思练舞。

只是宋秒秒没想到，她刚离开舞蹈室，就看到了两个让她心思更乱的人。

不远处的花坛边，沈倦紧紧地拉着穆涵的手，满眼柔情。穆涵站在他面前，垂着眼帘，满脸的幸福。

因为离得远，她听不清沈倦和穆涵在说着什么。事实上，不用听到他们说什么，他们现在这般模样，就让宋秒秒觉得呼吸困难了。

沈倦身高一米八一，身材修长，穿着白衬衫，戴着黑框眼镜，斯文又温柔。穆涵也从小学习舞蹈，虽然天赋不及宋秒秒，但身材高挑，一副温婉模样。两个人此时看上去是那么登对。

其实，前四任男友劈腿之后，宋秒秒也看到过他们和新欢恩爱的模样，但大概是在一起的时候很不正式的缘故，所以她并没有什么特别的感受。但这一次她明显觉得有点崩溃。

更加让她崩溃的是，下一秒，她看到沈倦忽然撩起穆涵的头发，吻住了穆涵的唇……

要知道，宋秒秒和沈倦谈了大半个月的恋爱，也才牵牵手，她几次想把自己的初吻献出去都未遂。可是穆涵和他才在一起一个星期，就……

以前宋秒秒总听人说“整个世界都塌了下来”，当时她还不知道那是什么意思，但在这一刻，她懂了。

“这也太过分了！秒秒，那可是你的沈倦啊，他怎么能这样！”

宋秒秒被这突如其来的声音吓了一跳，转头就看到言妍也正目不转睛地盯着沈倦他们。

“你什么时候来的？”宋秒秒可好几天没在白天看到过言妍了。

“我这不是想着，好几天没来舞蹈队训练了，怕教练找我吗？没想到我刚到，就看到这对奸夫淫妇光天化日之下做出这种苟且之事。”言妍头也不回地说，“秒秒，虽然我对靳云琛抢占我们家裴之枫网球队队长职位的行为很不耻，但是为了你的终身幸福，我觉得你必须要把沈倦抢回来了！”

说着，言妍一本正经地转过头，认真地看着宋秒秒：“必须要抓紧了，否则他们再这样发展下去，生米就要煮成熟饭了。”

宋秒秒哑口无言。

“我打听过了，今晚靳云琛和D大校网球队有一场比赛，你赶紧趁机向‘恋爱锦鲤’许愿吧！”

看着沈倦温柔的样子，宋秒秒咬了咬嘴唇，她确实不想失去他。

见宋秒秒还在犹豫，言妍像是想到了什么，对她认真地说：“我知道，你是担心我在忽悠你是吧？这样吧，我好人做到底，今晚我先许愿，让你亲眼看看到底灵不灵。要是明天我和裴之枫在一起了，我看你还有什么话说。”

提到裴之枫，言妍的眼睛里仿佛冒出了爱心……

宋秒秒没想到言妍会说这样的话，当场给了她一个大大的拥抱。

“言妍，你也太够意思了！”

有姐妹如此，夫复何求啊？

第二章

喜欢他？除非她瞎了

宋秒秒去网球馆的第一天，靳云琛没有比赛。

宋秒秒去网球馆的第二天，靳云琛没有比赛。

宋秒秒去网球馆的第五天，网球队放假……

宋秒秒看着大门紧闭的网球馆，心情十分郁闷。

“有没有搞错？怎么会没比赛了呢？”

这是言妍向靳云琛许愿后的第六天，也是宋秒秒雷打不动前来网球馆的第五天，如你所见，结果很不理想……

宋秒秒很着急啊。

她不能不着急，因为她亲眼看到这个“恋爱锦鲤”有多灵验！

就在言妍向“恋爱锦鲤”靳云琛许愿的第二天，她向裴之枫告白的时候，真的被接受了！

当时情况是这样的——

许完愿的第二天，言妍像前几天一样，害怕裴之枫被靳云琛打败后心里不好受，便特意在上课的时候坐到裴之枫身边，有意无意地问他一些问题，并趁机把特意买给他的他喜欢喝的奶茶递给他，以温暖他受伤的小心脏。

往常，裴之枫只是示意她将奶茶放到面前的桌子上。然而这次的情况不一样，在言妍递给裴之枫奶茶的时候，裴之枫将言妍手里的奶茶直接拿了过来，然后在言妍惊喜的目光下，将奶茶插好吸管，又将吸管递到言妍的嘴边，接着柔声说：“送了这么多次奶茶，你不打算尝尝它的味道？”

“呃……”言妍愣了一下，然后激动地含住吸管，吸了一口奶茶，才说，“其实尝过。我也很喜欢这款奶茶。”

“是吗？”裴之枫微笑地看着她，“是喜欢这款奶茶，还是喜欢我？”

言妍没想到裴之枫会这么问。她想到了自己昨天许下的那个愿望，觉得这是许愿的力量，于是她笑着说：“都喜欢，不过更喜欢，你喂的这杯。”

言妍说完，却不知道自己的脸已经红成了苹果。

看到言妍认真的眼神，裴之枫突然又将吸管放进了自己的嘴里，吸了一口奶茶，他才说：“我也觉得这杯奶茶味道特别好，也许是因为……它有恋爱的味道吧。”

听懂了裴之枫话里的意思，言妍激动地看着他：“裴学长，我喜欢你很久了，我可以……做你的女朋友……”

“不可以。”言妍的话还没说完，裴之枫就打断了她，她整个人就像被泼了一盆冷水，心情瞬间降到了冰点，但她还没来得及感受这份悲伤，裴之枫突然拉起她的手接着说，“不可以……我也不允许我喜欢的女生先向我表白，因为我觉得，表白这种事，一定要男生主动开口，这份爱情，才会更浪漫。”

裴之枫说完，在言妍还没有反应过来的时候，深情地看着她，说：“言妍，其实我已经注意你很久了，你真的，是一个特别可爱的女孩，我是否有幸……用我的余生，来呵护你呢？”

听完裴之枫的话，言妍感觉自己心里已经炸开了烟花……

“嗯嗯，裴学长，我愿意。”言妍用力地点头，仿佛在答应裴之枫的求婚一样。

不，她比被求婚还要激动。

当天，言妍是一个人走进教室的，但在走出教室的时候，她已经亲昵地挽着裴之枫的胳膊了……

看到这一幕的宋秒秒完全傻了眼，晚上在宿舍听言妍讲述了她告白的过程后，更是瞪大了眼睛：“真这么灵？也太邪门了吧？”

对于这个疑问，言妍没有回答，因为她急着打扮，要和裴之枫去看电影了。

第二天宋秒秒就坐不住了，她一大早就直奔网球馆。

可是一天过去了……一个星期过去了，靳云琛再也没有打过任何比赛。

宋秒秒只有一个感觉——她和靳云琛，真的是冤家。

但宋秒秒觉得这样坐以待毙下去也不是办法，如果她再不抢回沈倦，沈倦和穆涵可能真的就生米煮成熟饭了。

为了自己的终身幸福，宋秒秒决定主动出击。

宋秒秒是那种长相甜美、眼神单纯无害的姑娘，这也是她被封为校舞蹈队队花的原因。

这样一个人见人爱的队花，在独自一人前往校网球馆的时候，心里却在打鼓。

这是她和靳云琛分开的第三年，她清楚地记得，高考完她拦住靳云琛，问他打算报考哪个大学时，靳云琛对她说的话——“我不会告诉你的，我再也不想见到你了。”

其实当时靳云琛说这句话也是在情理之中的，毕竟，高中同桌三年，他就被宋秒秒欺负了三年，使唤了三年，他要是还想被她欺负……那就真的不正常了。

因为这句话，宋秒秒难过了好几天。她曾经也问过自己：“我真的那么讨厌吗？”

但她没有得到答案，因为能给她答案的那个人，已经不知道去哪里了。

然而她没想到，三年后的今天，她不但要见他，还有事求他。

想到三年前两个人最后一次见面时靳云琛对她的态度，宋秒秒便越来越没底气了。

宋秒秒走进网球馆时，才发现和昨天网球队集体放假休息的情况不一样，每个队员都在进行训练。但是她在人群中搜索一遍，独不见靳云琛。最后，她在网球队教练办公室发现了她想找的身影。

“云琛，裴之枫要辞去校网球队队长的职位，还推荐由你来做队长，你的意思呢？”

“推荐？呵……”

“按你的水平和成绩来说，当然是早该由你来做这个队长的。

就这么定了，也希望你不要推辞哈。”

“我当然不会推辞。”

“那就好、那就好……还有一个事，和 D 大的比赛，你打得很好，这是这次比赛赢得的奖金，你……”

“留给队里作公用资金吧。”

“每回都留给队里，这不太好吧，这是你的个人奖金啊。”

“我不需要。”

……

宋秒秒刚来到办公室外，就听到里面传来的对话，她不禁愣了：见钱这么不亲，还是个正常人吗？

“教练，没什么事我先出去了。”

“好好好。”教练一连三个“好”，宋秒秒感觉他的声音里竟带了几分敬畏……

她还没来得及思考这敬畏是从哪来的，眼前就出现了一双大长腿。

三年不见，靳云琛的腿倒是长了不少啊。

“嗨，靳云琛。”看到靳云琛，挡在门前的宋秒秒马上挤出一个笑。

靳云琛却看着她皱了皱眉。

看到靳云琛难看的脸色，宋秒秒就知道自己来之前心里打鼓是真的打对了。

靳云琛确实不想看到她……

可是为了沈倦，她豁出去了。宋秒秒一脸谄媚地对靳云琛笑笑：“你不认识我了？我是宋秒秒啊。我知道你是在怪我以前对你太不温柔，以前我的确不该欺负你。看在老同学一场的份上，你能不能帮帮我啊？我就是想问问，你什么时候有比赛啊？最近有吗？”

宋秒秒着急地一连问了几个问题，生怕靳云琛不理她，但对方依旧满脸写着“你是谁”。

靳云琛还没有来得及问出这个问题，苏教练就从办公室走了出来。

“你是谁？”苏教练看着宋秒秒。

宋秒秒立马甜甜一笑：“教练你好，我和靳云琛是高中同学，我来看看他。”

“哦，高中同学啊？我听说靳云琛以前是Z城人，三年前才移居美国，正好奇怎么没看到他在学校有熟人。同学好，同学好，那你们聊……”苏教练说着，走出办公室。

“我知道你很不想回忆那段过往，我发誓，和你高中同桌的那三年也是我时常忏悔的时光。”苏教练一离开，宋秒秒立马继续恳求地看着靳云琛。

听到这句话，靳云琛像是想起了什么一样，他松了松眉头：“高中同桌？”

“嗯嗯。”

靳云琛眼里有什么一闪而过，问：“你叫宋秒秒？”

“嗯嗯，靳云琛，是我是我，嘿嘿。”

靳云琛盯着宋秒秒看了半晌，看着她兴奋的样子，他幽幽地将嘴角一扯：“你想请我帮什么忙？”

“靳云琛，我就说你最好了，不会忘了咱们俩高中同桌三年的同窗之情。”见靳云琛松了口，宋秒秒眉飞色舞，“你就来一场比赛，让我许个愿，好不好啊？”

关于“恋爱锦鲤”的名声，靳云琛不是没有听说过一些流言蜚语，不过他无所谓，特别是也没人因此打扰他的生活，他就更加不在乎了。没想到，宋秒秒会因为这个事公开找他打比赛……

靳云琛看着一脸认真的宋秒秒，眉眼含笑：“你真的想让我帮你实现愿望？”

“嗯嗯，非常想。”宋秒秒点头如捣蒜，生怕靳云琛看不出她的诚心。

“既然你找我帮忙，那我也刚好找你帮个忙。我们网球队刚好缺一个助理，教练正托我找，要不，你来？”

“好啊好啊，不过，助理是干什么的？”

“我什么时候要你找助理了？”教练不知道什么时候走了过来。他凑到靳云琛耳边小声说完，又对一脸期待的宋秒秒笑笑：“呃，通俗点讲，就是打杂干粗活的。”

宋秒秒心里苦。

她就知道靳云琛不会那么轻易放过她……

校网球队教练姓“苏”名“正”，大家都亲切地称呼他为“老苏”。在他的带领下，C大校网球队原本就是本市排名第二的网球队。但他没有想到，靳云琛加入校队之后，网球队更是如虎添翼。最近的几场比赛他们都赢了，特别是前不久和D大网球队的比赛，他们以绝对领先的比分赢得了比赛，战胜了一直领先于他们的D大网球队，这让苏教练直接把靳云琛供了起来。

上一个被苏教练供起来的是裴之枫。

这也是让苏教练感到遗憾的地方。两员大将在手，按理说应当是好事，可是苏教练发现，靳云琛沉默寡言，球技了得，哪哪都好，就是和裴之枫相处得不是很愉快，准确地说，是处处针对着他。这让苏教练有一种只得舍弃一人的遗憾。

现在这件事还没有处理好，靳云琛又擅自招来一个助理。虽然苏教练对靳云琛这种行为不是特别满意，但他完全默许了这种行为。

谁让他还打算靠靳云琛为他多赢几场比赛，成为他手上的头号天才球员呢？这可是网球教练最值得骄傲和最有成就感的一件事了。

球员好找，天才难寻。在苏教练的眼里，靳云琛更是百年难遇的天才网球运动员。

所以，苏教练按靳云琛的意思，拟定了一份助理合同交给了宋秒秒。

宋秒秒当然不懂合同，但懂不懂对她而言不太重要。她看着眼前的合同，只是觉得有点蒙。虽然在来的路上她有想过，靳云琛会趁机报复高中三年她对他的欺负，但当这一切真的发生时，她还是有点心酸。

她还以为靳云琛没那么小心眼呢。

现在看来，他不但小心眼，还很记仇。

她宋秒秒也是从小到大被家里人宠着的小公主，亲爱的老爸连地都不让她扫，她现在要到网球队来当个打杂的？

宋秒秒想想就觉得后悔，她怎么就主动跑过来找靳云琛了？

靳云琛也看出了宋秒秒的犹豫，他不疾不徐地站了起来，对宋秒秒笑了笑："签不签合同随你，我这个人从来不喜欢强迫人的。"

靳云琛说着，就朝办公室外面走去。

"别、别，我签、我签，不过，这总要有个期限吧？我做多久的助理你才比赛啊？"

看到宋秒秒紧张的样子，靳云琛勾了勾嘴角："一个月吧。"

宋秒秒愣了，问："一个月？"

一个月以后沈倦和穆涵都发展到哪一步了，她不敢想象……

靳云琛像是看出她的想法一样，继续往外面走："你要是不愿意，我保证我两个月都不会参加比赛。"

这是赤裸裸的要挟啊。

宋秒秒没发现，听到靳云琛说这句话的时候，老苏比她还紧张。

不过老苏还没来得及说话，宋秒秒就咬了咬嘴唇，像是下定了什么决心似的，说："那你要说话算话呀，一个月以后可千万要信守诺言。"

靳云琛这才停下脚步，转过身，像是吃定她一样，嘴角一扯："白纸黑字，签字画押，你怕什么？"

为了沈倦，宋秒秒深吸了一口气，拿起笔，唰唰签上了自己的大名。

“好了，是从今天开始吧？”宋秒秒迫不及待地把合同递给靳云琛，心里算盘着，今天已经过了半天，这打杂的日子能提前一天结束也是好的。

“当然。”靳云琛接过合同，满意地看了看，“恭喜你，现在正式成为校网球队的助理。”

还没等宋秒秒吐槽这声“恭喜”从何而来，靳云琛就戏谑地看着她，说：“宋助理，去星巴克买杯拿铁吧，我有点渴了。二十分钟的时间够不够？”

“现在？”宋秒秒愣了一下，“从网球馆到学校门外最近的星巴克，可最少两公里呢。”

“怎么，第一天上班就有意见？”靳云琛挑了挑眉。

宋秒秒无奈，一边翻着白眼一边跑出网球馆，她跑得很急，所以没有注意到身后有一道意味深长的目光。

饶是经常跑步喜欢运动的人，跑完四公里，加上排队买咖啡的时间，也至少要半个小时，更何况是宋秒秒这种弱女子。所以，当宋秒秒喘着粗气提着咖啡回到校网球队的办公室时，时间已经过去了四十分钟。

“你太慢了。”看着喘着粗气的宋秒秒，靳云琛没有半分同情，“等着你的咖啡，我早就渴死了。”

“你知道有多远吗？”宋秒秒可怜巴巴地望着靳云琛，“我已经用了最快的速度了。”

“看在你的态度还算诚恳的份上，你这助理的第一件工作，就算完成了。”靳云琛接过咖啡，朝苏教练举了举，“不过这咖啡，还是苏教练喝吧。”

“你不喝？你刚刚不是说你快渴死了？”宋秒秒皱了皱眉。

“我是有点渴，不过更重要的是，我想试试你这个助理听不听话。”靳云琛慢条斯理地说。

宋秒秒心里想打人。

“好了，现在第一件工作完成了，开始第二件吧。”靳云琛说完就转身朝外面走去。

“第二件？第二件是什么啊？”宋秒秒喘着粗气追上去。

三分钟以后，宋秒秒站在网球场上，旁边是保洁阿姨帮忙拿过来的拖把和水桶。

宋秒秒看着身旁这些东西，顿时有一股不好的预感。果然，下一刻她就听到靳云琛的声音：“把球场拖干净，先用沾了水的湿拖把拖一遍，再用干拖把拖一遍。记住，拖完以后，球场上一定不能有水渍。”

“等等，这不是清洁阿姨的工作吗？怎么也要我来做？”宋秒秒傻了眼。

“以前是，但现在有助理了，就不需要麻烦阿姨了。”

宋秒秒蒙了，有没有人帮她分析分析，她是不是掉到什么坑里了？

“怎么，有意见？”见宋秒秒一动不动，靳云琛扭头问她。

宋秒秒也迎着他的目光看过去。

在宋秒秒的印象中，靳云琛一直是一个长相俊美的男生，而且他性格温柔，高中的时候就有不少女同学向他暗送秋波。

不知道为什么，她总觉得靳云琛完全不像三年前的样子，他的变化太大了。她甚至怀疑，眼前的人真的是三年前她常常欺负的那个大男孩吗？他的目光深邃，她完全看不懂他在想什么，他的眼神丝毫不像三年前那样的温柔单纯。

但想到自己以前欺负他的样子，宋秒秒又觉得现在靳云琛对她做的一切似乎都是合理的，只是有点……

“靳云琛，你这不是明目张胆地公报私仇吗？”宋秒秒说出了心里的话。

听到这句话，靳云琛皱了皱眉，反问："公报私仇？"

"我知道我以前不该处处欺负你，但是……我那是觉得和你是好朋友，开玩笑的嘛，你为什么还耿耿于怀啊？"

"可是我要是就这么耿耿于怀呢？"

宋秒秒没想到靳云琛会这样说，她有点无奈地撇了撇嘴："我总感觉你和以前完全不一样了，就像……就像是两个人。"

靳云琛眉眼轻挑，问："是吗？那你是喜欢以前的靳云琛，还是喜欢现在的靳云琛呢？"

当晚，宋秒秒是拖着一身快要散架的骨头回到宿舍的。

而宿舍里的言妍，刚和裴之枫一起吃完晚饭回来，正在幸福地哼着小曲儿。

"姑奶奶，你这是盗墓去了吗？怎么搞得灰头土脸的呢？"言妍将宋秒秒扶到床上，后者沾床就四仰八叉地倒下了。

"你要是拖八个网球场那么大的地，还要拖两遍，还要没有一点水渍，你肯定比我还要灰头土脸……"宋秒秒有气无力地说。

听完宋秒秒的话，言妍愣了一下，问："拖八个网球场的地？什么情况？宋秒秒，你不会是去干什么兼职了吧？"

原本宋秒秒打算说"不是"的，但一想想，也确实是兼职，只不过别人兼职有工资，她是白干。

当她把今天的事从头到尾地说了一遍后，言妍直接用崇拜的眼神痴痴地望着她。

"秒秒，以前我真是小看你了，你真是太伟大了！为了爱情，你这样付出……我要是沈倦，一定一边哭着将你抱住，一边诉说对你的爱！"

宋秒秒一把推开真的扑上身来的言妍："感谢上天，你不爱我……"

言妍嘿嘿一笑："那你还没吃饭吧？刚好，我这里有打包的寿司。"

等言妍将打包盒打开，宋秒秒几乎是狼吞虎咽地将那包寿司塞到嘴巴里的。

"你慢点吃、慢点吃，没人和你抢。怎么样，味道不错吧？这可是裴学长特意为我买的。"提到裴之枫，言妍满脸的幸福。

看着言妍的样子，宋秒秒心里更加苦，她懊恼道："真后悔那天没有和你一起许愿，你说我作什么死啊……"

宋秒秒真是肠子都悔青了，如果那天她也一起许了愿，现在她肯定正和沈倦幸福地在一起，哪还用得着干苦力啊？

"对了，你上次不是说你和靳云琛是什么冤家，到底是怎么回事啊？"

没想到言妍会突然提到这个，想到今天靳云琛的所作所为，宋秒秒咽下嘴里最后一口寿司，也有点怀念以前的靳云琛了。

宋秒秒就读的高中是 Z 城第一中学，也是 Z 城最有名的高中，几乎所有的 Z 城顶尖学生都汇集在这里。她算不得顶尖，也就算个中等，顶尖的是她的同桌——全校第一名的靳云琛。

十六岁的靳云琛是个性格温柔不太爱说话的男生，平时安静得像一棵树。他喜欢穿干净的白衬衫，身上常常有很好闻的味道。宋秒秒说不上来那是一种什么味道，但她很喜欢闻。

宋秒秒从一开始就对她的这个同桌抱有极大的兴趣。

靳云琛不但成绩一流，长相也很像当红偶像明星，很多小女生看到他都会脸红。然而宋秒秒发现，这样一个条件如此优越的男生，居然连烤红薯是什么都不知道。

有一天中午，宋秒秒没吃饱，特意溜出校园买回来一个烤红薯。她原本准备在上课前解决掉它，结果拿到教室里，还没吃两口，她就看到旁边的靳云琛正好奇地盯着她手里的红薯。

“你吃的这是什么？怎么这么香？”

看着靳云琛好奇的小眼神，宋秒秒笑了半天。

“烤红薯啊，你没吃过啊？”宋秒秒觉得靳云琛是在逗她。更逗的是，靳云琛居然认真地摇了摇头。

宋秒秒永远也忘不了靳云琛那天捧着半块烤红薯啃的样子，她以为靳云琛也和她一样只是饿了，所以才这样骗她，直到放学时她看到一辆劳斯莱斯来接靳云琛回家。

也是那天，宋秒秒才知道，靳云琛打小出行就是坐这种豪车。而且据说他家里超级有钱，全世界都有他家的生意。靳云琛就是那种含着金汤匙出生的孩子，他的衣食住行都有专人照顾，所以烤红薯这种普通老百姓的食物，他根本没有机会也根本不需要知道是什么。

听了这个传言以后，宋秒秒对她的同桌只有一个印象：土豪！

宋秒秒对她的“土豪”同桌更加好奇了，她特意找了个时间和她的“土豪”同桌闲聊。

宋秒秒心潮澎湃地问：“你家真的很有钱？”

靳云琛诚实回答：“不知道。”

“那你真的从小到大都是被豪车接送？”

“嗯。”

“那你家是不是很大？”

“嗯。”

“是不是有好多玩具还有好多人陪你玩？”

“我早就不玩玩具了。”

靳云琛说到这里，宋秒秒发现他的眼神有些许的孤独。从小就会察言观色的宋秒秒意识到什么，她皱了皱眉：“我看平时也没有什么人找你玩，你也不爱找别人玩，你是不是一直这么一个人，没什么朋友？”

靳云琛没有说话，但宋秒秒从他的眼神中找到了答案。

“那你天天多无聊啊。你平时都干吗呢？”

“看书。”

“你还真是一个爱学习的好学生，怪不得你次次考第一。”说到这里，宋秒秒的眼睛转了转，“既然你这么喜欢学习，以后我的作业你都帮我写，怎么样？我每天给你带个烤红薯。”

靳云琛原本是不愿意的，直到宋秒秒一边拿着香喷喷的烤红薯凑到他的鼻尖，一边瞪着一双无辜的大眼睛。不知道为什么，看着宋秒秒可怜兮兮的眼神，他想起了他家的小猫咪。

那样可怜又无助的小眼神，一模一样。

于是，从那天起，富家少爷、天才学霸靳云琛就成了宋秒秒的专属作业代笔，代笔条件是一个烤红薯。

但是，一个星期以后，靳云琛才发现自己被宋秒秒那无辜的小眼神给骗了。有时候因为零花钱被宋秒秒提前挥霍光了，他连烤红薯的影子都没有看到。

不光如此，轮到宋秒秒值日的时候，她还找借口说自己肚子痛，让他替她打扫卫生。

靳云琛才发现，自己这是上了宋秒秒的当了。

他很想罢工，想把她的作业丢到垃圾桶里。

可惜每每这个时候，宋秒秒的演技就爆发了，她再次瞪着一双无辜的大眼睛，化身小猫咪。那可怜的小眼神还是没让靳云琛狠下心来。

特别是宋秒秒又带了一种新的食物去教室后。

当时宋秒秒一边大口地吃着香喷喷的肉夹馍，一边把香味往靳云琛那边扇。

靳云琛原本是想置之不理的，但宋秒秒吃得实在太香了，他终于情不自禁地咽了咽口水……

宋秒秒嘴角勾了勾，心里很是得意。然后她装作很不经意地又掏出一个肉夹馍来递给了他，大方地说：“不小心买多了一个，你要帮忙吃掉吗？”

靳云琛咬了一口肉汁醇香的肉夹馍后，就完全忘记他还在生宋秒秒的气了。

“这个在哪儿买的啊？”

“好吃吗？以后我还给你买。”

“好吃。”

“那你以后还帮不帮我写作业？”

“嗯嗯。”

看着靳云琛狼吞虎咽的样子，宋秒秒在心里得意地笑：哼哼，小样儿，还想逃出我的手掌心，门都没有！

想到这里，宋秒秒忽然想起白天靳云琛在网球馆问她的问题——那你是喜欢以前的靳云琛，还是喜欢现在的靳云琛呢？

她喜欢以前的靳云琛吗？

她不知道，不过她记得以前倒是有同学这样说过。

“宋秒秒，你是不是老早就贪图靳云琛的美色，想据为己有啊？”

“我贪图他的美色？你眼瞎了啊。”

“那你干吗老欺负他啊？”

“我就是觉得他太闷了，逗他玩。”

“嘁，我才不相信呢。你就是喜欢他，只有喜欢他的人，才愿意花时间逗他。”

现在想想，如果是以前的靳云琛，她也许可以考虑一下。但是想到三年后的靳云琛对她的态度，她连忙摇了摇头——喜欢他？除非她瞎了。

宋秒秒的眼睛没瞎，她自己清楚。靳云琛是不是在报以前她欺负他的仇，她也很明了。但这种明了让她很心痛。

她不知道这三年里究竟发生了什么事，让他变成这样——

变成了一个一大早就打电话喊她起来给他买早餐的恶魔！

当时宋秒秒还在睡梦中，她迷迷糊糊接通电话又挂掉电话，反应过来之后看了看时间，手机上清楚地显示，现在是早上五点！

宋秒秒想把手机砸了。

早上五点啊，她练习舞蹈的时候都没起过这么早！

等宋秒秒买好早餐送到网球馆时，她更来气了。因为网球馆里的靳云琛啥也没干，正跷着二郎腿坐在椅子上，一心一意等着他的早餐呢，模样比大爷还要大爷。

有这个闲工夫，自己早就买回来吃完了啊！

苍天啊，是什么让一个温柔单纯的美少年变成了心如蛇蝎的恶魔啊！

宋秒秒在心里痛哭呐喊。

她很想把早餐扔在靳云琛脸上，但当她真正走到靳云琛跟前的时候，笑得却异常温柔："云琛，你的早餐。按你的要求，三明治加牛奶，请慢慢享用。"

"很好。"靳云琛满意地接过早餐。

看着他慢慢享用的样子，宋秒秒心里只有一个念头：这都是报应啊！

"大哥，我想问一下，你天天都是起这么早的吗？"在靳云琛喝完最后一口牛奶后，宋秒秒殷切地看着他，生怕这一个月都要惨遭到这样的虐待。

靳云琛却云淡风轻地看着她："难道你平时这个点还不起床？"

宋秒秒委屈道："刚刚你打电话的时候，听不出来我还在睡觉？"

靳云琛很满意这个答案，他嘴角微扬："很好，那就以后都这个时间送早餐来。"

她是不是不该问这个问题的？

“那现在早餐我也送来了，时间还早，我可以回去睡个回笼觉了吗？”宋秒秒可怜巴巴地看着靳云琛，后者却顺手拿起旁边的网球拍扔给了她一个。

“从买早餐的时间开始，你的工作时间就开始了。”

“有没有搞错呀，那我这一天要工作多久啊？肯定不止八小时，你这……你这是违反劳动法的……”

“怎么，不乐意做？”靳云琛打断宋秒秒，幽幽地说，“你可以毁约，大不了我永远不比赛而已……”

就把她吃得这么死吗？

做，做，怎么能不做呢！

她现在只有一个念头，就是穿越到高中时期，告诉自己：千万不要总是欺负靳云琛，一定要对他好一点！不，对他特别好！让他再次见到自己的时候好感恩戴德！

宋秒秒这样想着，愤愤地拿起旁边的抹布开始擦拭网球拍，然而她还没擦两下，就发现靳云琛用疑惑的眼神看着她。

“怎么了？我擦的方式不对？”

“谁让你擦网球拍的？”

“你不是让我开始一天的工作，开始干活吗？”

靳云琛没理她，径直走到网球场的一侧，这才对她示意一下，说：“你的工作是陪我练球。”

“练球？助理还要做这个？”宋秒秒刚说完，不等靳云琛回答，就像想通了一样，挥了挥手里的球拍说，“好，那就来吧。”

看着对面噙着一抹微笑的靳云琛，宋秒秒心想，她以前怎么就没发现他这么小心眼呢？

她知道，她这次是彻底栽在靳云琛手里了，不把她折磨够，他是不会善罢甘休的。

既然如此，就让暴风雨来得再猛烈一点吧。

其实宋秒秒以前就知道靳云琛是网球天才，她还陪他一起打过网球。

高中时期的靳云琛，除了成绩好、长相好，网球也打得特别好。

不过他这项技能隐藏了许久，还是因为宋秒秒才显现出来的。

当时是在高二，他们全年级参加了一个夏令营活动，而其中一项活动就是打网球。全年级八个班，各自为战。同学们以自愿参加的方式比赛，一个一个跃跃欲试。这原本只是一项娱乐活动，然而，谁也没有想到，后来越打越激烈，打到最后，牵动了所有围观者的情绪。

八个班中，七班最强，他们班一个同学打败了所有对手。

虽然宋秒秒所在的四班和七班激战到了最后，却还是败了。

七班的同学甚是得意，觉得自己天下无敌，放话有任何不服者皆可上前挑战。

大家对七班同学的嚣张都甚是不屑。

宋秒秒更是痛恨自己是个网球白痴。

“要是我会打网球，我非上去教训他不可！太嚣张了！”

愤怒归愤怒，不屑归不屑，她也只能嘴上说一说，谁叫她根本不会打网球呢？

她的话说完片刻后，她身边的靳云琛就朝赛场走去。

当时他只说了三个字：“我来吧”。

半个小时后，号称自己是网球第一的七班同学哭着败了下来。

他是真的哭了，因为他以 0 ∶ 6 的比分惨败。

这场比赛赢得大快人心，七班同学以外的所有人都为靳云琛欢呼。

看着靳云琛帅气的模样，宋秒秒也第一次觉得，天天让他替自己写作业，实在是有点屈才。

靳云琛下了场以后，整个班的同学都热情地围了上去，有递毛巾的，有递水的……

看到漂亮的女班长第一个冲上前去将自己的水递到靳云琛面前，原本已经抱起水瓶准备冲过去的宋秒秒犹豫了一下，但她最后还是走了过去。

“靳云琛，你打得真棒！”宋秒秒一边说着，一边也将一瓶矿泉水递到了靳云琛面前。

靳云琛的目光落到宋秒秒身上，他越过面前的几个人，伸手接过宋秒秒的水。

“谢谢。”靳云琛的声音很淡，说完便仰起头大口地喝着水。

他的汗珠顺着脖子往下流，宋秒秒第一次觉得男生流着汗的样子可以这么好看。

宋秒秒心里有点高兴，不知道是因为他们班赢得了冠军，还是因为她发现靳云琛自始至终都没有看一直举着手递给他水的女班长。

第二天放学后，宋秒秒便背着网球拍拦住了正准备上劳斯莱斯回家的靳云琛。

“靳云琛，我知道你一直不想替我写作业，那你教我打网球吧？”宋秒秒勾起嘴角，一脸兴奋。

靳云琛看了一眼宋秒秒背后的粉色网球拍，声音有点冷淡：“你为什么想打网球？”

“因为我觉得打球很酷啊，特别是打败对手的时候。你不知道，昨天你打球的样子真的特别帅！”宋秒秒一边说着，一边将自己新买的网球拍递到靳云琛面前，“怎么样，我昨天去买的，是不是挑选球拍的眼光很不错？”

不知道是不是被宋秒秒夸赞的原因，靳云琛的脸有些红。但是，他没有评价宋秒秒的网球拍，直接上了车，只撂下一句：“如果只是觉得酷，那还是不要学了。”

“哎，你……”宋秒秒对靳云琛的反应一头雾水，再想问的时候，靳云琛的车子已经走了。

宋秒秒哪有那么容易死心，她开始软磨硬泡。

靳云琛被她缠得不行，终于无奈地教她打了一次。

网球场上，靳云琛给宋秒秒讲解一些基本规则，结果话还没说完，宋秒秒便兴奋起来。

“我知道我知道的，我特意看了网上的规则介绍和视频。不信你试试看。”说着，宋秒秒学着电视里网球运动员的姿势站好，还象征性地挥了挥球拍。

看着宋秒秒相当不标准的姿势，靳云琛有点不知道该说什么。

“你的网球偶像是谁？费德勒吗？我也觉得他打网球的时候好帅啊！”见靳云琛兴趣缺缺，宋秒秒开始想办法吸引他。

“你什么时候学打网球的啊？

“会打网球你怎么从来不说啊？

“你在哪学的啊？”

……

但不管宋秒秒如何问，靳云琛就是在这些问题上异常回避，似乎这触犯到了他的什么禁忌。

直到宋秒秒问了那个问题——

“靳云琛，你是不是每次都能打赢啊？”

“你说，一直赢是不是也是一种错啊？”靳云琛看着手里的网球拍，语气有些失落。

“啊？”宋秒秒以为靳云琛是在拐弯抹角说她打得烂，十分不服气，“靳云琛，你别太得意，那是你还没有遇到我，打败你的天才就站在你面前。”

不过宋秒秒的话到底说早了。正式开始后，宋秒秒摆好姿势，等着靳云琛的发球，可是，她每一次都只能眼睁睁地看靳云琛发的球从自己身边飞过。

速度太快了，她有时甚至根本看不到球……

她感觉有点小小的丢人。

之后靳云琛就没怎么教她打过球了，用他的话来说，宋秒秒实在没有任何打网球的天赋……

像是想到了以前靳云琛对她的网球技术的评价，宋秒秒拿起网球，率先对靳云琛发起一记猛攻。

然而，下一刻，她就眼睁睁地看着靳云琛击打回来的网球从她的网球拍旁飞出去……

她的技术果然还是一如既往的……烂。

靳云琛嘴角一勾，发起新的进攻："再来。"

结果依旧是……宋秒秒跑过去捡球。

"这种水平，你怎么能胜任网球队的助理？"看着宋秒秒捡球的样子，靳云琛双手抱臂，嘴角挂笑。

但是他没有想到，他的话音刚落，宋秒秒突然发起了进攻。因为错过了最佳机会，这一次，靳云琛没有接到球。

"谁说我不能胜任的？"看着弯腰前去捡球的靳云琛，宋秒秒狡黠地笑着。

看着宋秒秒得意扬扬的样子，靳云琛勾了勾嘴角："秒秒，几年不见，你学会耍赖了。"

"是你话太多。"宋秒秒举起球拍摆好姿势认真地看向他，"来吧！"

但宋秒秒下一秒就后悔了，因为她感觉靳云琛朝她发来的球快得像火箭……

那一早上，宋秒秒不记得自己捡了几次球，摔倒了几下，网球拍被她甩出去几次……她只是在靳云琛每次重新发球的时候问一句："大哥，这是最后一个球了吗？"

靳云琛不说话，球已经飞了出去……

最后一个球是在早上七点钟结束的。看到靳云琛终于放下网球拍时，宋秒秒这才直接瘫倒在球场上。当时她心里只有一个想法：要让她在陪靳云琛练球和拖两遍网球场之间选择的话，她发誓自己一定会毫不犹豫地选择后者！

拖地要命，陪靳云琛打一次球，却要两次命！

不过宋秒秒通过这次陪练也发现了一些问题，于是喝完一口水回过神后，她看了看靳云琛，直接将问题问出口：“靳云琛，你改打法了啊？我记得你以前都是右手握拍，怎么现在成左撇子了？”

听到宋秒秒的话，靳云琛一怔，随后慢慢地说：“为了更好地进攻。”

“靳云琛，我恨你。”以为靳云琛是故意针对自己，宋秒秒气得咬牙切齿。

靳云琛却笑了笑，语气温柔：“是吗？可是我怎么感觉自己那么喜欢你呢？”

“你……”宋秒秒没想到靳云琛会突然这样说，不知怎么回事，脸颊有些发烫。

“秒秒，你的脸好像红了，不会是因为……你也喜欢我吧？”靳云琛语气含笑地说着，已经拿着毛巾走到了宋秒秒面前，要给她擦擦脸上的汗。

宋秒秒一把拂开了他的毛巾，正想说点什么，就看到网球馆的门开了。

裴之枫背着网球包，缓缓地走了进来。

“裴之枫，你又迟到了。”见到裴之枫走进来，刚刚还一脸深情模样的靳云琛眉头一紧。

裴之枫看了一眼宋秒秒，对她点头示意一下才缓缓地看向靳云琛：“我当队长的时候，可从来没有规定过队员要准时来。”

“现在是我在当队长……”靳云琛冷冷地看着他，“所以，作为队员，你必须要遵守我的规矩。在我规定的这个时间段里，你必须在我的视线中。”

看着气场明显变得不一样的靳云琛，宋秒秒咽下刚刚喝的水，不敢说话。

她只感觉，在裴之枫走进网球馆时，空气中骤然升起一丝丝凉意。

第三章

我也是初吻呀

宋秒秒和裴之枫一直以来并没有什么交集，她几乎是从言妍那里了解他的。

作为C大医学系的男神，裴之枫长得确实很帅气，而且他先前还是校网球队的队长，迷妹众多。言妍就是其中一个。

不过宋秒秒也意外从男生的嘴里听到一些流言，说裴之枫十分多情，曾经交往过不下十个女朋友，而且大多数的女朋友是他通过网络撩到的。

有人背地里说他是渣男，空有一副好皮囊，却专爱勾搭少女。

但他的迷妹完全不在乎，用她们的话来说，“爱一个人，只要在爱的时候对她一心一意，就是最好的爱”。

而且她们还用事实来反驳“裴之枫是渣男”的言论——“你们看他谈过那么多次恋爱，有一个女生在分手后说过他的坏话吗？而且你见过他脚踏两只船或者破坏别人的感情吗？”

男生们无言以对，因为这也确实是事实。

据说裴之枫之所以会被那么多女生喜欢，最主要的原因是，他不但专一，还很浪漫。

他对每个交往的女生都十分用心。

比如，别人约会都请女生去电影院看电影，裴之枫却先租一辆车，再租一套投影设备，然后载着女生，兜着风，将车开到山顶，两人迎着淡淡的月光看最浪漫的爱情电影。

再比如，别人约会，送女生玫瑰，裴之枫却在认识女生的第一天就为女生折一只千纸鹤，到固定的日期再将这些千纸鹤亲手送给对方……

总之，裴之枫的浪漫手段，不是一般男生能学来的。

也正因如此，才有人说，很多女生不是被他撩，而是主动向他示爱。

有人就曾经看到过一个美女从B城千里迢迢拖着行李箱过来，为了和裴之枫长相厮守，打算留在C市。据说，还有一个美女和他在网上聊了一个月后，就从国外飞过来，只为见他一面。

这样的事发生得越多，他的迷妹就越是说，大家是因为嫉妒才污蔑裴之枫。

宋秒秒实在想不出为什么靳云琛会对裴之枫有那么明显的敌意。

嫉妒他长得帅？

不可能。如果帅哥有标准衡量的话，裴之枫是四星级的，靳云琛就是五星级的。靳云琛完全没这个必要嫉妒他。

羡慕他女朋友多？

不可能。宋秒秒看过两次靳云琛的比赛，围观的女生有一多半是为了他而来，只要他愿意，谈二十个女朋友也不在话下。

如果非要有的话……

宋秒秒心里突然冒出一个想法：难道裴之枫曾经抢过靳云琛的女朋友？

但这个想法很快就被她自己否定了。

不对呀，靳云琛去国外三年了，裴之枫的老家据说是离这很远的沿海城市，两个人先前根本没有任何交集。

宋秒秒想不通，不过她想不通也不重要。

当务之急是她要怎么离开眼前这个是非之地。

在靳云琛强势的压迫下，裴之枫也回望着他。

空气中的凉意越来越重，宋秒秒一度担心两个热血青年会动粗。到时候血溅一身，那个画面太过血腥，她不敢想象。

不过，片刻后，裴之枫便语气淡淡地松了口：“下回我会注意的。”

说完，他收回视线，前去更衣室换衣服，准备开始练球了，大有一种“惹不起我躲得起”的好心态。

宋秒秒担心的战斗没发生，心里这才松了一口气。

“靳云琛，你喝点水吧，刚刚你打了那么久的球，出了这么多汗，还没有喝口水。”宋秒秒对之前靳云琛对她说的话选择性遗忘，生怕靳云琛不高兴，找她的麻烦。

但靳云琛接过她递来的水，也朝更衣室走去，还出乎意料地对她挥了挥手：“今天你早点回去休息一下吧，这里没你的事了。”

宋秒秒简直要喜极而泣：真是苍天开恩啊！

宋秒秒原本是打算马上洗个脸就离开网球馆的，毕竟她一身臭汗，需要马上回去洗个澡。但是一想到靳云琛刚刚看着裴之枫的眼神，一股不妙的感觉涌上她的心头。所以，迟疑了一下后，她不但没有回去，还往更衣室走去。

校网球队清一色的男队员，所以网球馆里只有男更衣室。宋秒秒蹑手蹑脚地趴在更衣室门口，弯着腰想从门缝里看看靳云琛有没有趁机对裴之枫做出什么越轨的事。

然而，不看不知道，一看吓了一跳。

只见更衣室里，裴之枫正在脱衣服。他的皮肤呈健康的小麦色，胳膊粗壮，肌肉发达，线条硬朗……

然而，下一秒，宋秒秒的视线就被另一具肌肉线条更加硬朗的躯体吸引了。

因为刚刚打球出了一身汗，靳云琛也脱掉了运动服。他的皮肤比较白皙，汗水从他结实的六块腹肌上往下流……

宋秒秒觉得热血沸腾，热气直往脸上涌……她正要急忙转身，却突然听到靳云琛开口说话了。

“你在躲着我。”

“我不想惹不必要的麻烦。”裴之枫换上运动服。

“不做亏心事，还怕人找麻烦？”靳云琛停下动作，冷冷地看着他。

“呵，无聊。”裴之枫不想搭理他。

就在宋秒秒对上述对话展开联想的时候，网球队队员陆陆续续地进来了。

他们都没有出声，只看到一个穿着白色运动套装的长发美女正弯着腰趴在更衣室的门口，朝门缝里张望着……

大家面面相觑，脑海里浮现出同一个问题：什么情况？新来的助理不会有偷窥癖吧？！

就在这时，众人只见新来的助理突然站起身，准备转身。

宋秒秒不能不转身，因为她发现裴之枫换好衣服准备出来了。然而，她才刚转了身还没迈开步子，就险些吓得摔倒。

只见身后十几双眼睛正好奇地打量着她……

宋秒秒脸一红，立马讪笑了几声："呃……嘿，大家好，我是新来的网球队助理，我、我……我是想看看更衣室需不需要打扫一下，那个……好像挺干净的，我就先走了哦……"

那一天，宋秒秒跑出了她百米冲刺的新纪录。

言妍发现，这天上课的时候，宋秒秒总是走神，脸蛋还会情不自禁地染上一层绯红。

其实宋秒秒自己也不知道为什么，感觉自己就像中了邪一样，靳云琛那极品身材总是不经意地窜进她的脑海里。

要说也是情有可原，谁让这身材确实是极品呢。

身材是极品，人也是"极品"。

这是宋秒秒在晚上刚下课的时候对靳云琛的印象。

因为刚出教室门，她就接到了靳云琛的电话。

"来网球馆，陪我吃晚饭。"

宋秒秒简直要吐血："你不是说今天我没什么事了吗？怎么陪吃饭也是助理的工作？"

"我是网球队队长，我说你应该做什么工作，你就要做什么工作。"

宋秒秒想摔手机，但她深吸一口气，只说了两个字：“好的。”

她放了言妍的鸽子，紧赶慢赶来到网球馆时，发现馆内除了靳云琛，还有两个队员在收拾东西。

看到宋秒秒，其中一个队员喜出望外：“宋助理，你来得刚好，这里有堆器材需要搬到办公室……”

然而，他的话还没说完，就看到一旁的靳云琛脸色沉了下来，他立马闭了嘴。

“哦哦，好的。”宋秒秒没有看出异常，准备过去帮忙。

结果她还没有走两步，那位队员已经对她急忙摆手：“不用了、不用了，我刚刚想起来这些比较重，你一个女孩子肯定搬不动的。你还是看看队长有没有什么吩咐吧。”

“没事，我力气比较大。”

宋秒秒挽起衣袖准备帮忙，结果腰还没弯下去，就听到靳云琛幽幽的声音响了起来：“你没听到他们说‘不用了’吗？”

宋秒秒却热情劲上来了：“没事的，我不是网球队的助理吗？这本来就是我的事。”

“你是助理。可是他们配用吗？”

听到靳云琛这句话，宋秒秒才愣了。她扭头看去，就发现队员们正加快速度搬东西，生怕宋秒秒碰到一样，他们一边搬还一边对宋秒秒嘿嘿一笑：“你们忙、你们忙，我们自己就可以的……”

她怎么感觉哪里有什么不对？

有没有人告诉她，她到底是网球队的助理，还是网球队队长的私人助理？

两人吃饭的地点是学校附近的西餐厅。

宋秒秒刚坐下就向靳云琛表达了自己的不满：“靳云琛，我觉得要说清楚，虽然以前我欺负你是我不对，但是你现在也不能太过分了。早上喊我给你买早餐我可以理解，让我拖地也是人之常情，但是现在你连晚饭也要我陪着吃？是不是你上厕所还要我给你送纸啊？”

靳云琛挑了挑眉：“你想送？我倒是不介意啊。”

宋秒秒很想问一下靳云琛，他的理解能力是不是和着牛排一起吃没了。

“你也说了，你欺负了我三年。现在这就受不了了？何况我只是让你陪着我吃饭，又不是让你做别的事情，你那么紧张干吗？”见宋秒秒情绪不对，靳云琛还是多说了几句，算作解释。

听完靳云琛的话，宋秒秒轻轻叹息：“以前我怎么没发现你这么小心眼呢？”

靳云琛淡淡一笑：“那你以前觉得我是怎么样的？”

不知道为什么，在靳云琛这种眼神的注视下，宋秒秒忽然想到了那次夏令营活动后发生的事情。

当时，宋秒秒专注地望着靳云琛喝水的样子被一个同学拍了下来，他还把照片传到了班级群里，这张照片立马引发了大家的热议。

总结起来就是一句话：宋秒秒同学看靳云琛的眼神，不一般。

宋秒秒后知后觉看到的时候，整个人都不好了。

也是那一天，所有人第一次看到一向没羞没臊的宋秒秒脸红得像苹果。

但是她没有想到的是，一向不太喜欢在群里说话的靳云琛那天破天荒地开了口：“谢谢，把我和宋秒秒同学拍得都挺好看。”

宋秒秒知道，他这是在帮她澄清流言蜚语。

想到那次的事，她的脸突然开始发烫。

“以前……以前至少不会这么睚眦必报。”宋秒秒紧张地说完，赶紧避开他投过来的眼神。

然而，当宋秒秒为了避开靳云琛的眼神而东张西望的时候，她却看到了另一个让她更加慌乱的人。

不远处靠窗的位子上，沈倦和穆涵正在吃牛排。沈倦细心地将牛排切好，叉起来喂给穆涵。

看到这一幕，宋秒秒顿时觉得呼吸难受。因为半个月前，也在那个位置，她也曾这样被沈倦温柔地喂过牛排……

发现宋秒秒的眼神不对，靳云琛顺着她的视线望了过去。

不知道是目光太过强烈，还是目光停留在身上的时间太长会让人有什么感应，沈倦也抬起头朝他们看了过来。

发现这一情况，宋秒秒立马扭过了头。

靳云琛却急忙喊住了她："别动。"

宋秒秒不明所以地看着他，就听到他饶有兴味地说："如果我没猜错的话，你就是为了他，才求我赶紧打比赛，好向我许愿的吧？"

宋秒秒没有回答，只是将目光移到别处。

靳云琛却目不转睛地看向沈倦，淡淡地问宋秒秒："你很喜欢他？"

宋秒秒还是没有说话。

"嗯，长得很帅气，对待女生也很温柔。"靳云琛像是在点评一件商品，然后他突然站起了身，走到宋秒秒身边，在宋秒秒完全没有反应过来的时候，将手搭在了她的肩膀上，凑到她的耳边温柔地说，"那你更不应该躲。要让他知道，你不是没有人喜欢的，他才会懂得珍惜。"

"你要干什么？"靳云琛的话刚说完，宋秒秒就有一股不好的预感。

果然，她的话刚落音，唇上就落下一个轻如羽毛的吻，让她不敢呼吸……

宋秒秒有一瞬间觉得自己的大脑是空的，像是被直接抽空——就在靳云琛的吻落下的那个瞬间。

然后，也不知道为什么，她的脑海里闪现出高中时靳云琛挥动球拍的身影。当时她就觉得他打球的样子很帅，连他脸颊上的汗珠都洋溢着青春热血的感觉。

宋秒秒喜欢靳云琛在网球场上打球的样子，她崇拜……甚至，有点迷恋那样的他。

这个藏在心里的小秘密，却在这一刻，在她的脑海里炸裂开来，让高中时的靳云琛的脸越发清晰。

宋秒秒看着眼前吻住自己的靳云琛，他的脸却怎么都无法和脑海里的面容重合。就是这股奇怪的感觉，让她慌乱地一把推开了他。

“靳云琛，你干什么！”宋秒秒觉得自己的声音里都带着慌乱。

她甚至分不清是不是因为紧张。

靳云琛却饶有兴味地看着她：“宋秒秒，你不要告诉我刚刚那个是你的初吻。”

听到靳云琛的话，宋秒秒的脸立马红了。

这一反应让靳云琛也很意外。

“不会真的是初吻吧？”靳云琛眉眼含笑，“你为他牺牲这么多，居然连吻都没接过？宋秒秒，你还真是纯情。”

“靳云琛，你、你浑蛋……”宋秒秒被靳云琛带着几分戏谑的眼神看得面红耳赤，语无伦次。

“没关系，你要是想让我负责，我也愿意考虑。”靳云琛对她的这种反应很是满意。

“想得美啊你。”宋秒秒想要站起来离开，却又害怕引起沈倦的注意。

像是看穿了宋秒秒的想法，靳云琛坐回座位，忽然朝服务员高声喊：“服务员，这里加菜。”

他的声音很大，生怕沈倦听不到一样。

果然，宋秒秒发现，沈倦朝他们这边望了过来。

“他是不是望过来了？怎么样，是不是脸色有点不太好看？”靳云琛头也不回地说。

虽然宋秒秒很不想理他，但她发现，他说得很对，沈倦的脸色确实有点不太好看。

“不用谢我,助人为乐是我的做人原则。”靳云琛对宋秒秒笑笑。

宋秒秒正要说话，靳云琛却及时抓住了她的手，同时扭过头挑衅般地看向了沈倦。

“保持微笑。找了一个比他还优秀的男人,该伤心的应该是他。”靳云琛轻声对宋秒秒说。

宋秒秒也不知道为什么，在看到沈倦朝她望来时，她觉得靳云琛的掌心传来一阵能让她感到安心的感觉，也正是这种感觉让她没有从靳云琛的手掌中挣扎出来。

宋秒秒偏过头看着正在望着自己的靳云琛，忽然想到夏令营事件后，她问靳云琛的一个问题——

“靳云琛，你怎么没有接咱们班长的水呀，你没看到她的手都举酸了？”

宋秒秒永远也忘不了靳云琛的回答，他说：“我怕我喝了别人的水，你不高兴。”

“你就那么介意我高不高兴？”宋秒秒当时问。

“嗯。”靳云琛说。

虽然他只说了一个字，但宋秒秒从来没有感到那么安心过，心脏像是被一种很温暖的东西填得满满的。

宋秒秒此时就像又回了那个时候，如果不是靳云琛又补充了一句话的话。

“还有，秒秒，你的嘴唇好软。”靳云琛低声说，“就像棉花糖一样。”

“你……你……”宋秒秒从来没有想过靳云琛会说这样的话，她一时间彻底凌乱了。她支吾半天，最后都顾不得看一眼远处的沈倦是什么反应，便落荒而逃。

她跑得很急，所以不知道，身后的靳云琛摸了摸嘴唇，小声地说了一句："跑什么？你又不吃亏，我也是初吻呀。"

宋秒秒不会想到，靳云琛这突如其来的一吻当晚就引起了一场风波。

当她回到宿舍的时候，言妍直接从床上跳了下来。她严肃且认真地看着宋秒秒："妈呀，秒秒，你老实告诉我，你其实根本不在乎什么沈倦，你就是想趁机接近你的冤家靳云琛是吧？闺密一场，你可不能瞒我啊。"

宋秒秒被她问得一愣一愣的："你说什么呢？你什么意思？"

"什么意思？你们都吻上了，还问我是什么意思。"言妍将手机往宋秒秒面前一摆，"怎么样？铁证如山，你还想抵赖？"

看到手机上的照片后，宋秒秒顿时觉得整个人都不好了。

照片上，正是宋秒秒在餐厅被靳云琛低头深情吻住的那一幕。拍照者角度很好，而且照片像素很高，画面清晰。单看这张照片，还真以为是一对热恋的情侣正在深情接吻。

"这、这……这是谁拍的呀？！还发到网上，也太没有公德心了吧！"

"别人有没有公德心我管不着，我只关心你是不是真的移情别恋了。"言妍越说越激动，"虽然靳云琛对我家裴学长很不友好，不过凭良心说，他长得可比沈校草还要好看！我看这校草的名头也是时候拱手让贤了。"

宋秒秒一巴掌拍了过去："什么移情别恋，我是那种人吗？！"

"你是不是不重要，反正大家都是这么认为的。"言妍指了指照片下面的评论，"不信你自己看。"

宋秒秒皱起眉头翻看，发现热门的评论是这样的——

1楼：这不是前不久被沈校草甩的校舞蹈队队花吗？不久前还在舞蹈大赛上摔了个狗啃泥，这么快就有新欢了？

2楼：不是吧！我男神靳云琛昨天刚被评为四大男神之首，今天就亲了别人？好吧，今夜，我失恋了。

3 楼：看这亲热程度，我严重怀疑，沈校草是发现女友给他戴绿帽子才果断放弃她的！

4 楼：就是这个女人！我听说就是因为她，“恋爱锦鲤”才这么长时间刻意不打比赛。这让我上哪儿许愿去啊！浑蛋，还我“恋爱锦鲤”！

5 楼：小声说一句，其实他们俩看上去还蛮搭的。

6 楼：我的网球男神这么粗暴狂野？我喜欢！（可惜亲的不是我！）

7 楼：我还是不能相信，靳云琛亲宋秒秒？照片不会是修的吧？

……

看完这些评论，宋秒秒心里只有两个字：造孽。

特别是看到 4 楼的评论，她觉得自己冤枉大了，明明她才是最想让靳云琛赶紧比赛、赶紧赢的人啊！

不过大家这么激动也是情有可原，因为除了靳云琛“恋爱锦鲤”身份的加持，他在昨天还被评为 C 市的“网球四大男神”之首。

C 大的校网球队本来就因为历来优异的成绩深受所有 C 大学子的推崇，现在靳云琛的加入更让所有人为之疯狂。可以这么说，靳云琛当前正是全校的风云人物。

除了靳云琛的另外三个网球男神，分别是 D 大的霍远邵、S 大的郑井和 C 大的裴之枫。四大男神不仅网球打得好，人也长得特别帅气。还有人专门贴出了四大男神的资料。

因为裴之枫也在四大男神之列，所以在言妍的强烈安利下，宋秒秒也瞄了一眼。

四个人的照片应该都是热情的迷妹偷拍的，照片上的四个人都穿着网球服在赛场上打球，而且抓拍得确实都挺帅的。有懂专业技术的人在四个人的打法技术和战斗力水平上做了详细的长篇分析，还贴出了他们的参赛经历和输赢状况。

论长相，靳云琛排在四大男神之首没有异议；论实力，他前不久赢了裴之枫一直没有赢过的D大超实力选手霍远邵。所以他的粉丝最多。

活动发起时，宋秒秒只以为这是粉丝们闲来无聊，也没怎么在意。何况昨天她刚被靳云琛指使拖了八个网球场的地，所以，她并没有因为对方多了一个“网球四大男神之首”的名称，而生出“要和有这么多粉丝的男神保持距离”的意识。

没想到今天就出了这样的事。

她可以不在意，靳云琛的迷妹们可就不会不在意了。

想到这里，宋秒秒真是觉得头痛。

“你和靳云琛真没什么？那这到底怎么回事啊？”看着宋秒秒急躁又郁闷的样子，言妍更加凌乱了。

但她的这个问题，让宋秒秒的眉头皱得更紧了。

想起靳云琛在餐厅对她说的话，她都不知道该如何对言妍说起……

宋秒秒的电话响到第五遍的时候，言妍终于忍无可忍地朝她扔过来一个枕头：“大姐，这才早上五点！你知不知道我刚在梦里和裴学长接吻就被你的手机吵醒了？你赔我初吻……”

听到“初吻”这两个字，宋秒秒头皮发麻。

她看着手机上的来电显示，“靳云琛”三个字不断地跳动，她越想越来气。

以前怎么就看走眼了？要是以前知道靳云琛是这么一个小心眼的人，还会和他这么冤家路窄，她一定躲着他走，不，绕一条高速路走！

那可是她的初吻啊！

更可气的是宋秒秒昨晚和言妍说完事情的经过后，言妍的反应。她不但没有同情宋秒秒，还投向了敌人的阵营。

言妍意味深长地笑着对宋秒秒说：“按现在的情况，我怎么感觉吃亏的是靳云琛呀？他为了帮你，牺牲多大啊！他那么帅，你赚大发了……对了，靳云琛的接吻技术怎么样？是不是很赞？”

看着言妍一脸不正经的样子，宋秒秒心里当时只有一个念头：交友不慎。

交友不慎的宋秒秒虽然早上硬着头皮没接靳云琛的电话，但考虑到自己现在校网球队助理的身份，她在下午下课之后还是打算去网球馆转一圈，省得某人有借口找碴。

原本她打算在网球馆溜一圈让队员们看到就走的，这样至少不算旷工。但她没想到，她刚进网球馆，就看到网球队的二十四名队员正在苏教练的指导下两两一对做着仰卧起坐……

大概他们在之前已经做了其他运动，大家已经满头大汗、汗流浃背，有好几个男生都脱掉了上衣，露出结实的肌肉……

宋秒秒当场怔住了。

这也不能怪她，二十四个身材一流、姿色上乘、充斥着强烈荷尔蒙的美男一起锻炼的场面，对于一个初吻在昨晚才丢失的“纯情小火鸡”而言，确实有点震撼了。

特别是她还看到靳云琛和裴之枫一组，此时靳云琛正用双膝和双手盖压住裴之枫的双脚，后者正有节奏地一上一下地……做仰卧起坐。

只见裴之枫躺下、起身、瞪靳云琛。

而反观靳云琛，他用目光死死地锁住裴之枫，像是要把对方看穿一样。

裴之枫明显不想和靳云琛一组，但想也想得到，以靳云琛对他的态度，他别无选择。

画面一时太美，宋秒秒情不自禁地咽了咽口水。

可能没想到宋秒秒这个时候会出现，有些队员看到她之后还有些害羞，急忙停下动作穿上了衣服。

有队员立马笑着打趣："哈哈，沈凯，怎么，你还怕看啊？"

"就是呀，你害什么羞，人家是来找咱们靳队长的，你没看昨天网上传开的照片……"

接这句话的队员话还没说完，就发现靳云琛朝他冷冷地扫了一眼，然后他讪讪地立马闭了嘴。

"不好意思，我来得不是时候……"宋秒秒尴尬地掉头离开，但她的步子还没迈开，靳云琛已经朝她走了过来。

"我还以为你不敢来见我了……"靳云琛给了大家一个"继续训练"的眼神，大家立马移开好奇的小眼神，开始认真训练。

宋秒秒瞪大了眼睛："你的意思是，我可以不来？"

是她记错合同内容了吗？

"当然不可以。合同上写得很清楚，旷工一天，延续一个月。"

那你说什么废话！

半晌，宋秒秒才意识到靳云琛话里的意思，立马感觉脸有点发烫。

"我是来看看今天有什么要做的。"

"小宋来了啊，"苏教练在一旁察言观色了半天，这才走上前，"你来得刚好，我要找你。"

"教练您说。"宋秒秒觉得苏教练确实善于察言观色，正在她尴尬的时候出来。

"是这样的，队里今天给全体队员做了身体机能检测，发现只有靳云琛的不达标，缺乏营养。所以我打算给你安排一个工作……"苏教练说的时候满面春风，让宋秒秒以为他要说件好事。

然后，就在她兴奋地表示"保证完成任务"的时候，她听到苏教练说："从今天起，你就专门陪靳云琛吃饭，负责监督他的营养补给。"

看着靳云琛勾起的嘴角还有他强壮的身体，宋秒秒幸福的表情渐渐从脸上消失："教练，他这身体还不达标？我还要专门陪他吃饭，负责监督他的营养补给？”

确定不是让我死吗？

这句心里话宋秒秒没能说出来，因为苏教练给了她一个无比肯定的眼神，还补充了一句“要是下次身体机能检测靳云琛还是不达标，我就拿你是问”之后，就转身离开，继续监督大家训练了。

宋秒秒有苦难言。

学校食堂里，宋秒秒把靳云琛要求的菜一一打来之后，很不爽地坐到了他对面。

“靳云琛，你不就是因为高中时我天天使唤你所以报复我吗？用得着用这种下三烂的招数折磨我？就你这强壮结实的身体，肌肉那么发达……说你身体机能不达标？你当我是瞎了吗？”

“是真的。我的身体确实强壮，但部分营养机能离标准确实还有一段距离。”靳云琛很满意地看着宋秒秒打来的食物，忽然眉头一挑，“等等，你什么时候见过我的肌肉？怎么这么清楚我的肌肉很发达？”

宋秒秒想到在更衣室门口看到的脱掉上衣的他，脸立马红了起来，支吾道：“我……我不用看也能猜得到啊……既然不达标就赶快吃吧。”

说着，宋秒秒急忙扭过脸去。

也是这个时候，她才发现，从她和靳云琛坐下之后，周围的人好像时不时向他们投来目光。

此时正值晚上六点，正是学校食堂的用餐高峰期。

偌大个食堂，虽然座位没有坐满，但一眼望去也黑压压的全是人头。

说起来这算是靳云琛被封为“网球四大男神之首”后第一次公开亮相。

网络的传播速度很快，影响也很大。

原本靳云琛只是被一众迷妹和网球爱好者知道，现在通过一次“网球四大男神”的网上评选，全校的人都知道他了。

当然，也顺便知道了被他在餐厅吻住的宋秒秒。

所以，他们从进入食堂的那一刻就引起了大家的注意。

现在大家看得清清楚楚，靳云琛和宋秒秒不但真的有猫腻，而且肯定还是宋秒秒主动的，不然她为什么上赶着给靳云琛打饭？

“原来网上那张照片不是假的啊，靳云琛真的有女朋友！”

“沈倦真是冤呀，都说是他甩了宋秒秒找了穆涵，看这情况，明显是宋秒秒先给他戴了绿帽子啊！”

“靳云琛和谁在一起我不管，我只想问他什么时候打比赛呀，我想许愿啊！”

“你们说，要是这‘恋爱锦鲤’恋爱了，会不会不灵了啊？”

“宋秒秒长得挺漂亮呀，我记得她好像是校舞蹈队的队花吧？和靳云琛在一起了的话，我祝福吧。”

……

宋秒秒听着周围传来的嘀咕声，心里彻底凌乱了——

事情怎么发展成这样了？

她不是来找靳云琛，希望他早点打比赛，她好许愿让她和沈倦复合的吗？怎么现在她反倒成了靳云琛的绯闻女友了？

靳云琛也听到了不时传进耳中的来自周围的声音，他嘴角噙着一抹淡淡的微笑，忽然觉得碗里的大白菜好像特别香……

宋秒秒那一脸写着“这是什么情况”的茫然的小表情，也让他觉得越发可爱呢。

第四章

你要做他的女朋友

宋秒秒这几天有点心神不宁，她第一次有了一种危机感。

这种危机感在沈倦提出分手的时候她都没有过，但在莫名其妙成了靳云琛的绯闻女友之后，她感觉好像真的是她红杏出墙，做了对不起沈倦的事一样。就是这种莫名的危机感，催促着宋秒秒来了沈倦的宿舍楼下。

其实说起来，这还是宋秒秒第一次来沈倦的宿舍楼下。

她和沈倦谈恋爱的大半个月里，两人每次约会完，都是沈倦体贴地先将宋秒秒送回宿舍，之后再回去的。

当时沈倦很忙，作为大四的学生，他没有像其他同学一样提前找工作，而是一心想要继续深造。

她曾经听他说起过，保研名额本就有限，他们班今年还只分到了一个名额，而且他的一个同学也特别想保研，不巧的是，那个同学的学习成绩还比沈倦好。对方是一个强劲的对手，竞争异常激烈。所以，为了保研的事，沈倦几乎把所有的时间都用在学习上了。

但每次宋秒秒找沈倦的时候，不管他在哪儿，他都会温柔地对她说："你在哪儿？我来找你。"

后来，她问他为什么不让她去找他，沈倦一脸深情地说："我怕累着你。虽然只是多走几步路的事，但我情愿是我来走这几步，让你多休息一会儿。"

在沈倦宠溺的眼神里，宋秒秒便越来越喜欢他了……

回想起这些，宋秒秒心里一酸。

其实宋秒秒当初走桃花运的时候，有很长一段时间是蒙的。大学生活本来就无聊，有人陪着玩，她也就接受了。

直到她遇到沈倦，她才知道真正的恋爱应该是什么样子的。

她清楚地知道，他和别人不一样，虽然到底哪里不一样她也说不上来，但每次看到他的笑时，她的眼里都会自动冒出一堆小星星，幸福得让她有点晕眩。

她还记得C市高校舞蹈大赛前两天，她跑去找沈倦，他还温柔地抚摸着她的头发，对她说“加油”。当时她本来想把自己赢了奖金就和他一起去日本旅游的心愿告诉他的，毕竟她觉得单人舞冠军她势在必得。但为了给沈倦一个惊喜，她还是忍住了。

然后宋秒秒就认真地备战，勤加练习。她一心想着和沈倦看富士山的样子，没有发现任何不对的地方。所以至今她都想不明白，沈倦到底是什么时候变心的。

宋秒秒不是那种会纠缠的人，从分手至今，她没有刻意找过沈倦，更不可能哀求他。她想起在舞蹈大赛的后台，沈倦冷漠地看着她的眼神和对她说的那些话，至今也想不明白究竟是哪里出了问题，让他那么决绝地离开。

她也相信一定只是哪里出了问题，等问题解决了他们就会和好。所以她不能让沈倦误会她和靳云琛的关系。

宋秒秒那晚从六点等到八点，才看到沈倦的身影。

他应该刚刚和穆涵约会完，嘴角还情不自禁地挂着笑。

可能没有想到宋秒秒会出现在这里，沈倦先是一愣，随即装作没有看到她一样，径直朝宿舍楼走去。

“沈倦……”宋秒秒急忙上前喊住了他。

沈倦听到喊声，虽然很不情愿，但最终还是停了下来。他面无波澜地看向宋秒秒，声音有点冷漠：“你来干什么？”

原本宋秒秒来的时候就心虚，现在看到沈倦的态度，她更加心虚了。

“沈倦，我们在一起时明明那么好，为什么会突然……”宋秒秒还是没办法将“分手”那两个字说出口。

“分手一定需要理由吗？”

听到沈倦冷漠的话，宋秒秒不敢相信地抬起头：“不需要吗？”

可能是宋秒秒的语气带着几分委屈，沈倦冷漠的神情忽然缓和了一些。

“秒秒，你是个好姑娘，是我对不起你，不过……以后你还是不要来找我了。”

沈倦说着就要走，宋秒秒完全是条件反射性地拉住了他的胳膊：“是不是我哪里让你误会了？”

“没有。现在说这些还重要吗？”沈倦转过头看着宋秒秒，“你现在不是也已经有了新欢吗？”

听到沈倦的话，宋秒秒心里一紧：他果真还是误会了。

“不是你想象的那样，我过来就是想和你解释……”

“和我解释？”沈倦打断了她，“我看没这个必要了吧。我们已经分手了，你和谁在一起都和我没有关系，而且……我也祝你们幸福。”

“沈……”宋秒秒还想说些什么，但沈倦已经挣开了她的手走进了宿舍楼。

月光如水，宋秒秒看着沈倦的背影，明明还没有到冬天，她却感到一股凉意。

“沈倦这个浑蛋！以前怎么就没有发现他这么渣！分手连个理由都不给！”知道宋秒秒去找了沈倦，见她垂头丧气地回来，言妍就忍不住为她打抱不平，说完之后言妍突然眉头一挑，“不过我觉得现在也挺好的，我看那个靳云琛百分之八十的可能对你有意思。不对，说不定他在高中的时候就对你有意思，就是特意为了你回来的呢！虽然呢，因为他莫名其妙地嫉妒我们家裴学长，我和他有点不对付，但看在他对你一片痴情的份上，我大人不计小人过……要不你就和他在一起得了。”

听完言妍的话，宋秒秒没有说话，只给了她一个“你真是哪壶不开提哪壶”的眼神。

“说真的，我也是看到这些资料，觉得肥水不要流了外人田。”说着，言妍突然掏出手机，打开一个网络页面，把手机递给宋秒秒，“你看，靳云琛真的很优秀呢。他是美国斯坦福大学经济系的高才生，还在三年里打败了美国加利福尼亚州帕罗奥多市所有高校网球队的一众网球高手，人送外号‘网球王子’。这些也就算了，他长得又帅，还是只‘恋爱锦鲤’，真是打着灯笼都难找啊。”

宋秒秒看着某个博主扒出来的这些八卦，皱了皱眉。

靳云琛在高中的时候就很优秀，“网球王子”这个称号，从那次他打败了七班嚣张的同学后就有人这样喊。不过靳云琛并不喜欢这些称呼。宋秒秒没想到，到了美国那种高手如云的地方，他依旧这么优秀。

她把手机还给了言妍，毫无兴趣地躺在了床上。

“你说，这些话要是让你家裴学长知道了，他会不会觉得你是靳云琛派在他身边的卧底？”

“我这还不是为了你的终身大事着想吗？”言妍嬉笑道，“天涯何处无芳草，何必单恋沈倦这一根？何况他这么渣……”

“我总觉得他一定是有什么事不方便告诉我。”想到沈倦说的话，宋秒秒终究还是不死心。

“这就是抛弃女朋友的理由？秒秒，我看你真是对沈倦走火入魔了！”言妍恨铁不成钢地看着她。

“那也没有你对你的裴学长那么入魔。”提到裴之枫，宋秒秒像是想到了什么，忽然说，“对了，你有没有问过裴之枫，靳云琛为什么老是故意和他过不去啊？”

“这还用问？肯定是他嫉妒我们裴学长帅气逼人的面容，以及，有我这么一个可爱的女朋友啊。”

看着言妍一脸幸福的模样，宋秒秒只有一个感觉：恋爱中的女人，要远离。

佛曰，众生皆苦。

宋秒秒对此深有体会。她的苦有很多，比如她既远离不了同住一个宿舍的言妍，也远离不了靳云琛。

做了网球队助理后，她不但要每天早上五点给靳云琛送早餐，现在连其他两餐也得陪着他吃。有时候靳云琛像是故意的，特意不吃某个菜，要是宋秒秒装作没看见，他就会“善意”提醒她：“苏教练说了，要是下次身体机能检测我还是不达标，他就拿你是问。”

宋秒秒只得强忍着心里的怒火，往脸上堆一堆明显的假笑，讨好般地哄着靳云琛吃下。

看着靳云琛每次得逞后享受的微笑，宋秒秒心里更苦了。

唯一值得庆幸的是，宋秒秒这个助理只要负责靳云琛一日三餐的监督工作就好了，地也不用拖了，其他杂活也不用她干。

不过要宋秒秒说，她情愿拖八个网球场的地，也不愿意做这个。

可惜，她知道，在靳云琛没有报复完当初被她欺负了三年的仇时，他是不会放过她的。因为，在她这个助理没有到来之前，校网球队的一切也进行得井然有序，她明显就是一个多余的。她又不傻，怎么会看不出来靳云琛的意图。

今天，宋秒秒照例监督完靳云琛吃了饭，以为可以趁着周末安心回去睡个懒觉，却发现靳云琛正饶有兴味地盯着自己看。

“你看什么？”宋秒秒以为自己脸上有米粒。

靳云琛勾唇一笑：“没什么，就是发现你今天特别漂亮。”

宋秒秒心下一紧：“你又想干吗？”

自从接吻事件发生后，宋秒秒就一直对靳云琛保持着警惕。

“别紧张，我还能吃了你不成？”靳云琛说着，从口袋里掏出两张电影票，“我是看你这些天早起给我送早餐，又要监督着我吃饭，这么辛苦，所以想请你看电影放松一下。”

“还要陪你看电影？你想什么呢靳云琛？”看着靳云琛手上的电影票，宋秒秒像耗子见到猫，躲都躲不及。

“秒秒，我怎么感觉你那么怕我？不会是我那天的接吻技术……让你不太满意吧？”靳云琛说着，朝宋秒秒凑近了些。

提到这个，宋秒秒脸发烫，恼羞成怒：“靳云琛，你……你臭流氓！”

“如果真是因为这样，我要向你道歉。毕竟，那也是我的初吻，难免不太熟练。”

宋秒秒瞪大了眼睛：“什么？你也是初吻？”

“怎么？是不像，还是你不信？”

“你……我管你是不是初吻，反正你就是臭流氓！”宋秒秒说着转身就要走，但是她刚迈开一步，像是想到了什么，又看向靳云琛，“是什么片子？”

靳云琛没想到宋秒秒又回头，愣了一下，随即一笑：“爱情片，很甜蜜的那种。”

“这样啊，那我就勉为其难地陪你看一下吧。”

不久，靳云琛眉眼带笑地和宋秒秒赶到了电影院，他还特意买了爆米花和可乐。

两人随着一对对情侣走进电影院，落座后，靳云琛凑到宋秒秒耳边说：“秒秒，你看我们是不是也像一对甜蜜的情侣？”

靳云琛说完，却只见宋秒秒神情紧张地看着他，她说：“姐夫，你背着我姐约我出来，就不怕我姐知道啊？”

宋秒秒的声音不大，却也不小，刚好够周围的人能听到。

于是，八卦的火苗瞬间吸引了周围人的目光。

所有人的眼神都好像写着：什么情况？听起来好像很刺激！

有人直接小声嘀咕：“现在男人这么不要脸了吗？也太渣了吧？”

听到这些声音，宋秒秒很是满意。

靳云琛也没有想到宋秒秒突然这样说，但他随即就明白宋秒秒为什么这么轻易地答应陪自己看电影了。

就在他还没有想好该如何反应时，只听宋秒秒忽然又轻声尖叫了一声。

“姐夫，你干什么？不是说好只看电影的吗？你的手乱摸什么！你……你怎么能这样！我没想到你是这种人渣，真是败类！”宋秒秒说着，委屈地把靳云琛推开。

这一次，大家一齐对靳云琛投来鄙视的目光。

坐在宋秒秒旁边的男人在此时立马站了起来，他将宋秒秒护在身后，愤怒地看向靳云琛：“渣男！我们男人就是被你这种人搞臭了名声。还敢上手了？赶紧滚，不然我马上报警了。”

周围的人也纷纷对靳云琛鄙夷地嘀咕起来。

看着靳云琛一脸吃瘪的神情，宋秒秒心里很是得意：哼，让你骗走我的初吻！

反正他不会轻易放过她，她也不能让他这么白亲了自己。今天怎么样也要让他丢脸一次。

可是宋秒秒没想到，靳云琛下一秒就恢复了常态。

“秒秒，其实我和你姐在一起，就是为了接近你。我真正喜欢的人，一直都是你。而且来之前，我已经和你姐和平分手了，她也说她愿意成全我们。你一定不知道，我有多喜欢你。”靳云琛说着，露出一脸深情的模样。

“哇，好痴情。”靳云琛的话刚说完，一个女人就说，“我就说，长这么帅的男人，怎么可能会是个渣男，明明是为了真爱奋不顾身。”

“我也觉得他不像渣男。”

“真的好帅呢，是不是像一个当红的明星？叫什么来着……”

……

几个人突然全开始为靳云琛辩护起来。当然，说这些话的都是女人，她们自始至终都舍不得从靳云琛那张帅气的脸上移开视线。

宋秒秒没想到，舆论风向会转移得这么快，好不容易为靳云琛树立的渣男人设变成了痴情男人设。

靳云琛更是趁机越过那个男人，深情地拉起宋秒秒的手，说：

“你不答应我没关系，我会一直等你的，一直等到你发现我对你的爱。”

这一下，那些骂他是渣男的男人也沉默了。

“小姑娘，这么帅的男人你确定不要吗？你要是不要的话，那我就追他了！”

“对啊，帅哥，你看我怎么样？”

……

看着靳云琛暗自得意的样子，宋秒秒挣开手也不是，不挣开也不是，一时间竟然不知道说什么了。

真是偷鸡不成蚀把米！

她亏大了！

之后，宋秒秒如坐针毡地和靳云琛看着那部爱情片，恨得牙痒痒。

“靳云琛，你现在怎么变得这么不要脸了！”

“承让承让，”靳云琛小声说，“这方面我还要多向你学习。”

说完，靳云琛扭过头，一脸幸福地看着电影。

这一刻，宋秒秒越发怀念高中时的靳云琛了。

高中时，宋秒秒是后来才发现，靳云琛常常在周末的时候跑去网球馆练球。因为靳云琛带她去过一次网球馆，宋秒秒也算熟门熟路。虽然无论她如何软磨硬泡，靳云琛都不再教她这个没有天赋的学生打球，但是这不影响她看着他练习。

她总是站在旁边，看着靳云琛在专业网球教练的指教下挥着球拍的帅气模样，拍手叫好。

而且宋秒秒不光可以欣赏靳云琛帅气打球的样子，还可以吃到靳云琛从家里带来的外国零食。

这件事其实一开始是个意外。有一次，在靳云琛快打完一场时宋秒秒准备递水给他，想着靳云琛书包里应该带有专业水杯，结果她才翻了一下，书包里就掉出了两包包装袋上印着韩文字样的零食。她拆开以后才发现是薯片，而尝了一口后立马幸福得两眼冒星星。

“靳云琛，这是哪来的？这么好吃。”宋秒秒兴奋地问靳云琛。

靳云琛没有回答，只是忽然想到，大概是早上出门的时候，妈妈塞进来的。

不过靳云琛没有想到，他的沉默不但没有让宋秒秒放过他，他还被宋秒秒新增了一项服务：以后多带这种外国零食给她吃。

靳云琛的第一反应当然是拒绝，但结果……他没有。

后来，不知道是不是靳云琛的妈妈以为他很喜欢她买的这些零食，毕竟她看到靳云琛每天都主动往书包里塞一些，所以后来她买了更多种类的外国进口零食给他。

靳云琛看到以后，心里五味杂陈。

于是，那些各种各样的好吃零食，就都进了宋秒秒的嘴里。

宋秒秒经常一边观看着精彩的现场版网球比赛，一边享受着美味的零食，幸福得不知东西南北。

那时候，因为放假没有靳云琛的零食，宋秒秒还特别不习惯。别的同学都是迫切地想放假，只有宋秒秒每天都期盼着开学。弄得宋爸爸宋妈妈还以为他们的女儿特别喜欢上学，到处在亲戚朋友面前夸赞，甚是欣慰。

佛家说，不是不报，时候未到。

宋秒秒在奶奶的熏陶下曾经看过不少禅语，她怎么就忘了这句呢！

不过她也确实也没有想到一个人的性格会变化这么大，只是去了美国三年，靳云琛就从一只温驯的小绵羊，变成了一只心机深、心眼小的腹黑大灰狼。

要是宋秒秒早早参透那些禅语，她当初一定少吃两袋靳云琛的零食！

电影院报复靳云琛的计划失败，让宋秒秒有了一个认知：以她的水平，她可能根本不是已经学坏的靳云琛的对手。

于是后来，她便乖乖地监督靳云琛吃饭。

这天，宋秒秒在办公室等着靳云琛训练结束，要监督他去吃饭，看到苏教练过来，她便准备出去找靳云琛。

“苏教练好。今天的训练结束了？”宋秒秒对苏教练打了声招呼。

“结束了。不过你等一下，”苏教练满脸微笑地说，“还要麻烦你一件事。”

自从前几天苏教练安排了“监督靳云琛吃饭”的工作以后，宋秒秒就尽量避着苏教练走，生怕他再给她安排什么事。所以听到苏教练这样说，宋秒秒心里一紧。

“啊？什……什么事啊？”

千万不要和靳云琛有关呀！宋秒秒就差呐喊出来了。

“我们队明天要和C市UP-11网球俱乐部进行一项合作，他们指名要靳云琛代表UP-11网球俱乐部去S市参加一项比赛……”

“靳云琛要打比赛了？”苏教练的话还没说完，宋秒秒已经眉飞色舞地忍不住打断他。

靳云琛终于可以比赛了，她到时候趁机许愿，那现在的一切不就结束了？

这简直是天降喜事啊！

苏教练显然不知道宋秒秒的表情怎么突然多云转晴，但他并没有跟着宋秒秒一起兴奋，表情甚至有点为难，他说：“对，这也是我来找你的目的。”

“教练你说，只要我能办到，我绝不推辞。”宋秒秒就像一片热情的沙漠。

想到终于能摆脱那个小心眼的恶魔，宋秒秒兴奋得简直可以去知乎实名回答“近期最高兴的一件事是什么”的问题。

“这项活动关系到UP-11网球俱乐部对我们校网球队的一笔赞助费，所以队里也很重视。但我和靳云琛说的时候，他拒绝了。他说要他参赛可以，条件是……”苏教练有些“慈祥”地笑笑，“条件是……你要做他的女朋友。”

苏教练的话刚说完，宋秒秒就给了他一个“教练你是不是在逗我”的眼神，随后她忍不住叫道：“有没有搞错！”

她就为了和前男友复合，被逼无奈在网球队做个兼职助理，现在居然要这样对她？

她到底是招谁惹谁了？

一声轻咳传来，宋秒秒扭头才发现，靳云琛不知道什么时候站在了门前。此时他正左脚搭在右脚上，倚着门框，挑着眉梢，满脸欣慰地看着宋秒秒，笑得特别好看。

不过，他的眼神里明晃晃地写着——“我就是故意的，你能怎样？”

宋秒秒：哦，对了，我招惹到了我的冤家！

小时候，老师常常教育学生们做人要学会忍耐。在宋秒秒的前二十二年人生里，她确实也谨遵师言。但她做梦也没有想到，自己的这项个人原则会因为靳云琛而被打破。

说不上是什么原因，在看到靳云琛挑衅的目光时，宋秒秒终于忍无可忍地走到了门前。

“靳云琛，你还要不要脸？你使唤我，我也忍了，你能不能别得寸进尺？你比不比赛关我什么事？凭什么……凭什么要我做你女朋友你才比赛？”

“不关你什么事吗？”靳云琛垂眼看着宋秒秒，不知怎么回事，在他眼中，面前气呼呼的宋秒秒就像是一只正在对着自己张牙舞爪的小奶猫，要多可爱就有多可爱，他嘴角的弧度也情不自禁地拉大了，“难道在刚刚听说我有比赛的时候，你心里不开心？没有在想这是一个逃离我的好机会？”

这个三连问让宋秒秒刚刚满溢的愤怒和底气立马泄了大半。

但她张了张嘴，还是将没有泄去的一小半愤怒发泄了出来：“对！我就是想你赶快打比赛，然后好赶快离开你这个恶魔！我真是瞎了眼了，早知道你现在这么小心眼，我才不会来求你……”

靳云琛眼中的画面依旧是一只小奶猫在哇哇直叫，看着这只愤怒的“小奶猫”，他轻轻勾起嘴角：“你就那么确定我能赢？看来你对我的技术很有信心啊……”

他的意思很明显了——比赛我是可以打，但我也可以故意认输啊。

宋秒秒听懂了靳云琛的意思，最后一小半底气彻底没有了，她心里只有一个想法：这人去美国是把自己的良心喂了狗吧！

靳云琛的话，苏教练自然也听懂了，他心下一紧：我的祖宗诶，你撩妹就撩妹，可别拿重要的比赛当撩妹手段呀！这可关系到一大笔真金白银啊！尊敬的网球王子。

所以苏教练急忙向宋秒秒解释说：“不是做他的女朋友，怪我没有表达清楚。是假扮成靳云琛的女朋友，假扮，不是真的……”

“假扮？”听了苏教练的话，宋秒秒皱了皱眉，“靳云琛，你到底要搞什么？”

“是这样的，秒秒，只是帮靳云琛一个忙。”苏教练满脸堆笑地看着宋秒秒，抢在靳云琛面前回答，生怕他再狗嘴里吐不出象牙，把眼前的救星气跑了，“他有点麻烦，很棘手，解决了以后你就可以马上恢复自由。”

“什么麻烦？”宋秒秒怀疑地看着苏教练，总觉得他们俩是一伙的。

“喏，你还是自己看吧。”苏教练说着，示意宋秒秒往窗外看。

宋秒秒看向窗外，看到不远处的网球馆门前，一个身穿白色连衣裙的女生正在左右徘徊。她扎着马尾，显得整个人很清爽利索。

双腿修长，肌肤瓷白，眼睛里泛着光，甚是好看。

纵然是宋秒秒这样从小被夸成美女的人，也觉得她很美。

“这是什么情况？”

“你的情敌。”耳边响起的是靳云琛的声音，宋秒秒一扭头，发现靳云琛不知道什么时候走到了自己身后，靳云琛同样看向那位美女，淡淡地说，“这个人叫林可，她说她是旁边D大的学生，看了网上不知道谁传的我打球的视频，被我的身姿迷得五迷三窍，顿时就爱上了我，对我的崇拜之情犹如黄河之水泛滥，一发不可收拾。刚刚她突然闯进来，非要表达对我的爱意，还向我宣告势必要追到我，很是讨厌……”

讨厌？你这声音听起来很是享受是怎么回事？

“所以你是拿我做挡箭牌？”宋秒秒忍着想吐的冲动瞪着靳云琛，“那你随便找个人不就行了？干吗非要折腾我？”

“随便找个？难道你平时不上网？不知道现在网上是怎么说我们的？”靳云琛饶有兴味地看着宋秒秒。

宋秒秒的脑海里立马蹦出网上疯传的她被靳云琛夺去初吻的照片，还有照片下的那些评论，她的脸顿时发烫起来。

在她还没有想好怎么回答的时候，靳云琛的话又在她耳边响起：“现在大家都以为我们在交往，我要是找其他人，大家会说我花心的。”

所以你就只会祸害我吗？！

宋秒秒曾一度因为沈倦误会她和靳云琛的关系而沮丧，特别是那晚沈倦决绝地离开时，宋秒秒第一次体会到什么叫无力感。

她有一肚子的解释想对沈倦说，可惜他根本没有给她任何机会。

但宋秒秒那晚后来想了想，沈倦在说那句“我也祝你们幸福”时，语气似乎有一点点的不一样。

他真的不在乎她和别的男生交往吗？

宋秒秒不相信。

她不愿意相信。

宋秒秒看着眼前的靳云琛，忽然想起那天他说的话——“要让他知道，你不是没有人喜欢的，他才会懂得珍惜。”

也许这未尝不是一个办法。

所以她深吸了一口气之后，对靳云琛说：“要我假扮你的女朋友，不是不可以。但是我们要先说好了，我帮你解决了这个小麻烦后，你也要马上打比赛放我走，咱们就此一拍两散，老死不相往来。”

靳云琛嘴角噙着一抹笑意：“不这样，难道你还很期待我假戏真做？”

宋秒秒：“我……呸！”

苏教练对现在大和谐的结局很是满意，心里顺便对他这个队员的撩妹技术暗暗赞叹。所以说，自己打光棍是有原因的啊。

靳云琛也很满意，他右手放在胸口，胳膊肘对宋秒秒轻轻抬了抬。

宋秒秒一脸莫名其妙地看着他：“干吗？”

“你不是谈过五任男友吗，不知道情侣在一起走路是什么样子？”

宋秒秒皱眉，道：“你入戏得是不是有点早？”

还有，你怎么知道我谈过五任男友？宋秒秒很想问这个问题，但最后忍住了。

靳云琛笑得得意：“演戏嘛，当然要演全套的。”

宋秒秒这才不情不愿地挽了上去，心里顺便“友好”地问候了他大爷一遍。

两人就这样亲密地从办公室走到网球馆门口，一路上，那些刚刚结束训练的队员投来了各式各样的目光。

有人对靳云琛坏坏地挑了挑眉——“我就说老大是开后门，给自己招的假助理。”

有人看着宋秒秒，有点失落地撇了撇嘴——“看来我是一点机会都没有了。”

还有人开心地接过另一个不甘心的人递过来的一百块——“今晚的晚餐可以加鸡腿了，伟大的爱情万岁！”

不过他们情绪都比较单一，有些人的情绪就比较复杂。

比如门口站着的那位名叫林可的美女。

原本看到靳云琛出来时，她神采飞扬，但看到他身边的宋秒秒后，她的眼神里立马多了一层敌意。

“我刚刚说过，我已经有女朋友了。”没等林可开口，靳云琛像是在炫耀一样对她展示了一下身边的宋秒秒，“怎么样，我说得没错吧，是不是比你好看？所以很抱歉，我不能接受你的追求。”

听到靳云琛说的那句“是不是比你好看”，一旁的宋秒秒忍不住在心里嘀咕：这人真会睁眼说瞎话。

林可看了看宋秒秒，咬了咬嘴唇，显得异常委屈：“可是，我真的很喜欢你啊……”

“可是，我也只喜欢我的女朋友啊。”靳云琛说着，视线落到宋秒秒身上：“我想我的女朋友也真的很喜欢我，是吧？”

“呵呵，是的……”宋秒秒笑得比假人还假，克制住想甩手走人的冲动。

“那好，我……我要公平竞争！”林可握了握拳头，不甘地说。

“我倒是不介意。不过，我女朋友以前是练散打的，就是不知道她介不介意啊？”

宋秒秒心道：你全家都是练散打的！

“不好意思，我们还要赶去约会，校门口你知道在哪。”没等林可再说什么，靳云琛已经抽出他的胳膊，搂着宋秒秒的肩膀往外走去。

低头看着搭在自己肩膀上的修长的手，宋秒秒感觉怪怪的：怎么感觉自己好像掉到了什么坑里？

“靳云琛，现在满意了？”

“嘘，不要叫我‘靳云琛’，显得生分，叫我……‘琛琛’吧。”

宋秒秒没想到，她和琛琛……呸，和靳云琛的情侣戏码要一路从C市演到S市。

S市和C市之间有三个小时的车程，这三个小时里，靳云琛先是拉住企图坐到最后一排的宋秒秒，把她按在自己旁边的位子上坐下；然后他掏出耳机，把耳机强塞进宋秒秒耳朵里，两人一起听周杰伦的《告白气球》；后来靳云琛又拿来一罐咖啡，还只插了一根吸管，自己喝了一口之后又把吸管递到宋秒秒的嘴边。

对他之前的那些行为，宋秒秒没有明显地反抗，毕竟她可以转过头去不看靳云琛，当他不存在，可是现在要她用他用过的吸管？

宋秒秒一把拽下耳机，怒道：“靳云琛，你确定要这么过分吗？”

靳云琛倒是优哉游哉地又吸了一口咖啡，淡淡地说：“别人都看着我们呢，演戏要演全套的，你忘了？”

宋秒秒这一次没有信靳云琛的鬼话，并且在靳云琛再次将咖啡罐递到她的嘴边时，忍无可忍地抬手将他手里的咖啡罐推开。

不过，不知道是不是因为宋秒秒太生气，原本只是想推开咖啡罐的她，似乎有点用力过猛，加上空间狭小，咖啡罐不但从靳云琛的手里脱落，靳云琛的手腕也刚好碰到前排座椅后面的挂钩。

咖啡大概没剩多少，所以掉落在地也没有洒出来，倒是靳云琛瞬间吃痛地皱了皱眉。

“你没事吧？”宋秒秒被这突如其来的一幕吓了一跳，特别是她看到靳云琛的手腕似乎红了起来。

到了S市他们就要比赛了，靳云琛伤的又是左手，她不得不担心起来。

“秒秒呀，你还真是越来越粗暴了。”靳云琛揉了揉手腕，嘴角又勾了勾，“不过，我喜欢。”

靳云琛一边说话一边往前凑，脸几乎要碰到宋秒秒的脸，宋秒秒明显能感觉到靳云琛的气息。

就在她不知所措时，靳云琛弯下腰捡起了地上的咖啡罐。

在靳云琛的调戏中，宋秒秒原本的担心彻底消失不见了，她甚至还觉得刚刚出手太轻了。

然而，抱着这种想法的宋秒秒在下午就后悔了。

这次的比赛是C大校网球队和S市七色龙网球俱乐部的比赛，七色龙网球俱乐部是职业网球队。虽说C大校网球队是校际各大网球比赛的冠军，但也仅限于高校之间，和职业网球队比还是存在一定的差距。

说白了，让他们和职业网球队队员比赛，是UP-11俱乐部对C大校网球队水平的一次测试。UP-11作为全国有名的职业网球俱乐部，每年都会物色最优秀的种子队员加以培养，将来好招入麾下，所以每年都会有这种类似选拔测试的比赛。如果比赛结果令他们满意，他们会率先拨出经费资助校网球队。

能够加入全国有名的职业网球俱乐部是每个校网球队队员的心愿，更是每个校队教练水平的体现，所以苏教练才如此看重这次比赛。为此，这次派出来的队员都是苏教练精挑细选的精英球员。

派出的队员除了靳云琛，还有裴之枫和其他几名队里最强的选手。

因为靳云琛的存在，裴之枫当然不愿意来，宋秒秒还听言妍说，裴之枫还提出过要退出校网球队，可惜苏教练自然不会答应他。

这次，苏教练信心满满地想要让这些专业网球队员都见识一下他带出来的队员，然而，天不遂人愿。

苏教练没有想过，这一天，会成为他人生中最黑暗的一天。

在此之前，苏教练一直以为他人生中最黑暗的一天，是他三十四岁那年的生日。

因为一心痴迷网球，加上完全不会和女生打交道，三十多年了，资深大龄男青年苏教练还没有把自己的终身大事解决掉。为此，他的一众朋友很是心痛，打算在他生日这天给他一个惊喜——每个朋友给他介绍一个相亲对象，力争在这一天结束他悲惨的单身生活。

大家把女孩们的联系方式交给他，他也信心满满地想在这么重要的一天解决自己的终身大事。于是，他电话、微信、QQ、MSN，同时开弓。他坚信，他这么勤奋努力，一定会有一个姑娘和他终成眷属。

可是现实是残忍的。

一天下来，唯一愿意和他继续聊下去的女生，是想向他推销自己的代购产品。

但苏教练没有想到，这一天会比他生日那天还要黑暗。

在他率领横扫高校各大赛事的 C 大校网球队来 S 市和七色龙职业网球队比赛时，他的爱将裴之枫以 0 ∶ 6 惨败。

下午率先上场的裴之枫，整个人像是丢了魂一样，力量和速度完全不够，丝毫没有发挥出平时的水平。

整个比赛可以说是毫无招架之力。

更让苏教练痛心的是，发挥失常的除了裴之枫，还有靳云琛。

在以为裴之枫是被强制喊来所以有抵触情绪后，苏教练换了靳云琛上场。靳云琛一开始倒也打了几个漂亮的球，可是，没几个回合，他的力量和速度也渐渐降了下来。

看到两个最强的队员被虐成了这样，苏教练的眉头皱成了一个“川”字。

七色龙网球队队员更是忍不住发出嘲笑声：“不是说你们是高校中水平最高的？就这样？哈哈哈……”

因为距离不是很远，宋秒秒清楚地看到，靳云琛在听到这句话的时候，眼睛里闪过一丝寒意。

可是，连宋秒秒也发觉了，靳云琛每次挥动球拍时都好像异常吃力。

看着靳云琛一次次没有接到球，宋秒秒也很着急。

也就在那个时候，她的脑海里忽然蹦了一个画面——咖啡罐掉到了地上，靳云琛的手撞到前排座椅后面的挂钩上，手腕瞬间红了起来。

“靳云琛该不会……”意识到这个问题，宋秒秒觉得自己今天真是吃错了药。她就算再讨厌靳云琛，也不该在这个时候和他发生摩擦啊！

不知道是不是于心有愧，看着吃力的靳云琛，站在苏教练旁边的宋秒秒忽然双手做喇叭状放到了嘴边，高声大叫：“靳云琛加油啊！”

可能连靳云琛都没有想到，宋秒秒会突然来这么一嗓子。

不过宋秒秒的这一声“加油”，显然给了靳云琛力量。

只见下一刻，靳云琛突然扭过头来给了她一个飞吻……

宋秒秒还没有反应过来，靳云琛已经在对手发起高旋球后，紧握球拍，弓起腰来，如一只猎豹向上猛跳，一记强拍直接将球拍回给对方。而且因为速度太快，角度刁钻，对手根本没能接住这球！

这一记球，让苏教练垂死的心又重新跳动起来。

惊喜并没有就此结束，一连几个回合，靳云琛都扳回了局面。

他就像一只被注入强心剂的猎豹，渐渐掌控了全场。

这是宋秒秒三年后第一次觉得，靳云琛打球的样子好像有点帅。

也是这个时候，宋秒秒才后知后觉地想起，靳云琛之前好像朝她抛过来一个飞吻……

察觉到观众席上的人不时朝她投来的目光，宋秒秒顿时脸发烫。

这“男朋友”是不是有点辣眼？

不过宋秒秒的脸没有烫太久，就在她发呆的片刻，她突然听到一声尖叫。

宋秒秒循声望去，只见靳云琛跌倒在了球场上。而且他的姿势很奇怪，左脚好像外扒很多。

“糟糕，靳云琛好像崴到脚了！”苏教练丢下一句话，便朝赛场上跑去。

“靳云琛……”宋秒秒也心下一紧，急忙追上去。

走近了她才发现，靳云琛的额头上全是豆大的汗珠，明显是冷汗，而且他嘴唇发白。

苏教练说得没错，靳云琛的左脚浮肿，确实崴到了。让人意外的是他的胳膊，他左胳膊的手腕明显肿大发红。

“靳云琛，你没事吧？”看着苏教练小心翼翼地扶着靳云琛的胳膊，宋秒秒心里有点混乱。

她知道，这是他上午受伤后的后遗症。

可是她没有想到，她这边紧张不安，靳云琛却只对她咧嘴笑了笑：“你说我有事没事？宋秒秒，你要对我负责啊。因为你的一句‘加油’，我可是拼了命在打球，一个不小心我就成这样了……”

宋秒秒无语：现在还有心思说这些！

“别贫了，别乱动。”宋秒秒还没来得及回答，苏教练已经高声呼喊：“救护队，快来，快把他抬去医院……”

看着靳云琛被抬上担架，宋秒秒怔在原地没动，她的脑子里全是靳云琛躺在担架上时望着她说的最后一句话——“对了，宋秒秒，你刚刚脸红什么？是不是也在想我？”

宋秒秒：我想你才有鬼了！

第五章

让我来呵护你好不好

谁也没有想到，信心满满的S市之行，会以最悲惨的状态结束。

UP-11网球俱乐部的赞助费彻底泡汤，苏教练很惨。

被逼去了一个根本不想去的城市，比赛还以0 ：6的比分惨败，裴之枫很惨。

不过最惨的是靳云琛。

医生诊断，靳云琛左脚踝关节韧带损伤，局部软组织损伤，左手手腕在受伤的情况下用力过猛，导致神经线被压迫，手腕浮肿。他至少需要半个月来卧床休息。

在医院进行初步治疗之后，他们就赶回了C市，靳云琛当天就被送进了病房。

对此，宋秒秒心里五味杂陈。

因为这意味着宋秒秒要照顾他半个月——这是苏教练和靳云琛共同的愿望。

苏教练虽然很惨，却还是在靳云琛受伤的时候最紧张，也给予了他最大的关爱。苏教练用带着伤感和恳求的语气对宋秒秒说：“秒秒呀，你可要好好照顾你的男朋友，哪怕他是假男朋友。这可是我的头号王牌选手。”

靳云琛表现得更直接，他直接将自己被包扎起来的胳膊和脚伸给宋秒秒看，嘴角一勾：“你要对我负责。”

看着靳云琛面带微笑的样子，宋秒秒只有一个感觉：他现在是越来越不要脸了。

靳云琛的胳膊受伤，算起来她是罪魁祸首，要不是她意外伤了他的手，估计比赛的结果也不会是这样，他更不会浑身是伤以至于要住院。按理说，她去看看他肯定是应该的。但是，要她天天在医院照顾他，特别是她还要面对他这副不要脸的面孔，宋秒秒想想就心疼自己……

“行，要我照顾你也可以，不过你要答应我一个条件。”宋秒秒说完，盯着靳云琛的眼睛，“你告诉我你为什么一直对裴之枫有那么大的敌意。”

听宋秒秒提到这个，靳云琛的脸色立马沉了，他的神情明显有些许抗拒。

“你想知道？”靳云琛的声音变得很沉，“那你为什么不去问问他？”

宋秒秒一早就知道自己问了也是白问，她看着靳云琛冰冷的眼神，只是觉得有愧于言妍。

从S市回来的当晚，言妍就找了她。

“秒秒，到底发生什么事了？裴学长从S市回来后就显得闷闷不乐的，还说他已经正式退出校网球队了。是不是那个靳云琛对他动手动脚？”

听完言妍的话，宋秒秒愣了一下，她没有想到裴之枫真的退队了。她知道这肯定和靳云琛有关，可究竟是为了什么，她也不知道，所以她只对言妍说，可能裴之枫是因为发挥失常受到了打击。

言妍听后抿了抿嘴，收拾了一番就约裴之枫去看电影了，说是陪他散散心。

看得出来，言妍是真的心疼他。

连言妍这个女朋友，裴之枫都没有告诉她具体原因，何况是宋秒秒。

所以面对靳云琛的这个问题，宋秒秒完全接不下去。

不过她也没必要接，因为她发现，靳云琛说完那句话后就扭过头去看窗外的枫树了，完全没有想在这个话题上继续的意思。

可能是因为他穿着病服躺在白色病床上的样子显得很落寞，再加上医院特有的伤感环境，宋秒秒发现沉默的靳云琛倒还像是高中时的样子，眼神里透着一股疏离感。

她恍然有一种熟悉感。

也许正因为这股熟悉感，宋秒秒犹豫了一下，在靳云琛继续看着窗外的枫树时，她到底还是转身给他去买刚刚他心心念念的水饺了。

不过宋秒秒买回来就后悔了。

靳云琛一边津津有味地吃着水饺，还不忘一边噙着一抹微笑看着宋秒秒说："我就知道你会心疼我的。"

这种情绪反差太大，宋秒秒狠狠地瞪了他一眼。

"靳云琛，你是不是有人格分裂症？为什么我感觉你有时候就像是两个人？"

"是有人格分裂症，还是和高中时你认识的靳云琛不一样？"

宋秒秒没想到靳云琛会这么说，不过这样也好，她终于可以问出心里一直想问的问题。

"你在美国究竟发生了什么？为什么不过三年的时间，你变了这么多？"

"变得你不喜欢了？"靳云琛勾了勾嘴角，"是不是，你更喜欢高中时的我？"

宋秒秒被靳云琛的眼神盯得不舒服，她皱了皱眉："谁喜欢你了？脸皮别这么厚。"

就是这话说出来的时候，底气好像不是那么足……

"是吗？难道是我自作多情了？"靳云琛保持着那欠扁的微笑，淡淡地说，"可是那个时候，我就很喜欢你啊。"

宋秒秒感觉……心累！

美国的水是不是还能养育人的情商呀？这哪像是宋秒秒以前认识的那个二愣子说出来的话。

被这样调戏，宋秒秒真想把他盘子里的水饺倒出来喂狗！

这个想法才刚刚冒出来，她就看到一个熟悉的身影闯了进来。

"靳云琛，我听说你在S市受伤了，你没事吧……"

林可慌慌张张地跑了进来，满眼的紧张，比宋秒秒这个假女朋友称职多了。

“怎么伤得这么严重？都包成了这样。”看着靳云琛被包扎起来的胳膊和脚，林可更加不淡定了。

虽然没有想到林可会出现，但靳云琛完全对她的这种关心无动于衷，反倒是拿她做了很好的案例比较：“秒秒，看到没有？一个普通人都比你这个女朋友关心我。”

靳云琛说完，这才看向林可：“这位美女，我之前就和你说过，我是有女朋友的。虽然你身材比她好，皮肤比她白，眼神比她温柔……可是很抱歉呀，爱情也是讲究先来后到的。希望你以后不要再这样了，你这样，我女朋友会吃醋的……”

“不会，”宋秒秒打断靳云琛，转头对林可说：“这位美女，我看出来了，你是真心喜欢他，那我就君子成人之美，把他让给你吧。”

听到宋秒秒的话，林可并没有因此开心，她不傻，当然知道他们是在消遣她。所以再次开口的时候，她的声音几乎带着点哀求：“靳云琛，我是真的喜欢你。其实我已经默默地关注你很久了，我看过你二十次训练、八次比赛，知道你是从美国斯坦福大学过来的交换生……上次我也是鼓足了勇气才敢向你告白，我知道我这样很鲁莽、很冒失，可是这是我第一次喜欢上一个人，原谅我只会这么直白地表达……”

“好了，别说了，我懂，我马上就走。”林可的话还没说完，宋秒秒就打断了她。

她不能不打断。不知道为什么，在看到林可这样苦苦恳求的时候，她就好像是看到了沈倦面前的自己。

她们都是在爱情面前卑微的小女孩啊。

不过，宋秒秒才转了个身，靳云琛的声音就响了起来：“宋秒秒，你敢迈出去一步，我保证，你和沈倦永远都不会有结果。”

他的声音冰冷得像一把刀，带着寒意。

听到沈倦的名字，宋秒秒怔在了原地。

沈倦啊，那是她的软肋。

她转过头，才发现靳云琛的眼神和他的声音一样，也冰冷得像一把刀。

他似乎真的生气了。

因为靳云琛的话，宋秒秒在“转让男朋友”不成的第二天，趁着下课后的时间又去看了沈倦。

和上次光明正大地在他的宿舍楼下等他的情况不一样，这次她是偷偷地……瞄了几眼。

她知道，现在她只有这个资格了。

宋秒秒是在校舞蹈室外面看到沈倦的，听说沈倦现在每天在穆涵练完舞后接她一起吃饭、逛街、去图书馆学习，两个人可以说是如胶似漆、难舍难分。

大半个月没来校舞蹈室，宋秒秒透过窗户看到大家在练习，心里涌现一丝难过。

当初知道她状态不好，加上近期没有什么比赛，严教练便给她放了假，让她处理好自己的事。严教练没有找她，她也就继续休息，省得碰到穆涵，别人不尴尬她尴尬。

而这丝难过，在看到沈倦温柔地等着穆涵出来时，又加重了一些。

她也不知道为什么，明知道会难过，还非要过来看他一眼。如果非要给一个理由，一定是分开越久，她越想他了。

都说靳云琛是恋爱锦鲤，宋秒秒才思来想去找他帮忙，她怎么会想到，自己却因此掉到了坑里，不但没有爬出来，好像还越陷越深。

现在宋秒秒只有一个愿望：祈祷靳云琛这个恋爱锦鲤不是浪得虚名，到时候不管沈倦和穆涵发展到哪一步，她一个心愿许完，沈倦真的就能重新回到自己身边。

看到穆涵出来，沈倦贴心地迎了上去。见到这一幕的宋秒秒抿了抿唇，终于想逃离。

不过她还没转身，就看到穆涵突然抛开沈倦的怀抱朝一边跑了过去。宋秒秒好奇地跟随她的身影望过去，就看到穆涵投进了另一个男人的怀里。

男人年纪比较大，身材微胖，他慈祥地摸了摸穆涵的头，低头和她说些什么。

宋秒秒皱了皱眉，心想：这是什么情况？

她再看了看沈倦，发现他非但没有吃醋，还很尊敬地看着那个男人。

等男人和穆涵又朝沈倦走近了些，宋秒秒这才看清他的长相，她这才恍然想起来，男人好像是经济系的穆教授，沈倦的辅导员，也是穆涵的父亲。

走到沈倦身边的穆教授不知道和沈倦说了什么，宋秒秒就看到他怀里的穆涵离开他的怀抱，重新挽着沈倦的胳膊，对他挥挥手离开了。

看着这和谐美满的一幕，宋秒秒的心像被针扎了一般痛：他们都已经得到家长的认可了吗？

在沈倦和穆涵的身影消失的时候，宋秒秒终于生出了一股严重的危机感。

大概就是因为这股危机感，在靳云琛要宋秒秒扶他去厕所的时候，她才没有拒绝。

这天，宋秒秒收拾好靳云琛吃完的餐盒，正要丢到垃圾桶里，就看到一如既往优哉游哉地躺在床上的靳云琛对她勾了勾手指。

“秒秒呀，你常常说我变了，怎么我感觉你好像也变了？”

宋秒秒当然知道他在说什么，这几天她确实变了许多。靳云琛要吃牛排，她就打车去买；靳云琛想喝学校那家小店的特色奶茶，她就排队去买；靳云琛要她扶着下床走走，她就变成他的拐杖。

她尽职得像是一个真正的女朋友，努力不给靳云琛添半点堵。

“怎么，不喜欢？”宋秒秒面无表情地看着他。

“说实话，确实有点不习惯。”靳云琛挑了挑眉，“你该不会是慢热型的，才发现我很帅，所以对我动了心吧？”

宋秒秒忍住翻白眼的冲动，点头道：“是、是，你最帅了，帅得让人不忍直视……”

“这个回答可就有点敷衍哦。”靳云琛像是想到了什么，扯了扯嘴角，“哦，我知道了，你是看到那个林可那么喜欢我，害怕我真的被抢走，才这么体贴，对吧？”

不提林可还好，提到林可，宋秒秒就想到那天她卑微离开的样子，心里多少有点不忍。当时宋秒秒不但被靳云琛喊住，还被要挟坐到他的床边，当着林可的面喂他喝水……

要不是林可太难过，离开的速度很快，她可能就能亲眼看到宋秒秒手里的杯子丢到靳云琛脸上了。

“靳云琛，人家那么喜欢你，你怎么就那么忍心伤害人家？”宋秒秒还是没忍住为林可抱不平。

“没办法，谁让我的心里只有你呢。”

宋秒秒：当我什么也没说。

“虽然不知道为什么你突然变这么好，不过，我还是蛮享受的。”见宋秒秒不说话，靳云琛突然抬了抬腿，说，“来，扶我起来上个厕所，让我再多享受一下这不知哪天就会消失的待遇。”

听到这句话，宋秒秒不自然地皱了皱眉。

这几天其实一直都是靳云琛自己拄着拐杖去厕所，毕竟男女有别。宋秒秒可以在别的地方照顾他，但是这方面……她还是控制着不和靳云琛太亲密。

“怎么，刚刚才夸你变得好了，这么快就又变了？”见宋秒秒无动于衷，靳云琛又笑了笑。

“靳云琛，你是一只脚受伤，不是两只脚都瘸了。你自己能下床，医生也让你多下床活动活动，医生的话你是都吃到肚里了吗？”

不提这个还好，提到这个，靳云琛就挑了挑眉梢，道：“我就是想看看你是不是真的变好了。”

宋秒秒是忍着问候靳云琛大爷的冲动扶他往厕所走的，她想，这样一次次对待靳云琛的大爷，大爷也会很委屈。

但是当她把靳云琛扶到厕所门口，准备离开时，又听到靳云琛说：“你一松开我就会摔倒，你必须要等我解决完再能松手。”

她还是没忍住，问候了靳云琛的大爷。

看着靳云琛得逞后的表情，如果不是考虑到只有他这个“恋爱锦鲤”可以帮到自己挽回沈倦，宋秒秒一定会一个“不小心失手”将他摔到马桶里去。

不，她还要按冲水按钮，最好将他冲到下水道去！

不知道是宋秒秒照顾得好，还是靳云琛身体素质过硬。

这段时间靳云琛恢复得不错，当初医生说要他住院半个月，但以现在的恢复情况来看，只要不马上进队训练做剧烈运动，他应该再过几天就可以出院了。

听到医生这样说的时候，宋秒秒心里相当开心。

她终于很快就不用伺候靳云琛上厕所了。

不过是“很快”，也就意味着这种生活还要继续了。这天，校舞蹈队严教练打电话给宋秒秒的时候，她就刚刚伺候完靳云琛的第七次如厕，心里正在问候靳云琛的二大爷——连她都有点同情靳云琛的大爷，所以她决定换一个人问候。

虽然接到严教授的电话让她有点意外，但想了想，也在情理之中。说起来，这是从宋秒秒加入校舞蹈队以来，第一次缺席这么长时间的练习，以前她可是最勤奋的。想到可能是严教练召她回去，她的心情有点复杂。

一方面，回去后她就有理由正大光明地拒绝在医院照顾靳云琛了，但另一方面，她不知道该如何面对同在一个队里的穆涵。

不过宋秒秒怎么也没有想到，严教练不是找她归队，而是为了那件事。

见面地点还是当初严教练找她谈话的舞蹈教室，教室里还是只有严教练一个人在等着她。

宋秒秒来了后，严教练先是简单地关心问候了她一下，然后就语重心长地对她说："秒秒，对这次谈话，你要做好心理准备。"

"怎么了严教练？"

宋秒秒第一次看到严教练这么严肃的样子，她心下一紧，第一个念头就是：上次舞蹈大赛她的失误造成了恶劣的影响，她要被开除。

不过宋秒秒没有想到，严教练说的事，比她被开除这件事严重多了。

"关于舞蹈大赛上你的突发状况，后来我想了想，还是发现了一些异常。"严教授认真地看着宋秒秒说，"但考虑到你当时的情况，我也就没有再直接找你谈话。还是这次大赛主办方里我的一个朋友调查了监控，才证实了我们的猜想。"

"什么猜想？"尽管严教练用了很委婉的话来表述，但宋秒秒立马就说出其中的意思，"严教练，你是说有人在我的水里下药？"

严教练没有直接回答，却更加严肃地看着宋秒秒："你再仔细想想，比赛的时候，你真的没有喝过什么东西吗？"

比赛的时候，宋秒秒的肚子痛得异常，而且事后拉了很久，但这些异样都因为沈倦突如其来的分手宣告而被宋秒秒忽略不计了。那天之后，她更是一心沉浸在失恋的痛苦当中，比赛失利摔倒在舞台上的狼狈样子更在网上疯传，比赛时的场景成了她不愿触及的回忆。

所以她也一直没有去仔细回忆。

现在被严教授这样引导着，宋秒秒仔细想了想。她当时确实没有喝过什么东西，就是在开场前几分钟里，沈倦突然跑过来给了她一片止痛药。因为宋秒秒的脚踝之前扭伤过，沈倦当时说为了防止比赛的时候出现意外，还是吃点止痛药保险一些。当时宋秒秒还为沈倦的细心和体贴而感动。

想到这里，宋秒秒忽然神色一紧："严教练，你是怀疑沈倦？"

"我们调查了当时的监控，你在比赛前只吃过他给你的东西，我们确实怀疑他对你做了什么手脚。"严教练直言不讳，"所以今天喊你来，就是想当面问问，你当时有没有觉得沈倦给你药时有什么异常？"

"不会的，不可能的……"听完严教练的话，宋秒秒整个人像被抽空了一般。就算真有人对她做了手脚，可以是任何人，但绝不可能是沈倦。

"秒秒，我知道这对你打击很大，但事情既然已经发生了，就得去面对。我今天决定告诉你真相，也是想还你一个公道。出了这样的事，队里不会不管……"严教练说到这里，有些心疼地看着宋秒秒，"当然了，决定权也主要在你，毕竟……他是沈倦。"

宋秒秒知道严教练的意思，但在严教练的眼神下，她再也无法镇定了。

"没有，没有任何异常。"宋秒秒的声音有些轻颤，"我仔细想了想，沈倦给我的药没问题，我当时吃了后脚确实不疼了，绝对不是他……不好意思，教练，我身体有些不舒服，如果没有别的事，我先回去了。"

没等严教练给她回应，宋秒秒便逃也似的离开了舞蹈室。

她不得不逃走，因为在严教练的注视下，宋秒秒恍然想起，沈倦给她药时，眼神好像有些慌乱。

宋秒秒曾经体会过什么叫"天塌下来了"，她以为那会是她人生中最痛苦的时刻，但她没有想到，那离她人生中最灰暗的一天还有很远。

宋秒秒不记得她是怎么从舞蹈室出来的，只是一路上有熟悉的人和她打招呼，她没听到；有人不小心碰到了她，她也没有什么感觉。

有人发现最近风头正劲的“网球四大男神之首”靳云琛的女朋友状态不对，立马拍了照片发到网上，还配了一句非常勾起人好奇心的话——“校舞蹈队队花失魂落魄为哪般？”

下面立马有人评论——

1 楼：天啊，怎么回事？一脸的失恋相？行尸走肉也不过如此。

2 楼：心疼我女神，不会是靳云琛那个浑蛋劈腿，伤了我女神的心吧？靳云琛，我要找你单挑！

3 楼：虽然队花的样子很值得同情，但我还是想问一句，靳云琛这下是不是有机会是我的了？

4 楼：宋秒秒也太命苦了吧，如果是真的被甩，那她这是第六次被劈腿了吧？

……

伤心欲绝的宋秒秒当然不知道她再次在网上成了焦点，她的脑海里只有一个画面——

二十多天前，C 市高校舞蹈大赛开始的前几分钟，沈倦在后台拿着一杯水对宋秒秒说：“秒秒，你的脚前几天扭伤了还有点疼，吃了这片止痛药吧，一会儿比赛的时候，就保险一些，应该不会疼了……”

怎么会是沈倦呢？

怎么会是她心心念念的那个人呢？

他又为什么要这样做呢？

宋秒秒想不明白，她带着这个疑问，即使步履艰难，还是朝沈倦的宿舍楼走去。

不过，宋秒秒还没有走到沈倦的宿舍楼下，就已经在一个四下无人的角落里看到了他。

沈倦依旧是和穆涵在一起，只是和以前他们甜蜜的时候不同，此时穆涵正满眼泪水地看着沈倦。

宋秒秒不知道发生了什么事，一下子愣在了花坛后面。

“沈倦，你浑蛋！”穆涵噙着满眼的泪水，既委屈又愤慨地对沈倦说。

“穆涵，我是真的喜欢你……”沈倦有些慌乱地想去拥抱穆涵，却被她一把推开。

“你敢说和我在一起不是为了我爸手里的保研名额？”穆涵的声音渐渐从愤慨变成了彻底的委屈，“如果我爸不是你的辅导员，如果我爸手里没有保研名额，如果我不是我爸的女儿，你还敢说你是真的喜欢我吗？”

沈倦被穆涵的话问住了，他不安地再次走近穆涵，小心翼翼地说：“涵涵，我……”

可是他每往前走近一步，穆涵便往后退一步：“沈倦，如果不是我爸爸告诉我事情的真相，你打算还要瞒我多久？是不是等保研名额一确定是你的，你就把我甩了？”

“没有，我是真的喜欢你。”沈倦的声音也渐渐带有几分哽咽，“涵涵，你要相信我，如果我不是真的喜欢你，也不会为了你去给宋秒秒的杯子里下药，我知道你一直想赢得那次比赛，我……”

“沈倦，你卑鄙！”他的话还没说完就被穆涵打断，“我虽然处处不如宋秒秒，可是还不至于要你用这种下三烂的手段来帮我。沈倦，我恨你……”穆涵说完这句话，终于抹了一把眼泪，扭头便跑了。

“涵涵，涵涵……”沈倦急忙追了上去。

沈倦有没有追上穆涵，宋秒秒不知道，她只知道，在听到沈倦说完那句话的时候，她忽然觉得，眼前的整个世界坠入了无边的黑暗。

没有尽头。

靳云琛很生气，他的牛排没有人买，奶茶也喝完了，连上厕所都是自己一个人蹦跶着去。

一天了，宋秒秒被一个电话喊了出去，如今天都快黑了，他还不见她的人影。

更可气的是，他打宋秒秒的电话，不断被挂掉就算了，后来她居然直接关机了。

“胆子真是肥了……”靳云琛越想越来气，他甚至已经开始想着，等见了宋秒秒该怎么惩罚她。

然而，他怎么也想不到事情会发展成这样。

晚上七点，宋秒秒出现在他面前，还没等他开口，宋秒秒就将一份蛋炒饭放到他面前，冷冷地说：“靳云琛，我来就是想当面告诉你，看在你的手腕因为我受伤的份上，这是我最后一次照顾你，从此以后，我们就没有任何关系了。”

宋秒秒说完，转身就要走，冷酷得不像一个正常人。

“宋秒秒，你胆子真是越来越肥了！”靳云琛喊住刚走两步的宋秒秒，“什么叫‘从此以后，我们就没有任何关系了’？你别忘了，我们现在可是男女朋友，你答应过我的。”

“那只是演戏。”宋秒秒头也不回地往前走。

“万一那个林可再来骚扰我怎么办？”靳云琛发现情况似乎有点不对。

“那不关我的事。”

“那你也不能走，我们可是签了合同的。你忘了吗？你现在是我的助理，一切都要听我的……”看着宋秒秒继续往前走的身影，靳云琛确定了，情况确实不对。

听到这句话，宋秒秒终于停在了门前，可惜她依旧没有回头，只是淡淡地开了口：“合同是基于我求你许愿的基础上签订的，如果我再也不需要许愿了呢？”

靳云琛愣了一下，问：“不需要许愿？宋秒秒，你什么意思？”

可惜宋秒秒根本没有再回答他的问题，她拉开了门，只留给他一个头也不回的身影。

宋秒秒不回头不是不想看到靳云琛，恰恰相反，她是害怕靳云琛看到她控制不住涌出来的眼泪。所以，关上门以后，她几乎是跑着离开医院的。

她终于彻底地失去了沈倦，永远都不可能再和他在一起了。

带着这种悲痛的心情，宋秒秒跑得越来越快，像是这样就可以将悲痛甩到身后，它便追不上来一样。

而另一边，宋秒秒离开后，靳云琛躺在病床上，扫了一眼眼前的蛋炒饭和自己被包扎的腿，心情十分烦闷。不知道是因为宋秒秒就这样从他身边溜走了，还是因为看到她难过的背影，他的心有些疼。

言妍找到宋秒秒的时候，宋秒秒正在舞蹈室里跳舞。

昏黄的灯光下，她穿着白色的舞蹈服，跟着音乐独舞。她的眼睛里带着决绝，她就像一只黑天鹅一般。

最开始一同进舞蹈队时，教练让大家各自先跳一次舞，展示一下自己的舞蹈，言妍就被宋秒秒跳舞的身姿惊艳到了。

但言妍看宋秒秒跳过那么多次舞，从未见过她的舞步像今天这般的孤独。

她跳了一遍又一遍，像是根本停不下来。

作为一个资深“网虫”，宋秒秒失魂落魄的照片言妍自然也看到了。当时她正在和裴之枫喝咖啡，察觉到宋秒秒的异常，她马上简单地和裴之枫说了几句就来找宋秒秒。

宿舍没找到，食堂没找到，两个人常常去的图书馆没找到，她没想到会在舞蹈室看到宋秒秒。

因为言妍记得宋秒秒说过，舞蹈是她心目中最圣洁的东西，她从来不会带着任何坏情绪去玷污它。

“大概真的是难过到了极点，才会想到这里吧。”言妍没有打扰宋秒秒，直到她喘着粗气，筋疲力尽，不得不停下来。

言妍没有问她出了什么事，只是走上前去，递给了她一瓶水。

亲耳听到沈倦说出那样的话时，宋秒秒没有哭；一个人躲在舞蹈教室跳了这么久的舞，宋秒秒也没有哭；但是，在言妍递过来一瓶水，心疼地看了她一眼时，宋秒秒眼睛一酸。

“秒秒，你要是难过，就哭出来吧。”言妍还是什么也没问，给了宋秒秒一个拥抱。

好闺密大概就是这样，不确定对方究竟发生了什么事，但知道这个时候什么是对方最需要的。

然而，宋秒秒还没来得及哭，她刚喝了一口水，深吸了一口气，电话就响了。

“你是宋秒秒吗？我这边是东城区派出所，你男朋友打架斗殴，需要你赶快过来办理一个保释手续。”

宋秒秒愣了一下，问：“什么男朋友？我没有男朋友。”

然而，真正赶过去以后，宋秒秒才发现警察没乱说，还真是她男朋友。

而且还是两个。

一个是她名义上的假男朋友，一个是刚刚伤害过她的前男友。

看着靳云琛嘴角的瘀青和沈倦插着卫生纸的鼻子，宋秒秒皱了皱眉。她最不想看到的两个人怎么搅到一起了？

而且要多狼狈有多狼狈。

“秒秒呀，不用感谢我。修理渣男，人人有责。”靳云琛说着，冷冷地看向沈倦，“而且他要感谢我受伤了，不然流血的可不只是他的鼻子。”

不用问也知道，一定是靳云琛找了沈倦的麻烦。

沈倦没有理会靳云琛，从宋秒秒进来后，他就满眼愧疚地看着她。他说："秒秒，对不起，我真的不是有意要骗你……你也知道，这次的保研名额对我究竟有多重要。"

宋秒秒看着沈倦，那一刻，她满心的悲痛忽然又加重了一些。

这就是她掏空了心思想要追回来的人呀，到最后，他对她说的，也不过是一句"对不起"。

"你不用说'对不起'，我们早就没有关系了。你上次也说了，我现在也有了男朋友，我很幸福。"宋秒秒说着就挽起靳云琛的胳膊往外走，只留给沈倦一个冷漠的背影。

然而，刚走出派出所，她就立马松开了靳云琛。看了一眼他左脚和左手手腕上的纱布，她皱起了眉头，冷声道："靳云琛，你不要命了？你知不知道你还受着伤？怎么就从医院跑出来了，还打架？"

靳云琛勾了勾带着瘀青的嘴角，笑了笑："没办法，谁让我知道有人欺负我最喜欢的人，我心疼了呢？"

宋秒秒将头别了过去，不去看他，说："靳云琛，我和你说过了，从此以后，我们再也没有任何关系。

靳云琛却上前一步，一把拉住她的手，深情地看着她，声音里全是温柔："秒秒，我想和你有关系。忘了那个浑蛋吧，以后，让我来呵护你好不好？"

言妍觉得她的好朋友宋秒秒最近又开始走桃花运了。

她计算过，这三天宋秒秒总共收到了五次玫瑰花，平均一天收到1.6666……次！

不过，她也发现，她的好朋友宋秒秒，好像完全没有当初走桃花运时那么美滋滋，甚至在收到玫瑰花的时候，只是看一下，就放到了一旁，任其自生自灭。

言妍好心疼……那些玫瑰花。

“秒秒，你怎么忍心这么对待它们？”某天，宋秒秒再次将新收到的玫瑰花丢到一旁继续看书时，言妍终于可怜巴巴地问她。

“你要是喜欢，你可以拿去。”宋秒秒很大方地把花递给了她。

不过言妍没接，她从自己的花瓶里拿出一枝同样鲜艳的玫瑰花，说：“花，我只要我家裴学长送给我的。”

宋秒秒做了一个呕吐状。

言妍不死心，坐到她床上看她：“那你说，你到底为什么不接受靳云琛？你看，你们是高中同桌三年的同学，知根知底。如今故人重逢，按理说应该干柴烈火才对……就算你们刚开始没‘火’起来，现在靳云琛这么深情地向你表白，你为什么要拒绝？”

宋秒秒看着旁边的玫瑰花，没有说话。

那天从派出所出来后，靳云琛说想守护她，她自然没有当真。

她甩开靳云琛的手大步离开，还听到靳云琛在身后大声对她说：“秒秒，你的男朋友，我做定了。”

宋秒秒没想到，靳云琛不仅这样说了，还付诸了行动，接连不断地送花来。

更加让宋秒秒意外的是，靳云琛每次只送花，从不多说话，也不做让她觉得难堪的事，像是在给她时间思考一般。

但是一想到高中毕业时靳云琛对她说的话，还有在C大重逢后他对自己的百般捉弄，宋秒秒就对言妍摇了摇头：“他就是在逗我玩，你不要当真了。”

“如果说刚开始是逗你玩我信，但我看现在他还真是当真了。”言妍不同意宋秒秒的话，“你没听说过一句话吗？‘失去了才知道珍惜’。肯定是这些年他的情商开化了，所以回来寻找真爱了。”

见秒秒不说话，言妍继续说：“如果之前你因为沈倦而不接受他，我也可以理解，可是沈倦那个渣男那样对你……秒秒，为了一个沈倦，值得吗？”

“我早就不记得沈倦是谁了。”提到沈倦，宋秒秒的眼神闪了闪。

这句话，她也对穆涵说了。

从派出所回来的第二天，宋秒秒就向严教练报道了。

当时严教练看到她，什么也没说，只是安慰地拍了拍她的肩膀，给了她一个鼓励的微笑。

这几天她更是勤加练习，因为严教练说："回来得刚好，好好准备一个月后的孔雀杯舞蹈大赛，争取将失去的再拿回来。"

穆涵就是在她练习完后找到她的。

原本宋秒秒还担心和穆涵在同一个舞蹈队会尴尬，但事实证明，是她想多了，在面对穆涵时，她根本没有任何多余的情绪。

倒是穆涵在看到她的时候，一脸的歉意。

"秒秒，对不起，我也不知道事情怎么会发展到这一步。这些天我很自责，没想到因为沈倦，我们变成了这样……"

"我早就不记得沈倦是谁了。"穆涵的话还没说完，宋秒秒就打断了她，"而且你完全没必要向我道歉，要怪就怪……我们都太相信爱情了。"

听完宋秒秒的话，穆涵心里这才好受一些。

"我也已经和他分手了，他接近我的目的根本就不单纯。"穆涵说着，从旁边的包包里掏出一个奖杯递给宋秒秒，"秒秒，你天资聪颖，在舞蹈上有别人没有的天赋，我一直很羡慕你。但我想告诉你，我从来没有嫉妒过你，如果不是沈倦，原本我们可以成为好朋友的。这是C市高校舞蹈大赛单人舞奖杯……如果不是因为他，这个奖杯一定会是你的。现在，我就把它还给你。"

看着穆涵手里的奖杯，宋秒秒心里一酸。

穆涵说得很对，如果不是因为沈倦，这个奖杯一定是她的。

可惜，现在她不需要了。

"穆涵，这是你应得的奖杯。我自己的奖杯，我会自己赢回来。"宋秒秒说完，转身就走，但刚跨出去两步，她又突然扭过头对穆涵笑了笑，“其实你跳得也一直很好，根本用不着羡慕我。”

之后的宋秒秒像以前一样，除了上课，就是把剩下的时间花在了舞蹈训练上。

但她没有想到，靳云琛的花后来居然送到了舞蹈教室。

更重要的是，每个队员对靳云琛来舞蹈教室送花的行为没有感到任何的惊讶，对他完全就是对待队员家属般亲切。连严教授看到靳云琛后，都对宋秒秒挑了挑眉毛。好像每个人都默认了他们是情侣一样。

这是什么情况？

宋秒秒终于忍不住羞涩的心情，将靳云琛拉到一旁，强装严肃地质问他：“靳云琛，你要干吗？”

“我在追你，你没看出来？”靳云琛笑得很好看。他穿着干净的白衬衫，手腕和脚上的纱布都已经取掉，一双腿修长笔直。他站在她面前，捧着一束花，帅气得让人移不开视线。

因为身高的关系，宋秒秒只能仰视着靳云琛，这让她的气势骤减了一半。

“靳云琛，捉弄我有意思吗？而且你已经捉弄我这么久了，是不是早就已经报完高中我欺负你的仇了？我拜托你以后能不能不要再烦我？”

“原来你以为我是在逗你，才一直拒绝我？”靳云琛勾了勾嘴角，异常深情地看着宋秒秒说，“其实我一直没有告诉你，这次我是特意从美国回来的，就是因为知道你在这个学校里。秒秒，三年了，和你分开了三年，我才发现，我很想你。”

可能没想到靳云琛会突然这么正经八百地说出这么深情的话，宋秒秒忽然觉得呼吸一窒，情不自禁地接过靳云琛递过来的玫瑰花。

“给我一次机会，让我呵护你好不好？”

宋秒秒看着手里的玫瑰花，脸突然发烫起来。她没有说话，只是看到路灯下一高一矮的影子时，恍然觉得好像一下子回到了三年之前。

“接不接受另说，现在，你先跟我来。”过了半晌，靳云琛以为宋秒秒这是要接受自己时，突然听到她说。

“嗯？”靳云琛勾唇轻笑，“这当然没问题，刀山火海，只要秒秒你一句话，我都在所不辞。”

宋秒秒终于笑了：“是吗？话可别说太早。”

当靳云琛跟在宋秒秒身后走到网球馆时，还是没想明白宋秒秒在打什么算盘，他问：“怎么来这了？难道你是想和我打一场比赛，我赢了的话，你就答应我的追求？”

“你想多了。”宋秒秒一边说着，一边把旁边的拖把丢到他面前，“不是说刀山火海在所不辞吗？那先把这网球场都拖干净，让我看看你的诚意。”

靳云琛没想到宋秒秒会这样做，但他随即就笑了。

“好，没问题。”靳云琛说着，真的拿起拖把开始拖了起来。

宋秒秒其实没有想到靳云琛会这么干脆。

不过看到他这样，她倒是很开心。

于是，在靳云琛拖地的时候，宋秒秒搬了一张椅子过来，就坐在椅子上悠闲地看着靳云琛劳动。当初她拖地时，靳云琛就像这样，在不远处潇洒地看着——他还当宋秒秒不知道呢。

“这里还有水渍你没看到吗？”宋秒秒一边跷着二郎腿一边挑刺。

靳云琛便用拖把将她指着的地方重新拖一遍，一边拖一边看向宋秒秒：“秒秒，现在是不是特别享受？”

“还行吧。”宋秒秒说着，干咳了一声，“就是干坐着有点渴，要不你去买杯咖啡？”

看着宋秒秒得意的样子，靳云琛嘴角一勾。

当初他怎么对她的，这只记仇的小奶猫全记着呢。

“没问题，您等着，我去去就来。”靳云琛说着，放下拖把就要离开。

宋秒秒急忙朝他高声喊：“哎，靳云琛……顺便带包瓜子啊。”

已经站定的靳云琛回答的声音有气无力：“好的。”

这一天，宋秒秒一边悠闲地嗑着瓜子，一边挑着靳云琛的各种毛病，而靳云琛终于在她不断挑刺的情况下拖完了八个网球场。

看着满头大汗的靳云琛，宋秒秒拍了拍手，嘴角含笑：“怎么样？是不是很享受啊？”

靳云琛拿她的话回她：“还行吧。”

“嘴硬。”宋秒秒轻哼，“这就叫‘现世报’，懂吗？”

“懂的。”靳云琛保持微笑，“那按你的这个意思，是不是从明天起，我还要给你送早餐，陪你吃饭啊？”

看着靳云琛一脸笑意的样子，宋秒秒傲娇地扭头离开，留给他三个字：“想得美！”

“那你到底有没有接受我啊？”靳云琛在她身后高声喊。

可惜，宋秒秒不知道是没听见还是装作没听见，根本没有回头。

看着宋秒秒的背影，靳云琛嘴角的笑意更深：“这个小傻瓜，怎么这么可爱。”

第六章

欺负你，就是不行

可能连沈倦自己都没有想到，因为女人，他会沦落到如此狼狈的地步。

不知道从哪里传出了沈倦为了保研名额出卖前女友、讨好辅导员女儿的事，总之，不过短短几天的时间，这个消息就传遍了学校。大家对其行为十分唾弃，据说他们宿舍的人都不想看到他。

沈倦一夜之间成为C大历史上最狼狈的校草，他也因为保研无望，连夜搬离了宿舍，离开学校，灰溜溜地找工作去了。

比起沈倦，裴之枫就幸福得多了。

因为退出了校网球队，他再也不用花大把的时间去网球馆练球，这样一来，他每天陪着言妍的时间就多了很多。

言妍恨不得也退出校舞蹈队，每天和裴之枫腻在一起。不过这个想法并未付诸实践，因为裴之枫对她说："其实我很喜欢看女孩儿跳舞，特别是喜欢看你跳舞。"

因为这句话，言妍非但没有退出校舞蹈队，还更加拼命练习。她还经常抛弃宋秒秒，趁大家都走光后，自己独舞一曲给裴之枫一个人看。

于是裴之枫美人在怀，幸哉乐哉。

幸哉乐哉的裴之枫，也不负言妍的喜欢。

他每次来舞蹈室都会带一支玫瑰花来，在言妍跳完舞之后送给她。

裴之枫还会为言妍做西餐，而且他不是在家做，而是带言妍去学校附近的西餐厅，一边放着音乐一边现场为言妍煎牛排。

周末的时候，裴之枫还租了一辆车，带着言妍去C市附近的麋鹿岛郊游，在草地上铺一块干净的毯子，他一边拉着小提琴一边深情地看着言妍……

大家都说言妍简直捡到了宝，找了裴之枫这么一个全能型的男朋友。

宋秒秒也觉得言妍捡到了宝，而且她比大家更清楚裴之枫对言妍的好。

至于她为什么这么清楚——因为每次裴之枫和言妍的约会，她都在场。可以说，她是全程见证了裴之枫的浪漫。

准确地说，是她和靳云琛都在场。

更准确地说，是每次裴之枫和言妍约会的时候，靳云琛都会拉着宋秒秒在他们的不远处约会。

言妍在舞蹈室为裴之枫跳舞时，靳云琛就约宋秒秒在舞蹈教室外的那条小路上散步。

裴之枫带言妍去学校附近的西餐厅现场为她煎牛排时，靳云琛就约宋秒秒在那家西餐厅的角落里吃意大利面。

裴之枫约言妍去麋鹿岛郊游时，靳云琛就带着宋秒秒在麋鹿岛骑行，还围着裴之枫和言妍转了一圈又一圈……

不过不要误会，靳云琛和宋秒秒并不是像裴之枫和言妍一样已经确定了关系。

虽然靳云琛的表白很感人，但是宋秒秒并没有答应他。

事后言妍对宋秒秒拒绝靳云琛的行为已经无力吐槽。

其实宋秒秒也不知道自己为什么会拒绝，在靳云琛说出那句“和你分开了三年，我才发现，我很想你”的时候，她的心明明也颤了一下。

说起来，这三年里，她偶尔也会怀念高中和靳云琛同桌的那三年。甚至在刚上大学的时候，她还四处打听过靳云琛去了哪所大学，在哪座城市生活。最终，她还是从高中语文老师那里知道他出国了。

靳云琛的情话很动人，但宋秒秒总觉得这不像是她认识的那个靳云琛会说的话。

她也想过，三年的时间会改变一个人。但靳云琛的变化太大了，以至于在面对靳云琛的时候，宋秒秒总是有一种陌生感。

也正是因为这种的陌生感，宋秒秒最终还是在靳云琛热情的眼神中逃离了。

不过宋秒秒没想到，那天她没有答应，之后靳云琛却不遗余力地加大了追求的力度，变着花样向她示好。

他已经不单是每天送一束玫瑰花，也开始了新的行动。

只是，几天下来，宋秒秒发现，靳云琛的套路……不会都是学“情圣王子”裴之枫的吧？

不然，怎么裴之枫他们在哪儿约会，靳云琛就跟到哪儿？

简直是有样学样，一样不落呀。

这天，宋秒秒再次被靳云琛从宿舍里喊了下来。

“秒秒啊，听说小吃街那边新开了一家特别好吃的臭豆腐店，我请你去吃吧……”靳云琛的声音原本就很有磁性，听起来很舒服，现在他的声音里带着笑意，显得更加好听。

不过宋秒秒愣了一下，心想：难道这家伙自己有了撩妹套路，不再学习裴之枫了？

因为宋秒秒知道，言妍今天可没和裴之枫去约会，这会儿她正在宿舍里看小说呢。

“怎么，还是说你要我搂着你去？”见宋秒秒不动，靳云琛作势要搂她。

宋秒秒却一动不动地看着他：“靳云琛，你是不是忘了？我最讨厌吃臭豆腐。”

当初她天天吃他从家里带的零食，忽然有一天靳云琛的零食中出现一袋臭豆腐，闻到那个味道后，宋秒秒直接把之前吃的东西吐了靳云琛一身。宋秒秒记得，靳云琛当时脸都绿了。

靳云琛此时的脸没有绿，不过听了宋秒秒的话后，他神色一紧，随即一笑：“我逗你呢，怎么会忘了你最讨厌吃臭豆腐呢？是我想吃了。”

“我记得你以前也讨厌吃。”

当时靳云琛闻到那个味道后，也差点吐了。

“你也说了，以前是以前，人是会变的。”靳云琛说着，眼睛一眯，凑到宋秒秒眼前，“你没有发现，我变得越来越喜欢你了吗？”

这突如其来的情话杀宋秒秒一个措手不及。

但是她像吃了臭豆腐一样，想吐。

等到了C市有名的小吃一条街，宋秒秒才知道为什么靳云琛要带她来这里。

热闹的人群中，戴着帽子的裴之枫走在街上，却并没有在任何摊位前停留。他将帽檐压得很低，做贼心虚般小心翼翼地穿梭在人群里。

裴之枫怎么跑这儿来了，还神神秘秘的？

这个问题宋秒秒还没想明白，看到眼前的情况，她忽然意识到另一个重要的问题：她是不是之前弄错了？靳云琛并不是在学习裴之枫浪漫的约会套路，而是一直在有意跟踪他？

看着靳云琛似乎刻意压制的那种邪邪的眼神，宋秒秒心里越来越不安：妈呀，三年不见，他该不会真变成了个变态吧！

小吃一条街上，两个背着书包穿着校服的学生正站在一个烤肉摊前。

两人看上去不过十六七岁的样子。女生扎着简单的马尾，一边和店员点单，一边侧头看着男生，甜甜一笑。男生的身材已然高大挺拔，简单的校服穿在他身上也显得得体有范。对于女生的笑容，他只是安静地看着，眼里隐隐带着温柔。

看到这个男生，旁边的宋秒秒感觉像是看到了十七岁的靳云琛一样。

十七岁的靳云琛，安静温柔，只是沉默地站在那里，就是一道风景。

宋秒秒再看看身边的男人……幻想顿时破灭。

靳云琛虽然嘴里在询问宋秒秒吃什么，眼睛却朝着裴之枫所在的方向不停张望。

虽然不知道是什么原因让当初那个干净温柔的少年变成了如今这般会跟踪人的变态，但为了不让靳云琛失足走上犯罪的道路，作为他的高中同桌兼前假女朋友，宋秒秒决定要努力挽救他！

“琛琛，人家也想吃那个烤串……”宋秒秒突然学着旁边女生说话的样子，故意捏着嗓子，还顺便挤出一个甜甜的微笑。

原本全神贯注地注视着裴之枫的靳云琛鸡皮疙瘩掉了一地，完全不知道宋秒秒怎么突然变成这个状态。他伸手摸了摸宋秒秒的额头，皱了皱眉头：“你是吃错什么药了？”

“怎么，你不喜欢会撒娇的女孩子？”宋秒秒继续保持甜甜的微笑。

说完之后，宋秒秒心里也在打鼓。

她当然知道自己现在这样说是在“玩火”，但是，万一一会儿靳云琛跟踪裴之枫到什么偏僻的小巷里，要她帮忙一起行不轨之事，那她可就是帮凶。比起这个，她牺牲几分色相又算得了什么！

听到宋秒秒这样说，靳云琛的注意力终于从远处的裴之枫身上回到了她的身上。他来了兴趣，嘴角一勾，很是满意地看着她：“喜欢，非常喜欢。”

“你看，我要吃这个烤串，和他们点的一样。”宋秒秒拉着他的胳膊对他示意，说着还给了他一个俏皮的微笑。

这个微笑彻底点燃了靳云琛，他反手一把拉住了宋秒秒的手，将她扯到自己面前，居高临下地凑到她的眼前，说：“女孩子见到吃的都会变得这么可爱吗？”

这种过分近的距离让宋秒秒很没有安全感，但说出去的话就像泼出去的水，现在她是骑虎难下，她只得硬着头皮对靳云琛笑笑：“你要是多点一点烤串，我会变得更可爱的。”

如果世上有后悔药的话，宋秒秒肯定是第一个去买的。因为她怎么也不会想到，她的话音刚落，靳云琛就一边掏出银行卡，一边对店员说：“这里的烤串我全包了，刷卡，没有密码。”

宋秒秒：你家是有矿吗，土豪？

“那我们刚刚点的烤串……”宋秒秒还没来得及阻止靳云琛，刚刚那个点了烤串的女学生就有点委屈地看着他说。

“不好意思，现在都是我的了……”

“别、别，他在开玩笑呢。”靳云琛的话还没说完，宋秒秒急忙拦住了他：“靳云琛，你是不是疯了？我要你多点，也没让你全买了啊。”

“千金难买美人一笑……”靳云琛挑了挑眉，“还是说你不敢再可爱一点？”

“可爱怎么了？可爱就可以随便踩人的脚？”靳云琛的话刚说完，一个声音就响了起来。

靳云琛闻声望去，就看到宋秒秒旁边一个抽着烟的男人正斜着眼看他。

也是这时候，宋秒秒才发现，男人的鞋子上有个浅浅的脚印。她回忆了一下，可能是她刚刚太着急了，不小心踩到了旁边人的脚。

“不好意思，我刚刚没注意，抱歉。”宋秒秒急忙道歉。

男人抽完最后一口烟，将烟头丢下，用脚尖踉熄，才慢悠悠地一边抬起头一边对着宋秒秒吐着烟雾：“道歉如果有用的话，要警察干吗？”

宋秒秒顿时被呛得连咳几声。

“那你想怎么……”

宋秒秒的话还没说完，她就被靳云琛拉到了身后。他以守护者的姿态将宋秒秒挡在身后，直视着男人，说：“所以你想干吗？”

“很简单呀，她踩了我的脚，我踩回来，很公平吧？”男人扯着嘴笑了笑。

听了男人的话，宋秒秒立马觉得后怕，这明显是在找碴了。强龙压不住地头蛇，这个道理宋秒秒自然知道，所以她要做的就是息事宁人。只是她还没有张开口，就听到靳云琛一声冷笑：“呵。”

“怎么，想英雄救美啊？”听到靳云琛的冷笑，男人明显不爽，“也可以呀，我刚刚好像听到你要把这里包下来，看来很有钱啊，要不然，你赔偿个百八十万的医药费给我，咱们就两清了？”

“你……你这是讹诈。”听了男人的话，刚刚想息事宁人的宋秒秒忍无可忍地站出来。

“小妹妹，你这么说话就不对了吧？怎么能说是讹诈呢？你踩了我是事实吧？”男人说着，看了看宋秒秒，嘴角一勾，“我看你长得不错，要是你觉得让我踩回来不划算，不然算我吃点亏，你陪我去前面的酒吧喝两杯，我就大人不计小人过，既往不咎了。”

“你浑蛋！”看着男人色眯眯的眼神，宋秒秒当然知道她这是被调戏了。

宋秒秒的话才落音，她就再次被靳云琛拉到了身后。

他平静地看着宋秒秒，说：“这里没有你的事，这是男人和男人的事。”

“我的女人也敢调戏，我想你肯定是出门忘吃药了……”靳云琛说完话的同时，一拳重重地打在男人的脸上。

男人可能没有想到靳云琛会这么突然地出手，他伸手摸了摸流出来的鼻血，怒火中烧。

“小子，敢打我，我看你活腻了吧！”身材壮实的男人朝靳云琛砸下重重的一拳，可是他没想到，这一拳会被靳云琛硬生生地用胳膊挡下来。

宋秒秒记得，那正是靳云琛前段时间受伤过的左手。

“有两下子！”男人说着，一脚踢到了靳云琛身上，这一次，他没有挡住。

原本拥挤的小吃街顿时乱作一团。

“啊，别打了！”看着和男人扭打在一起的靳云琛，宋秒秒完全慌了起来。

她想伸手去拉，可惜她根本靠近不了他们。

眼看着靳云琛要吃亏，宋秒秒赶紧掏出电话：“喂，110 吗？这里有人打……”

“快跑！”宋秒秒的话还没说完，一双手突然拉住了她。

宋秒秒还没反应过来，靳云琛便拉着她的手朝人群深处跑去。身后，是倒在地上的男人愤恨的叫骂声，但不知道为什么，那一刻宋秒秒的耳中好像只有风声。

靳云琛紧紧地拉着她的手，头也不回地带着她往前跑。

身后的人群都成了背景板。

宋秒秒有一种错觉——这一刻，那个干净温柔的十七岁少年，好像又回到了她面前。

“傻丫头，报什么警？你就这么希望我因为打架斗殴再次被拘起来啊。”一处偏僻的小巷里，靳云琛喘着粗气，不满地对宋秒秒说。

“可是你……”

“你什么你？这么不相信我的实力？”靳云琛对宋秒秒挤了挤眼睛，“打架这种事，我什么时候输过？”

宋秒秒咬了咬嘴唇，为难道：“可是靳云琛，你怎么那么冲动？万一他把你……”

“欺负你，就是不行。”宋秒秒的话还没说完，就被靳云琛打断。

“坏了……”靳云琛说完，像是想起什么，四下张望，裴之枫早已不见踪影。

不过，宋秒秒好像忘记了这件事，此时此刻她的脑海里，只有一句话——

“欺负你，就是不行。”

为了不让靳云琛真的发展成变态，宋秒秒决定把裴之枫和靳云琛一起约出来好好谈一谈。

男人嘛，有什么事是不能一顿饭摆平的？

如果不能，那就用两顿。

当然，宋秒秒不会蠢到直接对他们说约了对方见面。如果这样说了，靳云琛肯定无所谓，裴之枫肯定打死都不会来，毕竟他躲靳云琛都躲不及。

宋秒秒先将这个想法给言妍说了一下，言妍听后当即同意，并举双手支持：“早就该这样了。靳云琛也真是的，有什么事不能好好说吗？非要这么折磨我家裴学长。他要真是因爱生恨，我大不了拱手相让嘛……”

宋秒秒不可思议地看向她：“拱手相让？你舍得？”

言妍嘿嘿一笑：“舍不得，我开个玩笑。”

既然决定让两个男人谈一谈，宋秒秒和言妍便各自安排去了。

这天，靳云琛再次来到舞蹈教室等宋秒秒练完舞后出去吃饭，宋秒秒却一改先前扭扭捏捏的态度，大方地答应了：“好呀。正好我想吃湘菜了，我知道有家馆子味道特别不错，我们去那里吧。”

听到宋秒秒这么爽快地答应，靳云琛其实有点意外。

因为每次他约宋秒秒吃饭，都要磨破了嘴皮她才无奈答应，她不想和他一起吃饭的理由是，之前在网球队做助理时她陪他吃够了。

现在见到宋秒秒这般态度，靳云琛眉梢一挑，心下不禁欢喜。

他知道，他成功的日子不会太远了。

宋秒秒说的那家湘菜馆在市中心，二人赶到的时候，宋秒秒直接带靳云琛去了包厢。

此时，被言妍带过来、刚到没多久的裴之枫正在点菜，见到宋秒秒走了进来，他有些意外。

接着，看到宋秒秒身后的靳云琛走了进来，他不但意外，还不安地直接站起了身……

“裴学长，刚刚秒秒说他们也来这家馆子吃饭，我一看这么巧，就让他们来和我们拼桌了，你不会怪我吧？”见裴之枫神情紧张，言妍轻轻地拉了拉他的手，急忙对他解释。

宋秒秒对言妍挤了挤眼，眼神里满满写着：小妞说起谎话来眼睛都不眨一下，真是孺子可教。

毕竟这可都是她们一早商量计划好的。

“是啊、是啊，真是缘分啊。说起来我们认识这么久，还没一起吃过饭呢。特别是裴学长你哦，太不够意思了，拐跑我们言妍这么久，可还没请我这个‘娘家人’吃过饭呢。这大好的机会，裴学长不表示表示？”为了配合言妍的表演，宋秒秒也立马“戏精”附体。

大概是言妍和宋秒秒的演技太好，表演太过真实，加上宋秒秒的要求有理有据、合情合理，裴之枫似乎没再怀疑。

倒是靳云琛看着宋秒秒和言妍一唱一和，瞬间明白了。

拼桌？外面可空了至少一半的桌位呢。

靳云琛朝宋秒秒看了看，不知道她葫芦里卖了什么药。虽然在看到裴之枫时，他的内心充满了冷意，但他还是忍住了自己的冲动，想好好看看宋秒秒到底演的哪出戏。

这样想着，他甚至主动带着歉意对言妍说：“那真是太感谢你们的大方了，我就蹭个饭吧。但是说好了，下次我来请。”

还有下次……裴之枫差点没把手里的菜单扔掉。

“好的、好的，我等着靳同学请吃大餐。”言妍稳住想扔掉菜单的裴之枫，急忙转了话题，看着坐在对面的靳云琛和宋秒秒笑了笑，“而且我们这个阵势，倒还真像是两对情侣呢。”

靳云琛倒是很喜欢这样的说法，但宋秒秒……她满眼写着“你闭嘴”。

宋秒秒一度担心靳云琛看到裴之枫后场面会失控，但这种情况没有发生，事实上，靳云琛全程还很配合。

上菜后，大家先是对端上来的湘菜进行品尝评价，彼此再进行友好的交流。当然，这种友好的交流主要是宋秒秒和言妍在进行。

裴之枫虽然没有站起身离开，但他自始至终都躲避着靳云琛的眼神，只顾闷头吃饭。靳云琛倒也没有像之前那样用冷厉的眼神看着他，还偶尔和宋秒秒、言妍交流。但也只是偶尔，更多的时候，他的注意力在宋秒秒身上。

“秒秒，我希望这样的饭局可以多一些。”靳云琛给宋秒秒夹了一个菜，放到她面前的碗里，却看了对面裴之枫一眼，“这样，我们就可以多多增加感情。”

宋秒秒以为靳云琛有意和裴之枫讲和，心里十分开心，连忙点头道：“那真是太好了！同学之间嘛，本来就应该以和为贵，共赴大和谐。”

靳云琛却沉沉地看了她一眼，轻笑道：“秒秒呀，我可从来没把你当同学。”

宋秒秒看着裴之枫，忽然想到什么，立马点头：“对，我们是兄弟，是姐妹，是一个大家庭！更应该相亲相爱！”

看到宋秒秒的这种反应，言妍彻底被她的天真打败。

不过言妍并没有提醒宋秒秒，靳云琛这是明目张胆地在撩她，毕竟今天的饭局主题是让两个不知道因为什么而敌对起来的男人冰释前嫌，宋秒秒的这套说辞也没有算跑偏主题。

可是这样牛头不对马嘴地尬聊毕竟不是办法，所以，为了让这场精心策划的交流能够取得一些成绩，宋秒秒和言妍决定使出最后一个撒手锏——

“来来来，大家难得一起吃饭，一起干一杯吧。”

“来来来，为这里好吃的湘菜再干一杯吧。”

“来来来，裴之枫，为了你和言妍的幸福，干一杯吧。感情深，一口闷。”

“来来来……喝完这杯，还有三杯……”

都说酒是最能活跃气氛的好东西，为了把场子热起来，宋秒秒和言妍也算是拼了老底。

然而，不胜酒力的宋秒秒和言妍怎么也没有想到，这招没有让靳云琛和裴之枫化干戈为玉帛，半个小时后，她们倒是把自己灌醉了。

宋秒秒只记得自己彻底趴下前的最后一句话是对靳云琛说的——“靳云琛，你今晚干吗一直看着我？”

“因为……你特别漂亮。”

宋秒秒醒来的时候，觉得自己的头疼得厉害。

她这人打小就是乖孩子，家里管教得严，父母比较保守，酒在他们家基本只有在做啤酒鸭的时候才用得到。宋秒秒没想到，人生中的“初醉”，就这样献给了一场劝和饭局。

牺牲了这么多的宋秒秒正在心里回忆着昨晚的场景，还没想起后来饭局究竟是以哪种方式结束的，下一秒她整个人就怔住了。

因为她发现这里不是她的宿舍。

灰色的被单、整洁的房间、打开的衣柜门里露出来的男式衬衫……无不彰显着这是一个男人的房间。

宋秒秒直接从床上跳了下来，第一反应是看看自己的衣服……还好，完好无损，还是她昨天穿的那件，她也没有感觉身体哪里有什么不适。

可是她究竟在哪？她不是应该和言妍喝完了酒就回宿舍休息了吗？怎么会在这儿？

这些问题她还没有来得及想明白，就看到穿着运动服、提着豆浆油条的靳云琛打开门走了进来。

“靳云琛？你怎么……这是什么情况？”看到靳云琛，宋秒秒彻底凌乱了。

“你醒了？”靳云琛倒是熟练地先给自己倒了一杯水喝了一口，“醒了就去旁边的卫生间洗漱一下，吃点早餐吧。我刚跑完步，先去换件衣服。”

“这是哪儿？”宋秒秒还处于震惊状态，有点听不懂靳云琛的话了。

“还不够明显吗？这里当然是我家。”靳云琛环视一周，“准确地说，是我租的房子。”

“你家？”

“我不住校。”

“我怎么会在你家？”

“你不知道？”靳云琛饶有兴味地看着宋秒秒，笑了笑，“你不记得昨晚你做过什么了？”

听完靳云琛的话，宋秒秒立马背脊一凉。她记忆里最后的画面是，她举起酒杯无力地趴倒在饭店的餐桌上，眼前是一直盯着自己看的靳云琛的脸。

想到这里，宋秒秒立马慌乱地摸了摸衣服……

“怎么，你就这么想我对你做什么？”看着宋秒秒慌乱的样子，靳云琛嘴角的笑意更深了，“秒秒呀，我虽然喜欢你，但我不会乘人之危的。比起伪君子，我更喜欢做真小人。何况，那种事，我喜欢有互动的……”

宋秒秒的脸上只有三个字：你无耻！

“你这个表情，是遗憾没有失身，”靳云琛说着，朝宋秒秒走近一些，“还是遗憾我没有碰你？”

“靳云琛，你卑鄙，居然趁着我喝醉把我骗到你的公寓来！”宋秒秒有些紧张地躲开靳云琛的眼神。

“我把你骗到我的公寓来？”靳云琛淡淡一笑，“宋秒秒，看来你是真的不记得昨晚你都做过什么。幸好昨晚被弄脏的衣服我只是放在洗衣机上，还没有洗。那我就先从你是怎么吐了我一身，然后对我不停地说‘抱歉’，还要把我的衣服强行脱掉，说要来我家里帮我洗说起吧……”

“我吐了你一身？”宋秒秒打断靳云琛的话，心里开始发虚。

“衣服就在卫生间的洗衣机上，你可以去看看。”靳云琛说着，语气里带着几分抱怨，“你可倒好，到了我家，刚把我的衣服脱掉就倒在地上不省人事……现在你刚好也醒了，既然你那么热情地要给我洗衣服，要不然……现在来？”

宋秒秒往开着门的卫生间里望去，发现洗衣机上确实有一件带着些秽物的衣服。

这一发现让宋秒秒脸色一红。

“扔掉吧，我明天赔你一件新的。”宋秒秒说着就要往门口走，却被靳云琛喊住。

“要是需要买新的，我何必留你在我家睡，还等到你醒来？”靳云琛云淡风轻地说，用眼神示意了一下他放在桌子上的早餐，“来吧，吃饱了好干活。我没别的意思，就是想亲眼看你为我洗衣服而已。”

宋秒秒无语凝噎。

吃完早餐，宋秒秒一边用力地搓洗那件带着秽物的衣服，一边在心里默默发誓，管靳云琛和裴之枫之间有什么仇呢，她再也不干这种吃力不讨好的蠢事了。

没让他们化干戈为玉帛就算了，她自己不但丢人丢大发了，还给靳云琛当了苦力，简直亏到家了！

宋秒秒洗衣服的时候，靳云琛也换了件干净的衣服过来。他不知道宋秒秒心里在想什么，只知道她很用力、很用心地搓着自己的那件衣服，他心里很是满意。

“没看出来，秒秒，你很有做贤妻良母的天分。”靳云琛斜倚着卫生间的门框，惬意地看着宋秒秒。

宋秒秒回他一记白眼：“靳云琛，你怎么能这么卑鄙？”

“要是卑鄙一点就可以让你每天为我洗衣服，我想我愿意再卑鄙一点。”

宋秒秒化悲愤为力量，狠狠搓着手里的衣物，低头不再说话，只想赶紧洗完离开这里。

靳云琛倒也没再打扰她，转身离开了。在他离开后，宋秒秒把衣服大力一甩。她原本是把那件衣服当成了靳云琛，想给他来点暴力解解气，没想到衣服里却甩出了一张相片。

相片上是一对正值青春的男女。

女孩站在一大片向日葵花田旁，对着镜头甜甜地笑着，穿着橘黄色的裙子，看上去温暖可爱。

而她的身边，是同样有着灿烂笑容的靳云琛。

看到这张相片，宋秒秒一怔，随后的第一感觉竟然是——他们两个好般配。

但下一秒，她的心里却莫名涌出一丝酸涩。

她也说不上这丝酸涩是从何而来，她似乎忽然明白了，为什么靳云琛从美国回来后会对她这么轻浮——原来他已经有了真心喜欢的人。这般调戏她，果真只是在捉弄、报复她吧。

“看在你这么辛苦地给我洗衣服的份上，来尝尝我亲手给你做的酸梅……”靳云琛忽然走进来，在看到宋秒秒手里的相片时，顿时停了下来。

宋秒秒吸了吸鼻子，收起心底那丝酸涩，对他扬了扬手上的照片，挑衅地笑了笑：“靳云琛，这张相片你这么贴身带着，该不会就是因为她，你才处处针对裴之枫吧？”

但宋秒秒说完就后悔了，因为她亲眼看到靳云琛的表情一瞬间变得冰冷起来。

靳云琛走上前去，一把夺过宋秒秒手里的相片，冷冷地看着她，说：“永远不要在她面前提起裴之枫。”

宋秒秒从来没有见过靳云琛这样的眼神，他如同荒原上的一匹孤狼。

第七章

可以给我一次喜欢你的机会吗

言妍回到宿舍的第一件事就是感谢宋秒秒。

“秒秒呀，酒可真是个好东西啊，你说我怎么没有早点想到酒后可以乱性啊！”

看着言妍春心荡漾的样子，宋秒秒顿时有种不好的预感。

“言妍，你不会被裴之枫……推倒了吧？”

“为什么不是我把裴之枫推倒？”言妍说着，稍显遗憾，“可惜裴学长是正人君子，虽然我借着酒劲硬拉他去了酒店，还睡在同一张床上，可是他就只抱着我睡了一晚。”

说到这里，她的嘴角又浮起一丝微笑：“不过，能被裴学长抱着睡，也是人生一大进步啊！”

“正人君子？”听了言妍的话，宋秒秒想到靳云琛那张相片上的女孩子。

如果裴之枫是正人君子，没做伤害那个女孩儿的事，靳云琛怎么会对他这么愤恨？

想到那个女孩子，宋秒秒看着言妍，不知道该不该把她发现的靳云琛和裴之枫敌对的原因告诉言妍。

言妍依旧沉浸在昨晚扑倒裴之枫未遂的兴奋当中，然后她对宋秒秒挑眉道：“别光说我了，你怎么样？昨晚被靳云琛带回公寓，你还吐了他一身，我看他当时眼神都看直了，你们是不是也干柴碰到烈火了？”

“你以为我像你一样……”说到这里，宋秒秒皱了皱眉，“言妍，听你这话，怎么好像说得我和靳云琛已经在一起了一样？你不知道我还没有答应他的追求吗？”

言妍不以为意地说：“这样的极品美男追你，你接受他那还不是早晚的事？”

听完言妍的话，宋秒秒沉默了。

虽然宋秒秒觉得从美国回来的靳云琛和高中时比变化很大，可在他的强势猛攻下，她心里对他的感觉确实在一点一点地发生着不着痕迹的变化。

可是现在情况不同了，她的这点变化还没发生质变，就被扼杀。

“早晚也不是我的事，”宋秒秒想了想，还是决定把真相告诉言妍，“言妍，其实今天我在靳云琛家里看到一张他和一个女孩子的亲密合照。我猜，就是因为那个女孩子，他才这么处处针对裴之枫。”

“亲密合照？”言妍愣了一下，问，“什么样的女孩子？漂亮吗？”

“你觉得呢？”

言妍撇嘴：“有我漂亮吗？”

宋秒秒给了她一个自己体会的眼神。

言妍再撇嘴：“那……有你漂亮吗？”

想到那个女孩子温婉可爱的笑容，宋秒秒点了点头。

“坏了、坏了，这么漂亮。如果他们真是因为那个女孩儿才反目成仇的话，可真就坏了。”言妍像是想到了什么伤心事，语气顿时有些失落，“怪不得裴学长都不碰我，你说他……他该不会也忘不掉那个女孩儿吧……秒秒，我们俩的命怎么这么苦……”

说到后面，言妍就差对宋秒秒抱头痛哭了。

宋秒秒嫌弃地推开她：“你都差点把人家扑倒了还命苦，做人不要太贪心了。”

“究竟是什么样的女孩呢？魅力会这么大，居然把我们俩的男人的魂都勾去了。”言妍不甘地做思考状。

“是你的男人，靳云琛和我没有半毛钱关系。”

不知道为什么，说完这句话，宋秒秒心里居然有点酸涩。

虽然以前对靳云琛过于轻浮的表白宋秒秒没太当回事，但在看到靳云琛和那个女孩的合照之后，她自己都发现心里涌现出来的那丝酸涩。

虽然她很不想承认，但她确实有点吃醋。

因为，她想起高三那年的事。

在即将高考时，宋秒秒拿着手机，一手搂着靳云琛瘦削的肩膀，一手调整好角度准备自拍，结果角度还没找好，靳云琛就皱着眉头嫌弃地避开了。

当时靳云琛的声音有点不高兴："你干吗？"

"和我的同桌拍张合照，留住我们的青春岁月啊。"宋秒秒说完，继续将他拉过来，靳云琛却再次推开了手机。

宋秒秒清楚地记得，当时靳云琛说："我讨厌照相。"

可是现在，他不但照了相，还和别的女孩那么亲密地一起拍合照。

唉，她的桃花运是彻底用完了。

沈倦为了一个保研名额可以不要她，原以为靳云琛从美国回来以后变得轻浮了，没想到内心深处是一个痴情郎。

只不过痴情的对象，不是她。

"我怎么发现，某人说完这句话，好像有些失落啊？"言妍人精地对宋秒秒笑了笑，"我感觉事情也许并不是你想的那样。你看啊，也许那个女孩儿确实是靳云琛喜欢的人，也许那个女孩儿也确实被裴学长伤害过。但从靳云琛千里迢迢跑过来找裴学长麻烦的情况来看，他肯定没有和那个女孩儿在一起。要不然，他不幸福地待在美国和那个女孩儿你侬我侬，反而跑过来找裴学长的麻烦？只有没有得到，他才会这么怨恨我家裴学长。说到底呀，还是魅力不如我家裴学长啊。这样看来，你是不是还有机会啊？"

"什么意思？"宋秒秒打断言妍的话，"说得好像我很想和靳云琛在一起一样。"

"是吗？你不想吗？你真的不想吗？那为什么看到他和别的女孩儿的合照后，你这么失落？"言妍直视着宋秒秒的眼睛，想从里面看出点什么。

宋秒秒转过视线："我失落？我有吗？我开心得恨不得……恨

不得现在马上跳一曲*Your soul*来表达我的喜悦之情……”

宋秒秒的话刚说完，她的心里就忽然一沉。

Your soul……她也不知道为什么这个名字会脱口而出。

这是她当初决定重新学习舞蹈时看到的一支舞，当时，她还是和靳云琛一起看的。

宋秒秒最初开始学习舞蹈，完全是因为宋妈妈。

宋妈妈的好友是个舞蹈老师，开了家私人舞蹈训练室。为了支持好友的事业，宋妈妈便将时年五岁的宋秒秒送去学习了。

然而，连宋妈妈也没有想到，她的女儿居然是个舞蹈天才。宋秒秒身姿绝佳，身段柔软，就是练舞的好苗子，她对舞蹈的理解更是一点就通。

宋妈妈的好友更像是捡到宝一样，为宋秒秒制定了专门的练习计划，势必要将宋秒秒培养成世界冠军。

宋秒秒也很争气，之后参加比赛，都取得了优异的成绩。

就这样，几年下来，她已经是她们小区乃至全校闻名的舞蹈小公主了。

宋妈妈也将“成为舞蹈冠军”当作了宋秒秒的梦想，全力支持。

然而，谁也没有想到，初中的时候，宋秒秒同时对舞蹈老师和宋妈妈说，她不想练舞了，她决定放弃。

她的这个决定让所有人都大跌眼镜，可是宋秒秒后来就真的再也没有练过舞。

重新学习舞蹈的契机，是她高二那年发生的一件事。

高二时的某天，宋秒秒心血来潮，非要拉靳云琛去网球馆，让他教她打球，靳云琛虽然很不情愿，但还是去了。

那个网球馆在一个大型商场内，去往网球馆的路上，宋秒秒显得异常兴奋，她又蹦又跳地在前面走，走了好几步才发现靳云琛没有跟上来。

靳云琛在一个地方停了下来，宋秒秒好奇地回去喊他，就看到靳云琛正对着那间玻璃舞蹈教室里一群正在跳舞的女生怔怔出神。

当时那个舞蹈的伴奏音乐就是*Your soul*。

看到靳云琛的表情，宋秒秒拍了拍他的肩膀，笑着说："靳云琛，原来你喜欢会跳舞的女孩儿啊。也好，那么多女生追求你都那么冷淡，我还以为你不会喜欢人，正担心你以后打光棍，这下你的老大我也就放心了。"说完，宋秒秒又假装不满地对靳云琛说，"你喜欢会跳舞的女孩儿，倒是对我说呀，跳个舞有什么难的。"

靳云琛的眼睛一亮，问："你也会跳？"

宋秒秒甩了甩头发，假装高冷地说："你也不去我以前的中学打听打听，我宋秒秒可是人送外号'舞蹈小公主'呢。"

"那怎么从来没有见你跳过？"

"我放弃了。"说到这里，宋秒秒的眼神闪了闪，"告诉你一个秘密哦，当初我对我妈妈和舞蹈老师说，是因为学舞蹈不是我自愿的，也太苦了，所以我才决定放弃，其实我骗了她们。我也梦想成为一个伟大的舞蹈家，可是有两次我参加比赛，都输给了同一个人，我觉得我这辈子都没办法超越她……"

"有梦想就不该轻易放弃。"听完宋秒秒的话，靳云琛坚定地对她说，"这么轻易放弃，你不后悔吗？"

"我不知道。"宋秒秒的眼神有点茫然，她扭头看了看靳云琛，"不过你怎么对跳舞这么感兴趣？"

像是提到了什么伤心事一样，靳云琛的眼神黯淡了些。宋秒秒久久才听到他淡淡的声音："我妈妈曾经是个舞蹈演员，后来，她放弃了梦想，嫁给了我爸……"

说到这里，靳云琛就沉默了。他的眼睛如同星光黯淡过后的黑夜，带着些忧伤。

宋秒秒追问："那后来呢？"

后来，靳云琛看了一眼那些依旧在跳舞的女孩，径直往网球馆走去，没有回答这个问题，只是宋秒秒听到他淡淡地说："有梦想就不该放弃。"

第二天，宋秒秒就向宋妈妈提出重新学习舞蹈的要求，当时宋妈妈简直犹如失而复得了一件至宝，高兴得不知所措。

她激动地问宋秒秒："怎么又想通了？"

当时的宋秒秒脸色微微泛红，有些不好意思地说："就是有个人说，有梦想，就不该放弃。"

孔雀杯舞蹈大赛的前一天，严教练给大家鼓劲加油，站在队伍里的宋秒秒听得热血沸腾。

其实从重返舞蹈队开始，宋秒秒就比以前更加勤奋地练习，她的目标依旧是单人舞冠军，而且她暗暗发誓，绝不会再让上次的悲剧重演。

只不过宋秒秒没有想到，正式比赛还没有迎来，她倒是先被下了挑战书。

下挑战书的人她还认识，名叫林可。

当时，严教练鼓励完大家，大家便解散去吃午饭，宋秒秒和言妍刚出舞蹈室就被在外面等候已久的林可喊住了。

"宋秒秒，"林可看上去和之前温和的样子很不一样，气场都变了，她直接将手里写着"挑战书"三个字的信封递给宋秒秒，"我是D大舞蹈队的队长，你敢不敢接受这份挑战书？"

看着眼神冷冽的林可，宋秒秒知道她是来者不善。

想到前两天看到的靳云琛和女孩的那张合照，还有他的那个眼神，宋秒秒的声音有点冷漠："林可，你误会了，我和靳云琛之前……不过是假扮的情侣。"

言下之意已经很明显：你找错对象了。

"假扮？呵。"林可冷笑一声，"我管你是假扮还是真的，总之靳云琛我志在必得。既然我们都是学舞蹈的，我们就用我们自己的方式来解决。要是这封挑战书你不敢接受，那你以后就主动离靳云琛远一点。”

“这位同学，如果你是来挑战我们学校的舞蹈队，那么应战的应该是我。我才是校舞蹈队队长。”宋秒秒还没有来得及回答，刚从舞蹈室出来的穆涵走到了林可面前，将宋秒秒护在身后。

说完，她转过头，对宋秒秒点头示意了一眼。

没想到穆涵会站出来替她出头，宋秒秒一时竟有些意外。

“你？”林可不屑地看着穆涵，“我知道你是C大舞蹈队队长，可是今天我挑战的……是靳云琛的女朋友。”

“你……”这句话让穆涵瞬间失去了底气。

“明天就是孔雀杯舞蹈大赛了，既然你这么想挑战我们家秒秒，为什么不等到明天一决高下，非要现在来消耗大家的体力？”一旁的言妍知道明天的比赛对宋秒秒的重要性，终于忍无可忍地站了出来。

林可扬了扬手里的挑战书，声音冷漠：“因为今天我要比的，是斗舞。”

林可的话音刚落，言妍和穆涵就对视了一眼。

因为她们都知道，林可这次真的是来者不善了。

斗舞是在街舞演变过程中出现的，最早只在街舞当中流行。后来，各类舞种都有了自己的斗舞方式。斗舞不仅要展示舞蹈，举手投足之间的挑战也是一大看点。这是一场没有硝烟的战争，舞者要不断地“侵略”对方，不断地挑衅，不断地反击。

这种斗舞以独舞为主，也就是所谓的单挑。

原本宋秒秒还打算再对林可解释一下她和靳云琛的事，可是看到现在人家都踩到头上来了，她再不应战，实在说不过去。所以宋秒秒笑了笑，对林可说：“也好，赛前活动一下手脚，就当为明天的正式比赛热身了。”

这嚣张的语气无疑刺激到了林可，她将手里的挑战书扔到宋秒秒手里："那就下午两点，我们赛场见。"

"秒秒，你真要去啊？"林可一离开，言妍就不放心地看着宋秒秒，"明天可就是大赛了，你这不是白白消耗自己的体力吗？"

"看她那样子，我不答应她肯罢休吗？"

望着林可远去的背影，言妍感叹道："没想到靳云琛还有这么痴情的爱慕者，魅力还真不小。"

宋秒秒将视线从林可的背影上收回，转向了一旁的穆涵身上："刚刚谢谢你。"

"没什么。"穆涵有些不好意思地笑了一下，"既然你答应和她斗舞，我就预祝你成功吧。"

说完，她就准备离开，但没走两步，她忽然扭过头来，认真地看着宋秒秒，说："对了，比赛前，不要再喝任何东西。"

听到这句话，宋秒秒愣了一下，但她随即笑了笑："谢谢你。"

林可选的赛场，正是明天要举办孔雀杯舞蹈大赛的地方。这种官方的场地一般在开赛之前不允许私人进入，但不知道林可使了什么办法，借用了一个小时。

等宋秒秒和言妍吃完午饭赶过去的时候，林可已经换好了舞蹈服，化好了妆，站在了舞台中央。

她选的是黑天鹅的角色，独自站在舞台中央的样子，有几分决绝，又有几分凄寒之意，远远看去，果然就像一只充满敌意的黑天鹅。

"秒秒，你要小心。"看到林可的架势，言妍有些担心地对宋秒秒说。她在来之前打听了一下，林可是今年从外省转到D大来的学生，舞蹈功底深厚，获得过不少大奖，一进D大校舞蹈队就被教练钦点成了队长。

"她还能把我吃了不成？"宋秒秒无所谓地笑了笑，就进后台去换服装。

当宋秒秒以白天鹅造型出现在舞台上时，她看到林可的眼神闪了闪，宋秒秒心里有几分得意。

其实宋秒秒一直以来也是跳黑天鹅的，这是她第一次装扮成白天鹅，刚刚在后台换好衣服后，她也被镜子里的自己惊艳了一下。

确实有点漂亮呢。

宋秒秒这只漂亮的白天鹅正准备对林可说些什么，就听音乐忽然响起。

林可这只黑天鹅从一开始就表现出强烈的攻击性，她的眼神犀利，舞步极稳，把黑天鹅内心的不满和愤怒都表现了出来。

平心而论，林可跳得的确不错。

而和林可表现的黑天鹅不同，宋秒秒将白天鹅的温柔和知性表现得淋漓尽致。这只白天鹅虽然知性温柔，但在面对黑天鹅冷冽的眼神和攻击时，非但不躲闪，还尽力反被动为主动，试图安抚黑天鹅。

林可明显对此很不满，她表现得越发咄咄逼人。

可她越是这样咄咄逼人，宋秒秒越是表现得不在乎。

这一黑一白，随着音乐舞动，胜负早已不用言说。

林可自然也意识到这种结果，这种认知让她更加愤怒。终于，在一个摆动的动作中，林可将手伸向了正在舞台边缘单腿旋转的宋秒秒……

“秒秒，小心啊！”发现状况不对劲的言妍大喊一声，可她的提醒还是晚了。

只见失去重心的宋秒秒，重重地倒向了舞台下……

“啊！”宋秒秒有一秒的失重感，但也仅仅只有一秒，下一秒，她就感觉自己落入了一个有力的怀抱里。

宋秒秒一扭头，就看到靳云琛近在咫尺的脸。

看到靳云琛的面容，宋秒秒的心跳骤然加快，她明显感到自己的脸烫了起来，还下意识地咽了咽口水。

他的怀抱很软，胳膊很有力量，但这样的姿势让宋秒秒浑身不自在。她正要开口让他放自己下来，结果还没张开口，靳云琛就嘴角一扬，对她笑了笑：“秒秒，你是不是该减肥了？”

“不好意思，我不是故意的……”眼神有些惊慌的林可话还没有说完，就看到了舞台下靳云琛抱着宋秒秒的甜蜜样子。

靳云琛从哪儿蹿出来的，言妍没有看到。她只觉得，在他稳稳地接住宋秒秒时，他就像是从天而降的盖世英雄，十分威风。也庆幸舞台不高，不然情况也不容乐观。

林可也有点意外，但她意外的不是靳云琛从哪儿蹿出来的，她只是意外他真的来了。

因为比赛前，她给靳云琛发了一条信息：“你不是喜欢会跳舞的女孩吗？今天下午两点在国民剧院，我就让你亲眼看看谁才值得你喜欢。”

靳云琛其实早就来了，收到短信的那一刻，他就知道林可是什么意思。他躲在舞台旁边的幕布后，看着宋秒秒美妙的身段，有些出神。

这是他第一次看宋秒秒穿着舞蹈服正式地跳舞。

他没想到她跳得这么美，美得摄人心魄，让他着迷。

看着怀里的宋秒秒，靳云琛察觉到她的气息有些紊乱。她红通通的脸蛋让他移不开眼睛，也是这一刻，他才发现，两天不见，他对她的思念是那么真实。

“你怎么来了？”宋秒秒急忙从靳云琛身上下来，说完话便低下头，不敢看他。

“我是来向你解释那天你看到的照片的。”靳云琛也多了一份拘谨，他看着低下头的宋秒秒，眼神认真起来，“她不是我女朋友，也不是我喜欢的人，算起来，她是我的妹妹。”

宋秒秒有点不自然：“她是谁关我什么事？你没必要向我解

释。”

“因为我不想让你误会。”看着宋秒秒不自然的样子，靳云琛勾了勾嘴角，“而且真的不关你的事吗？那你这两天怎么躲着我？”

“我什么时候躲着你了？这两天你又没来找我，你怎么知道我在躲着你？”

靳云琛对这个答案很满意，他轻轻一笑：“听你这意思，是很期待我来找你了？”

“你……”宋秒秒抬头准备反驳，看到靳云琛有点坏坏的微笑，竟然说不出话来。

也是这个时候，她发现自己的心里竟然涌起一丝甜蜜。

这丝甜蜜在她听到靳云琛的解释后就涌现了出来，虽然现在的靳云琛如以前一样轻浮地说着情话，但这丝甜蜜却更浓烈了一些。

虽然不愿承认，但不可否认的是，听到靳云琛的轻浮言辞，和以前厌恶的感觉不同，现在的她，心里居然有一种踏实感。

这两天宋秒秒确实很期待靳云琛来找她，虽然她除了上课，就是将全部的业余时间用在了练习舞蹈上，但只有她知道，其实她渴望靳云琛能像没事人一样来给她一个解释。

因为她知道，靳云琛越是不来，越是证明那个女孩和靳云琛的关系非同一般。

“虽然我很不想打断你们的打情骂俏，但是现在你们难道不该关心一下作恶的凶手怎么惩罚吗？”言妍发现，看到靳云琛和宋秒秒拥抱在一起后，舞台上的林可眼睛里冒出一丝尖锐的寒意。想到她刚刚推倒宋秒秒的样子，言妍心有余悸。

听到言妍的话，靳云琛也看向了林可。

面对靳云琛的目光，林可的眼神立马变得无辜起来，她解释道：“我真的不是故意的，靳云琛，你相信我……”

“如果不是靳云琛，秒秒都不知道会出现什么情况！你到现在还在这里装无辜！”言妍很是生气。

不过，比起生气的言妍，靳云琛倒显得很是淡定，他有点冷漠地对林可说："你不是让我亲眼看看谁才值得我喜欢吗？现在，我想我看到了。而且你的表现真好，完全表现出我不会喜欢你的原因了。"

听了靳云琛的话，宋秒秒一愣，她这才知道靳云琛突然出现在这里的原因。

"你相信我，我真的不是有意的，是那个动作……"

"姑娘，对伤害我所爱之人的人，我从来只有一个原则——"靳云琛打断林可的话，抬起头看着舞台上的她，冷冷地说，"十倍奉还。现在，你应该庆幸我不对付女人，不然，我让你这只黑天鹅永远都飞不起来。"

靳云琛的话还没有说完，林可就已经如同一摊烂泥瘫倒在舞台上，她几近绝望地说："靳云琛，你为什么要对我这么残忍？"

"因为，黑天鹅虽美，但是也很危险。何况残忍是我的一贯风格，能让我温柔对待的人，只有一人……"说这句话的时候，靳云琛深情地看着眼前的宋秒秒，"准确地说，应该是一只……美丽的白天鹅。就是不知道，这只美丽的白天鹅，愿不愿意让我这样一生温柔呵护？"

这情话虽然不是对着言妍说的，她整个人却已经酥了。

"秒秒，你快答应他吧，再让他说下去，我整个人要昏倒在这儿了。"

虽然宋秒秒也差点被靳云琛的情话冲昏头，但她毕竟还尚存理智，她用仅存的理智让自己清醒地对靳云琛说："你以为白天鹅是你家养的？想呵护就呵护？"

说完，宋秒秒就大步一迈，拉着言妍走了。

言妍对此十分痛惜，临走前她甚至给了靳云琛一个同情的眼神，她更在后台就第一时间替他打抱不平："秒秒，你为什么不答应他？靳云琛都说了，那女孩是他妹妹……不是女朋友啊。"

宋秒秒淡定地解释："没什么，就是刚刚闻到他嘴巴里有一股大蒜味，我不喜欢。"

言妍一噎，道："你赢了！"

等宋秒秒换好了衣服准备离开，言妍才反应过来。

"秒秒，好你个鬼丫头，居然敢糊弄我，现在连心事都不告诉我了，分明有鬼！快点说，你又打什么主意？坦白从宽，抗拒从严。"

言妍一边说一边对宋秒秒上下其手，宋秒秒被她挠痒挠得受不了，只得笑着躲开。

"真的……哈哈哈……他嘴巴里真有大蒜味……哈哈哈……不信你去闻闻……"

此时，正在走出剧场的靳云琛莫名打了一个喷嚏。拿纸去擦嘴巴时，他忽然发现手上不知道什么时候冒出一股大蒜味。后来他想起，中午吃饭时，他收到林可的短信便急忙放下饭碗，手都没有洗一下就急忙赶了过来。

他下意识将手再凑近鼻子闻了闻，顿时皱了皱眉："好臭。"

严教练曾经想象过在孔雀杯舞蹈大赛上再次带领队伍取得优异成绩的场面，但她万万没有想到，C大校舞蹈队这次会包揽群舞组一等奖、独舞一等奖以及优秀表演奖。

其中，宋秒秒表演的独舞更是获得了历届孔雀杯独舞的最高分，她的《等待》让在场所有的观众都屏息凝神，沉浸在她所渲染的情绪当中。虽然她这次的竞争对手穆涵和林可都表现出非同一般的舞蹈天赋，但宋秒秒还是用实力取得了所有评委的一致好评。

独舞结束，在热烈的掌声和明晃晃的聚光灯中，站在舞台上的宋秒秒有些恍惚。

几个月前她摔倒在舞台上的情形还历历在目，现在，她终于拿回了属于她的东西。

在一众呼喊她名字的声音中，宋秒秒的眼睛有些酸涩，但她还是忍住了想哭的冲动。

然而，宋秒秒的眼泪终于还是没能忍住，流了下来。不过不是因为感动，而是因为……过敏。

宋秒秒拿着奖杯回到后台，就看到校舞蹈队的所有队员人手一束百合花，脸上带着迷乱的微笑看着她。

等靳云琛从队员中间走出来，抱着一束更大的百合花走过来时，宋秒秒才明白为什么队员们的微笑那么诡异。

这是要出事啊！

也说不上为什么，在看到靳云琛时，她心里有些激动。她就是觉得靳云琛嘴角那抹淡淡的微笑像是有一种魔力，让他们坐着时光飞船一起穿越回高中某个有着温暖阳光的午后。她仿佛看到靳云琛正坐在教室里写作业，听到熟悉的脚步声后，他对刚进教室的她淡淡一笑。

"秒秒，恭喜你。"在宋秒秒的思绪被靳云琛的微笑带回高中的时候，靳云琛也已经捧着那束百合花走到了她面前，他的声音比平时听上去更加带有磁性，"我知道你一直觉得我对你的表白过于轻浮，不够郑重。所以，我今天特意请了你的队员一起做一个见证。我想让你知道，这三年来我对你……"

"啊嚏！"然而，靳云琛的话还没说完，他就听见宋秒秒忽然打了一个喷嚏。

不对，是两个……

"啊嚏！啊嚏！"

也不对，是三个……

……

当宋秒秒一连打了十几个喷嚏仍然没有要停下来的意思时，靳云琛终于皱起了眉，问："秒秒，你怎么了？"

见此情形，靳云琛身后原本笑着起哄的队员也都愣了。

当宋秒秒感到浑身瘙痒、眼泪也无法控制地涌出来的时候，她才发现，因为心里的那一点激动，她完全忘记了她对百合花粉过敏这件事！

“靳云琛，你是不是故意的？啊嚏！”

看着又打了一个喷嚏的宋秒秒，靳云琛终于不安起来：“到底怎么回事？”

“啊嚏！你不知道我对百合过敏吗？”宋秒秒一边抹着止不住的泪水，一边看着手上以肉眼可见的速度出现的红疙瘩，她怨恨地看了靳云琛一眼，“你确定是来表白的，不是来害我的吗？”

靳云琛看了看宋秒秒裸露的皮肤上突然冒出来的红疙瘩，又看了看手中的百合花，眉头拧成了一团。他立马扔掉了百合花，扭过头，正准备让大家以最快的速度一起把花扔掉，就看到所有队员同时惊慌地将手中的百合往身后扔了出去。

好巧不巧，刚好另一队一奖未获的参赛者垂头丧气地从他们身后经过。

于是，满天的百合花一个不落地砸到了她们身上。

两队队员面面相觑，要不是宋秒秒此时发现自己脸上也冒起了红疙瘩，尖叫了一声，一场因为羞辱而引发的战乱差点就要爆发了。

当宋秒秒躺在医院急诊科的病床上不断地挠着身上的红疙瘩时，靳云琛一贯轻浮的脸上第一次露出了带些尴尬和不安的神情。

他酝酿着要如何安慰宋秒秒，后者依旧沉浸在自己悲痛的情绪当中，宋秒秒很郁闷地开了口：“靳云琛，不就因为我不答应做你女朋友吗，你至于要这样报复我？看看你做的好事，你要对我负责！”

气氛因为宋秒秒的这句话缓和了很多，特别是靳云琛抓住了两个重点的字眼——“‘负责’？我的荣幸。”

宋秒秒头也不抬地继续挠着痒痒，说：“你要出医药费、精神损失费，还要端茶倒水伺候我！”

“负责就这么简单？”靳云琛略显失望，“我还以为要以身相许。”

看着靳云琛失望的眼神，宋秒秒勾了勾嘴角，送给他三个字——“想得美”。

宋秒秒被医生涂上药膏后，她再次失望地看着医生，说：“医生，你确定吗？我都这样了，真的不用住院吗？”

医生也再次安慰她：“你身上只是过敏性瘙痒，用了药，这些疙瘩通常两个小时以后就会消失的，不需要住院。如果两个小时以后还有，你来找我，我对你负责。”

有了刚刚靳云琛对“负责”的解读，宋秒秒听到这两个字就有了条件反射，所以她连忙摆手：“不用，不用。”

失望的宋秒秒走出医院时，嘴里还在不满地念叨：“都这么严重了，居然不能住院，简直是不可理喻！”

身边的靳云琛看着宋秒秒皱起来的小眉头，扯了扯嘴角：“你就这么想住院？”

“当然了。上次你住院，我端茶倒水地伺候你，现在好不容易有次机会我也能当一回大爷被你伺候，却不能住院……”

“想当大爷啊，这还不容易？”宋秒秒的话还没说完，就被靳云琛打断。

宋秒秒还没有反应过来靳云琛要干吗，下一秒就被他拦腰抱起。

“靳云琛，你要干吗？快放我下来！”

“别说话，宋大爷，我现在是你的人力车夫。”靳云琛目视前方，无视怀里的宋秒秒气恼的眼神，抱着她稳稳地朝前走去。

可能是看到了靳云琛难得一本正经的眼神，又或者是因为离得太近，宋秒秒感觉到了靳云琛呼吸间的气息，也可能是他近在眼前的嘴唇让宋秒秒恍然想起那次被他突然夺走的初吻……

总之，在靳云琛抱着她朝前走的时候，宋秒秒没有再说话。

她自动忽略了路人们的注视，只听到路边的枫树叶被风吹动的声音，那声音像一曲悦耳的音乐。

靳云琛看了一眼怀里紧紧搂着他脖子的女人，眸子里充满着温柔："这样的服务，大爷您还满意吗？"

沉浸在枫树叶发出的悦耳音乐当中的宋秒秒没想到靳云琛会再次说话，她不自然地抿了抿嘴，不答反问："靳云琛，高中毕业的时候，你不是说你再也不想见到我吗？"

靳云琛忽然停下，温柔的眸中多了一份认真："你没有听说过，'有些人，只有失去之后，才知道对自己有多么重要'这句话吗？"还没等宋秒秒有所反应，靳云琛接着说，"如果先前的轻浮举动让你觉得我对你不够认真，那么我向你道歉。但我想对你说的是，秒秒，我很喜欢你，可以给我一次喜欢你的机会吗？"

宋秒秒觉得自己的脸更加烫了，她羞涩地将头埋在靳云琛的胸前，没有回答，只是抱着靳云琛脖子的双手更紧了。

宋秒秒听得到靳云琛的心跳声，也察觉到了自己紧张的心跳。

这种心跳让她的整个身体里充盈着一种幸福感。

她想，这是恋爱的感觉。

宋秒秒谈过五段不长的恋爱，但从来没有哪一次像现在一样，身体里都充盈着幸福的感觉，还是在她满脸是包的这个时候。

第八章

亲我女朋友，天经地义

靳云琛在医院门前抱着宋秒秒的照片不知道是谁拍的，也不知道是谁上传到网上的，只是，当大家注意到照片上的宋秒秒羞涩的眼神时，都震惊了。

特别是靳云琛还实名注册了一个账号，在照片下面评论了两个字：我们。

这两个字瞬间就让围观群众炸开了锅——

1 楼：这是官宣了吗？我的妈呀，感觉看着比我自己恋爱还幸福。

2 楼：两个字——般配！

3 楼：今夜，请给我一支兰州，再为我的失恋买一杯酒。

……

原本平静的校园生活，被网上的一张照片打破。

和广大网友们的热烈反应一样，言妍的反应也很热烈，不过她的热烈是有原因的。

晚上，言妍一在宿舍看到宋秒秒，就直接将她堵在床上："好呀秒秒，你和靳云琛在一起了，我居然不是第一个知道的，还是不是好姐妹呀？"

面对兴师问罪的言妍，宋秒秒只能回应她一个羞涩的笑容："嘿嘿。"

"我就说嘛，靳云琛还不赖——不，是非常养眼了。"言妍坐在宋秒秒身边，露出别有深意的小眼神，"说吧，你把一条锦鲤弄回家，是什么感受？"

"还不太真实。"宋秒秒如实回答。

随着身上因过敏引起的红疙瘩的消失，宋秒秒答应靳云琛时那种心跳加速的感觉也好像消失了一样，一切的一切都感觉不太真实。

"幸福的感觉都是不太真实的。当初裴学长答应我的追求时，我也有很长一段时间有不太真实的感觉，习惯就好。"言妍拍了拍宋秒秒的肩膀，以一副过来人的口吻说，“老实交代，怎么这次就同意靳云琛的追求了？”

“你还记不记得我告诉过你，其实我曾经放弃过练习舞蹈？”

“嗯。但这和你答应靳云琛的追求有什么关系？”

“其实我重新拾回舞蹈梦想，说起来，都是因为靳云琛。”宋秒秒想起高中时靳云琛对她说过的那句“有梦想就不该轻易放弃”，接着说，“靳云琛以前告诉过我，他妈妈也是舞蹈演员，后来嫁给了他爸爸之后，便彻底放弃了。靳云琛虽然没有对我说更多事，但想来她妈妈肯定很后悔。我也是，今天站在领奖台上，心里除了激动，体会到拥有梦想是一件多么幸福的事，也忽然明白放弃梦想是一种什么感觉。我不敢想象假如当初我真的一直放弃，没有再重拾舞蹈梦想，该多么遗憾。”

宋秒秒说得认真，言妍却挑了挑眉：“嗯……‘少女因爱重拾梦想，终于梦想、爱情双丰收’，真是感人啊。不过，这么说，你以前就喜欢他喽？”

“可能吧。”宋秒秒不太确定地说。

“那你怎么拖到现在才答应他？”言妍像是想到了什么，一拍大腿，“难道这就是所谓的欲擒故纵之法？”

宋秒秒没理会她的“恍然大悟”，抿了抿嘴，说：“就觉得，他这次从美国回来后，好像和高中的时候有点不太一样……”

“不管如何，祝福你哟。就冲靳云琛这张脸，也值得你投怀送抱。”宋秒秒的话还没说完，就被言妍激动地打断，“这下有了你这个美人在怀，他应该不会再找我家裴学长麻烦了吧？”

靳云琛还会不会找裴之枫的麻烦，宋秒秒不知道。但第二天她就体会到言妍说的“投怀送抱”有多么不值得。

这天，刚下课宋秒秒就被靳云琛拉去了饭店，原本以为这会是他们正式在一起后的第一次约会，没想一推开包厢门，她就看到了里面黑压压的十几个脑袋，随后便听到整齐的一声——

“嫂子好！”

看着熟悉的网球队队员满脸堆笑的样子，宋秒秒的脸瞬间就红了。

在大家热切的目光中坐下以后，宋秒秒才知道，原来今天是校网球队成立八周年的纪念日，所以他们队举办了一年一度的聚会。

可惜，放眼望去，除了她这个女生，全场都是男生，连校网球队苏教练都是孤家寡人一个。

这一发现让宋秒秒瞬间不好意思起来，她低头小声对靳云琛说：“靳云琛，你们校网球队纪念日的聚会，我一个外人在这里好像不太合适吧？”

靳云琛偏过头，宠溺地看着她：“你是校网球队队长的家属，哪里不合适？”

“家属”两个字让宋秒秒脸上又是一阵发烫，她问：“那……他们怎么都不带家属？”

“他们都是光棍。”

她终于明白，为什么大家一边吃饭，一边目不转睛地盯着他们了。

那是一双双羡慕嫉妒恨的眼神啊……

为了不刺激他们，宋秒秒急忙挺了挺身，做出离靳云琛远一点的样子。

酒过三巡之后，终于有队员敢端着杯子对宋秒秒单独举了举：“来，嫂子，我单独敬你一个。”话刚说完，他就仰头喝完了杯子里的酒，接着说，“嫂子来，等你喝完，我还有个不情之请呢。”

有了上次喝醉睡到靳云琛公寓的前车之鉴，今晚宋秒秒一直以茶代酒。

“我不会喝酒，还是以茶代酒吧。你有什么事就说，能答应的我一定帮忙。”宋秒秒说完，急忙喝了一口茶，生怕他非逼自己喝酒。

男生也干脆，在宋秒秒说完之后，他不好意思地挠了挠头：“你看你和队长比翼双飞，多幸福啊，羡慕死我们这帮单身狗了。嫂子你是校舞蹈队的，我听说你们舞蹈队也有很多单身的小姐姐……求介绍啊！我们可都是优质男青年。兄弟们，你们说是不是啊？”

男生的话一说完，大家就一起起哄：“是啊、是啊，嫂子，弟兄们的幸福就靠你了！”

连苏教练都因为喝了酒上了脸，乐呵呵地对宋秒秒说：“是啊，小宋同学，可不能让我的队员们都像我这个教练一样打光棍啊。你是校网球队队长的女朋友，这也算是你的义务啊。对了，要是有合适的，也可以帮我介绍介绍……”

最后一句是苏教练凑到宋秒秒的耳边小声说的，说完他自己先不好意思起来了。

看着大家……特别是苏教练殷切的目光，宋秒秒算是彻底体会到她的投怀送抱有多不值得了。

她这才第一天成为靳云琛的女朋友，肩上就压下了“为全体队员谋幸福”这么重的担子，以后她这个校网球队队长家属的生活，可想而知有多么的水深火热！

宋秒秒正一脸尴尬地思考着该怎么回答，忽然听到靳云琛的声音在耳边响起。

“你们自己是没长手还是没长脚？”靳云琛扫了一眼殷切的大家，“女朋友不会自己找？”

“靳队长，我们要是自己能找到，还能麻烦嫂子吗？”其中一个队员委屈地看着靳云琛，生怕自己的幸福因为他的一句话给阻拦住了。

“你们没看出来吗？咱们靳队长这是心疼女朋友呢。”又一个队员说，说着，他看向靳云琛：“靳队长，你放心，嫂子不需要多费心，只需要引荐引荐就行了，其他的事，就看咱们兄弟自己的了。”

“既然你看出来了，那就自己找，别麻烦我女朋友。”靳云琛说完，看向了宋秒秒，柔声说：“别有压力，不用理他们，他们和你说笑的。”

“没有、没有，找女朋友这事我们是认真的啊。”大家齐声说，殷切地看向宋秒秒。

宋秒秒更加不好意思了，她正要说些什么，靳云琛突然从位子上站了起来，拉起了她的手，对大家说：“我们吃好了，你们慢慢吃。集体聚会聚完了，现在我们该去过幸福的二人世界了。女朋友……靠自己。”

说完，还没等宋秒秒反应过来，他就拉着她走了出去。

恋爱中的人，连走路的姿势都让人羡慕。

在座的“单身狗”望着他们甜蜜的身影，只觉身心都受到了暴击……

大家心里涌起同一个声音：妈妈，我也想谈恋爱。

出了饭店，宋秒秒还沉浸在靳云琛刚刚爆棚的男友力中，看着紧紧握着自己手的靳云琛的手，她心里有点小甜蜜。

“靳云琛，你记不记得，以前咱们同学都说那个时候咱们就在谈恋爱……”宋秒秒说着，羞涩地抬头看了一眼靳云琛，想从他的眼睛里看出他有什么反应，然后她就听到靳云琛坚定的回答。

“我知道。”

宋秒秒心中一喜，问：“你知道？那你……那时候怎么没反驳？”

“其实我心里挺愿意他们这样说的。”靳云琛摸了摸宋秒秒的头发，满眼都是温柔。

看着靳云琛宠溺的眼神，宋秒秒的心都要融化了。但她下一秒就皱了皱眉：“不可能，你骗人。你高考以后都说不想见到我，还直接出国躲着我，怎么可能喜欢我。”

“其实……那个时候我有苦衷。”靳云琛停下来，认真地看着宋秒秒说，“那段时间，我爸妈刚好在谈复婚的事，我心里很乱，对爱情……有些不知所措，所以……”

“什么？复婚？那你爸妈之前离婚了？”靳云琛的话还没说完，宋秒秒就不可思议地瞪大了眼睛。

靳云琛以前是学校里最神秘的人，他从来没有提起过家里的任何事。加上他没有一个朋友，所以大家都只是知道他家里很有钱，但他家里具体是做什么生意，家里有什么人，爸爸叫什么，妈妈是谁……从来没有人知道。

宋秒秒那个时候也随口问过几次，但靳云琛听到相关问题的时候，都露出一副不太高兴的表情，像是她提到了禁忌一般，她也就不再追问了。反正一个有钱的富二代成为自己的头号跟班小弟，她每天吃着他供上来的进口食品，幸福得不得了，别的事，她也不关心。

现在想想，靳云琛那时候整天一副冰冷沉默的样子，可能和他的家庭脱不了干系。

还没等靳云琛回答，宋秒秒像是想到了什么，她小心翼翼地看着靳云琛说：“当初你说你妈妈也是舞蹈演员，后来为了嫁给你爸爸才放弃了梦想。难道他们离婚和这个有关系？”

宋秒秒的话刚说完，她就看到靳云琛原本还算平静的脸色忽然沉了沉，他的语气里带了一丝不易察觉的严厉：“我和你说过这个？”

“怎么？你不会忘记了吧？”宋秒秒以为又提到了靳云琛的禁忌，急忙解释说，“实话告诉你，我可就是因为你当初告诉我这件事，又鼓励我，我才重拾舞蹈梦想的，原本我都放弃了。我一直想找个机会感谢你来着……”

“现在感谢也不晚。”靳云琛的脸色恢复如常，他勾起嘴角看着宋秒秒说，“那你是不是，就是在那个时候，喜欢上我的？”

“讨厌，谁说喜欢你了。”宋秒秒脸红地低下头，却被靳云琛顺势搂进了怀里。

“但我就是在那个时候喜欢你的。秒秒，这份喜欢迟到了这么久，都是我的错，你放心，以后，我一定加倍对你好。”靳云琛认真地看着宋秒秒，一只手揉了揉宋秒秒的头发，他的力度很轻，动作间尽是柔情。

宋秒秒抬眸，看着靳云琛慢慢弯下腰来，脸一点一点凑到她的面前。

感受到他温热的气息，宋秒秒整个身体都紧绷了。

眼看着靳云琛的吻就要落下来，宋秒秒忽然用手指挡住了他的嘴唇。

“你还没回答我的问题，他们真的因为……”

“秒秒，秒秒，终于找到你了！”宋秒秒的话还没说完，就看到言妍气喘吁吁地朝她跑了过来，言妍对她不安地说，“不好了，不好了。”

宋秒秒和靳云琛对视了一眼，然后她急忙上前拉住了言妍的手：“言妍，怎么了？出什么事了？”

“裴学长……裴学长被人打了。”

“啊？”

宋秒秒和靳云琛在言妍的带领下赶到学校西侧的一条小巷，就看到几个人将裴之枫围住，而裴之枫的嘴角明显有血。

“快住手！浑蛋！你们在干什么！”见此情景，言妍直接冲进了人群。

她紧张地看着裴之枫，担忧道：“裴学长，你没事吧？”

“不是让你走吗？”看到重新出现的言妍，裴之枫擦了擦嘴角的血，抬头时也看到了靳云琛和宋秒秒。

“小姑娘，这是男人之间的事。刚刚就让你走，怎么，心疼你男朋友啊？”为首的男人对言妍说，同样也看到了跟在言妍身后的靳云琛和宋秒秒。

“光天化日之下，你们明目张胆地打人，是不是太嚣张了！”宋秒秒说着，看了一眼身边的靳云琛，意思当然是想让他帮忙。

靳云琛扫了一眼裴之枫，脸色沉了沉，又看向了几个男人。

“报警。”对宋秒秒说完，靳云琛便朝男人们走去。

“裴之枫，算你幸运。但是你以后给我小心点，我妹妹的事我不会就这么算了。下次别再让我看到你，否则我见你一次打你一次！”见宋秒秒拿出电话，还没等靳云琛走上前，为首的男人便转身准备离开。但他刚走一步又停了下来，对着言妍说：“小姑娘，趁早离开这个人渣，否则，以后有你后悔的！”

等男人们走远了，宋秒秒才发现裴之枫不止嘴角有血，他还捂着肚子，像是受了伤。

“这究竟怎么回事啊？”宋秒秒急忙上前，和言妍一起扶着裴之枫。

但还没等言妍回答，靳云琛的声音就响了起来：“很明显，这是来讨风流债的。”

裴之枫在医院上了药后，他就在言妍的搀扶下离开了。临走前他看了一眼靳云琛，张了张嘴，却还是只把“谢谢”那两个字说给了宋秒秒。

裴之枫只是受了皮外伤，但这已经让言妍心疼得掉了眼泪。

也是在医生给裴之枫上药的时候，宋秒秒才从言妍那里了解到了详情。

他们是刚逛街回来，在路上意外碰到那帮人的。其中一个人看到裴之枫后，便生气地将他带到了小巷子里。裴之枫让言妍离开，只说“没事”。但靳云琛说得对，那帮人确实是来讨风流债的。

言妍多少从那个人嘴里听出来一些事，大意是裴之枫之前和他妹妹谈过恋爱，他受不了妹妹被裴之枫欺负，要来教训裴之枫。

“不管怎样，我都相信裴学长不是那种人。谈恋爱是两个人的事情，不合适就不在一起，凭什么动手打人啊！”言妍最后总结道，语气愤愤不平。

但宋秒秒想起那个男人的话，还是提醒她：“言妍，我知道你喜欢裴之枫，不过他的情史丰富也是事实。万一……我是说万一，你就不怕哪一天被他伤害？”

“就算真的有那一天，我也相信是我和裴学长真的不适合在一起了。”

看着言妍坚定的眼神，除了祝福，宋秒秒无法再说出其他的话。

等裴之枫他们离开后，宋秒秒看着脸色不太好的靳云琛，对他笑了笑：“靳云琛，谢谢你帮了裴之枫。”

宋秒秒知道，一向看不惯裴之枫的靳云琛这次能为裴之枫出头，有多么难得。

靳云琛拉紧了她的手，认真道：“我没有帮他，我只是在帮你。”

靳云琛说完，宋秒秒就挽住了他的胳膊，对他甜甜一笑：“嗯，我知道。”她犹豫了一下，还是问出了心中的那个疑问，“靳云琛，你上次说，那个相片上的女孩是你妹妹……是不是，裴之枫也欺负过她？”

问完，宋秒秒就后悔问了这个问题，特别是在看到靳云琛的脸色明显一沉的时候。

靳云琛怔了一下，才说：“你就这么想知道？”

“就是你和裴之枫的事……一直以来让我有点困扰。”宋秒秒笑了笑，“没事的，你要是不想回答就不要回答了。”

宋秒秒想趁靳云琛没有发脾气之前赶紧转移话题，却听到靳云琛淡淡地说：“既然这件事对你来说是个困扰，那我就回答你——是。”

他只回答了一个“是”，更多的解释，连一个字都没有再说。

但听到这一个字的回答，宋秒秒心里也十分满意了。

至少，她总算知道靳云琛为什么总是对裴之枫看不顺眼了。

如果是因为裴之枫欺负了他那个妹妹的话，也算是情有可原。

不过，在看到靳云琛脸色还算正常的时候，宋秒秒的好奇心还是占据了上风。她有些讨好地对靳云琛笑笑：“你那个妹妹……叫什么啊？她是你的表妹？还是堂妹？还是干……妹妹？”

靳云琛偏过头来看她：“你是在吃醋吗？”

“如果你回答的话，就算是我在吃醋。”宋秒秒是真的很好奇。

可惜靳云琛明显不想回答，他只是淡淡地说了两个字：“你猜。”

因为这个“你猜”，宋秒秒刚刚升起的一点高兴的情绪，又跌落一些。

她知道，这个所谓的妹妹，在靳云琛心里的位置非同一般。

也是这个时候，宋秒秒才意识到一件事。

虽然她已经成了靳云琛的女朋友，可是她居然对靳云琛一无所知。

这个认知让宋秒秒更加失落了起来。

似乎看出了她心里的失落，靳云琛搂住了她的肩膀，对她勾了勾嘴角：“你不用想太多，她和我也不是你想象的那种关系。我特别想告诉你的是，你现在是我最爱的女人。”

说完，不等宋秒秒反应，一个热烈的吻已经强势袭来。

“靳云琛，你……你臭流氓。”好不容易得到一个喘息的机会，宋秒秒嗔道。

“亲我女朋友，天经地义。”靳云琛说完这句，亲吻的力度又重了一些。

宋秒秒一时间感觉有些喘不过气来，但她觉得，和靳云琛接吻，其实还真是一件让人挺幸福的事。

之后的几天，宋秒秒几乎天天和靳云琛在一起，主要是靳云琛一下课就跑过来找她。

腻歪了两天，宋秒秒忽然想到一件事。

“靳云琛，你最近天天来找我，都不训练了吗？”

她注意到这件事，其实最主要的原因是最近网上发了一个“还我恋爱锦鲤”的帖子。

宋秒秒意外扫了一眼，帖子的内容大意是：亲爱的网球王子先生，恋爱归恋爱，但是你别忘了我们这些单身狗啊。我们的幸福可全靠你这个“恋爱锦鲤”了，结果你倒好，天天沉溺在温柔乡，连比赛也不打了，这可让我们这些单身狗怎么办啊……

帖子下面跟着至少有六页的评论，每条评论都只有一句话——还我恋爱锦鲤！

听到宋秒秒的问题，靳云琛倒是淡定：“我在养精蓄锐。”

宋秒秒皱眉：“靳云琛，我记得你以前说过，你以后是想成为职业网球运动员的，你可不能因为我……耽误了你的梦想啊。”

“哈哈。”靳云琛被宋秒秒逗笑，“那是以前，现在我的梦想，是你啊。”

听完靳云琛的话，宋秒秒心里既甜蜜又慌张，她语无伦次：“可是……可是……”

“好了，不逗你了。”看着宋秒秒紧张的样子，靳云琛揉了揉她的头发，“我这两天只是休息一下，因为马上有场比赛。”

“有比赛？那不是更应该勤加训练的吗？”

“那要看对手是谁了。要是是重大比赛，我自然要加紧训练，但是这一次……小意思。”

看着靳云琛自信的样子，宋秒秒这下才放下心来：“我就喜欢你这种……不要脸的自信。”

靳云琛的这次比赛确实对他构不成威胁。

比赛这天，宋秒秒原本是有舞蹈训练的，但她还是和严教练请了假。作为靳云琛的女朋友，她想第一次以公开的身份在现场给他加油助威。

但看到他的对手时，她也觉得，不需要她的加油助威靳云琛也能将其轻松打败。

因为他这次的对手是他的手下败将——D大校网球队队长霍远邵。

这是一场小型的校际联赛，却吸引了很多人，主要是一众急着脱单的单身狗想找“恋爱锦鲤”许愿。

比赛一开始，靳云琛就用他一贯强势的打球风格压制了霍远邵，他甚至得意地对观众席上的宋秒秒抛了个媚眼。

他的这一行为让全场的观众发出一声意味深长的“哇哦”，也将宋秒秒第一次推到了大家面前。

虽然C大的同学都知道宋秒秒是靳云琛的女朋友，但D大前来观战的同学并不知道。

“这就是靳云琛的女朋友？还挺漂亮的。”

“是呀，怪不得靳云琛看不上林可。”

“可惜，靳云琛看不上林可，林可也看不上霍远邵……孽缘啊。”

……

“林可？霍远邵？”一旁的宋秒秒似乎从大家的闲话中捕捉到一些重要的信息。

她再看向赛场上的霍远邵，不由皱了皱眉。

怪不得，她发觉霍远邵每次看靳云琛的眼神都有些……意味深长，原来根本原因在这儿啊。

而靳云琛对宋秒秒明目张胆地抛媚眼的行为，无疑刺激了霍远邵。

宋秒秒发现了这个意外情况，靳云琛却并没有发现。所以当他再次发球的时候，球被霍远邵猛烈地打了回来。

霍远邵当然不止这一拍发出了威力，在接下来的时间里，比分很快被他追平了。

靳云琛明显感觉对手身上突然爆发出一种强大的力量，他十分意外。但意外归意外，既然上次他收拾了霍远邵，这一次也不会给对方反败为胜的希望。所以，接下来虽然很吃力，他还是又将霍远邵追上来的比分压了下去。

因为两个人都发挥出了超乎寻常的实力，比赛瞬间演化为两大高手的精彩对决。你来我往的较量，不分上下的比分，让观众叹为观止。

宋秒秒也为靳云琛捏了一把汗。

但好在，最后靳云琛还是以一分的微弱优势胜出了。

不过他并没有感到兴奋。

比赛结束的时候，霍远邵从对面走到他面前，对他冷冷地说："靳云琛，我记住你了。"

直到下了场，宋秒秒对他提了林可和霍远邵的事情，靳云琛才恍然大悟："怪不得技术这么有长进，这是把我当成情敌来对付了。"

"看你下次还认不认真训练，这次可差点就被打败了吧？"宋秒秒趁机刺激靳云琛。

靳云琛挑了挑眉："认真训练呀，也不是不可以。可是没有一个贴身助理监督的话，我可没有干劲哦。"

听到"助理"两个字，宋秒秒还多少有点心理阴影，以前靳云琛可没少折腾她这个助理。

但是看着靳云琛勾起的嘴角，她还是大义凛然地笑了笑。

"行吧，为了祖国未来的网球事业，我就勉为其难地继续当你的助理监督你了。"

对于这个回答，靳云琛十分满意："秒秒呀，我就知道你最好。"

但当靳云琛把网球包扔给她的时候，宋秒秒越想越不对——好好的女朋友不当，她是又来找虐了吗？

事实上，宋秒秒想多了。虽然她又成了靳云琛的助理，但这次靳云琛非但不让她跑腿买奶茶、陪自己打球训练，还给她搬了张有靠背的椅子，让她就坐在旁边跷着二郎腿喝着他买回来的奶茶……

对这待遇……网球队其他队员的一致看法是：这是他们队长在“虐狗”。

可惜队员们心里虽然不满，看到宋秒秒后，嘴上还是要甜甜地喊上一句“嫂子”，毕竟，他们的终身幸福还要靠她呢。

宋秒秒原本是拒绝这一重任的。可是事情怪就怪在，知道宋秒秒每天都跑去网球队后，舞蹈队很多单身的队员都一脸认真地向她拜托同一件事——

“秒秒呀，能不能帮我个忙，帮我打听打听网球队还没有单身的呗？”

听到队员们的话，再看看她们一脸羞涩的神情，宋秒秒差点被自己嘴里的包子哽住。

这……难道就是所谓的天意吗？

单身狗看上单身狗，天作之合啊。

于是宋秒秒在天意的安排下，赶鸭子上架，成了一名名副其实的……媒婆。

不过宋秒秒这个媒婆和一般的媒婆不太一样，她既不用苦口婆心地劝说，也不用来来回回地拉红线。她只需要将两个人约到一起吃个饭……基本上那两个人没过几天就成了。

几天下来，宋秒秒稀里糊涂地促成了六对情侣。

在知道这件事以后，言妍围着她看了一圈又一圈，最后得出结论：“宋秒秒，靳云琛是不是把他的恋爱锦鲤功力传给你了？”

这天，宋秒秒又将两队的队员各约了一个一起吃饭，还没在她的小本本上记下这是第几对即将成功的恋人，电话就响了。

接通电话后，宋秒秒的脸色十分不好。当时她身边的靳云琛只听到宋秒秒焦急地说着：“喂，爸……啊？啊？啊！”

“家里出什么事了吗？”宋秒秒挂断电话后，靳云琛担心地看着她。

听完宋秒秒的回答，靳云琛皱起了眉头，因为宋秒秒说：“我爸说，他和我妈要来C市旅游，明天就过来了。”

靳云琛还当出了什么大事：“来旅游有什么问题吗？”

“你不知道，以前我爸明确要求过，上学期间，不准让我谈恋爱。他来得这么急，肯定是听到了什么风声。”

以前宋爸爸和宋妈妈也说过要来C市旅游，但都被宋秒秒搪塞过去了。

她知道，他们其实就是来监督她的私生活的。所以那几段烂桃花的经历，她从来没有对家里人说起过。

这一次他们突然要过来，宋秒秒有种不好的预感。

宋秒秒的家乡Z城距离C市只有两个小时的车程，比起省城C市，Z城发展得也算不错。可惜宋爸爸没有做生意的天赋，和朋友合伙做过几次生意，结果全都亏得血本无归，最终只得和宋妈妈摆个煎饼摊。

也正因为体会到生活的艰辛，他们才希望唯一的女儿努力读书，将来争口气，能过上好日子，也就害怕她在上学的时候不学无术，影响了学业。

宋秒秒知道爸妈对自己的期望，所以才刻苦练习舞蹈。

听了宋秒秒的话，靳云琛却不以为意，他嘴角一扯，轻轻地说：“那正好，让他们看看他们未来的女婿有多优秀。”

宋秒秒眼前一黑：“啊？你现在就要见他们？”

“未来的岳父岳母来了，我当然要尽下地主之谊。”

宋秒秒连忙摆手：“不行、不行，我爸妈很保守的。特别是我爸爸，要是知道我现在谈恋爱了，他非打断我的腿不可。”

“秒秒，放心吧，有我在。何况，纸里包不住火。”靳云琛自信地看着宋秒秒，“还是说，你怕他们对我不满意？”

“不是，这也太快了……主要是我爸他真的很难搞。”

靳云琛是在看到宋爸爸的时候，才知道宋秒秒说的“我爸他真的很难搞”的意思的。站在他面前的中年男人，似乎满脸写着“他是谁？他会对我女儿做什么”。

不过，和宋爸爸的反应不同，宋妈妈面对靳云琛时的反应倒是还算正常。

“听秒秒说，你们还是高中同学？”坐在饭店椅子上的宋妈妈率先打破了尴尬的局面。

靳云琛还没有回答，宋爸爸已经瞪大了眼睛：“高中就开始了？”

“没有、没有。我们……也是最近才在一起。”

眼看拦不住，宋秒秒昨天还是先给宋妈妈发了信息，简单地说明了一下情况，生怕今天一见面会打起来。

宋妈妈一开始也不接受，主要是怕谈恋爱耽误自家女儿的学习，但在见了靳云琛的长相后——嗯，这个女婿长得很令人满意啊。

宋秒秒说完话，有点心虚地看着宋爸爸。

结果宋爸爸还没开口，靳云琛的声音就响了起来。

“以前确实有想过在一起……”靳云琛的话还没说完，宋秒秒的神经就崩了起来，幸好他又补充了一句，“不过，也只是想想，还是要等到合适的时间。”

但这句补充并没有让宋爸爸放松警惕，他一脸严肃地看着靳云琛，心里只有一个想法：坏了、坏了，自家辛辛苦苦养大的白菜，要被猪给拱了。不对，听这话的意思，有可能已经拱过了！这个小白脸，坏得很！

宋妈妈见宋爸爸脸色不对，急忙打圆场："真是缘分啊。这么说你也是Z城人？"

"是的。"靳云琛诚实回答。

"那你爸妈是做什么的？"宋爸爸黑着脸看着靳云琛，越看越觉得这小子坏得很，敢抢了他的宝贝女儿。

"做点生意。"靳云琛说完，想了想，又补充说，"不过这几年一直在国外。"

"做生意的？"宋爸爸没好气地打量着靳云琛，心想：明知道我以前做生意失败，还特意来刺激我！还做到国外去了？

"做生意有什么了不起啊，我以前也是做生意的。对了，你姓靳是吧？你爸爸再能做生意，能做得过靳南风？"

但靳云琛的回答差点让宋爸爸从座位上跌落下来，他说："叔叔认识家父？"

"你是靳南风的儿子？"宋爸爸瞪大了眼睛看着靳云琛，不敢置信地问，"你说，你真的是靳南风的儿子？"

"如假包换。"

靳云琛的话一说完，宋爸爸就觉得自己有点呼吸困难。

什么，眼前坐的是靳南风的儿子？

Z城首富……不，全省首富，商界传奇大亨靳南风！开着全国第十大房地产公司，在全国有几十栋商业大厦，旅游公司开到国外，还收购了几家影城的靳南风！

宋秒秒也对靳云琛的爸爸是靳南风这件事感到惊讶。

不过，如果靳云琛真的是靳南风的儿子，她倒是知道为什么她对靳云琛的家庭一无所知了。

靳南风是Z城最神秘的富豪，多少八卦报纸想采访他，但除了商业上的事，他没有透露过任何有关家庭和私生活的信息。加上靳云琛也从来没有透露过，她不知道也是情有可原。

"宋叔叔果真认识家父？"见宋爸爸不说话，靳云琛又看向了宋爸爸。

想认识啊，十分想认识！

宋爸爸在心里呐喊：要是我能认识靳南风，我的生意又怎么会失败，如今怎会沦落到卖煎饼为生！

但话到嘴边，他也只是淡淡地说了一句："听说过。"

而这之后，宋秒秒发现奇怪的事发生了。

"靳云琛是吧？嗯，果然看上去风度翩翩、一表人才啊。来来来，多吃菜。怎么样，这里的菜味道还合口味吧？"宋爸爸一边说一边热情地给靳云琛夹菜。

宋秒秒大跌眼镜："这是什么情况？这……这变化也太快了点吧？"

倒是靳云琛一脸享受地对宋爸爸假客气："多谢叔叔夸奖，其实我觉得我还是多少配不上秒秒……"

"什么话！我觉得你们天造地设，十分般配。"宋爸爸对靳云琛笑笑，又看了一眼秒秒，那眼神好像是在说——我女儿找男朋友，就是有眼光。

看到爸爸这个眼神，宋秒秒咽了咽口水。

说好了上大学不许谈恋爱呢？说好的心肝宝贝女儿呢？

一场风波，因为靳云琛的身份，变成了大和谐的"认女婿家宴"。虽然这过程有点一言难尽，但结局总算还是好的，宋秒秒也算松了一口气。

不过，宋秒秒没想到，靳云琛留给她的，不止这一个惊喜。

那是在快吃完饭的时候，宋爸爸因为高兴多喝了两杯，他忽然想起了什么，看了看靳云琛，说："对了，我听说靳南风的孩子是对双胞胎儿子。你是哥哥还是弟弟啊？"

第九章

莫不是想移情别恋

“什么，靳云琛还有个双胞胎哥哥？”

宋秒秒在宿舍对言妍说了靳云琛有个双胞胎哥哥的事后，言妍无比震惊。

“嗯，他说他的哥哥叫靳云霆。”

“我说秒秒，你和他是假高中同学吧？这事你居然从来都不知道？”言妍难以置信。

对此，宋秒秒表示很无辜：“因为他从来没有说过呀。而且你不知道，他爸爸是出了名的神秘。哦，他更神秘，所以……我今天也是第一次知道。”

看着宋秒秒一脸无辜的表情，言妍知道她没说谎。

“那你爸妈呢？”

“他们吃完饭就直接坐车回 Z 城了。”

“这么快？怪不得你回来得这么早。不过不对呀，他们不是说来旅游吗？我还想着明天找机会请他们吃顿饭呢。”言妍刚说完，就像想到了什么，“嗯，不过也是，有了一个这么英俊帅气还有钱的女婿，他们回去好偷着乐，还旅什么游。”

“对了，你刚刚说，靳云琛的爸爸靳南风，是你们 Z 城首富……哦，不对，全省首富？”言妍说着，对宋秒秒挑了挑眉，“未来的豪门富婆，我特别想采访你一下，一夜暴富是什么感觉？”

对于言妍的调侃，宋秒秒没有理会。

就像言妍看到的那样，宋秒秒还处在茫然状态中。

当时，听到宋爸爸突然问的那个问题，宋秒秒和言妍一样震惊，不，她比言妍还要震惊。她和靳云琛同桌了三年，居然不知道他还有个双胞胎兄弟。

然后她就听到靳云琛说：“我是弟弟，我还有个哥哥，他叫靳云霆。”

“双胞胎？一模一样？你居然还有个一模一样的双胞胎哥

哥？”听完靳云琛的话，宋秒秒有点语无伦次，“我怎么从来没听你提起过？”

这个问题，在把宋爸爸和宋妈妈送上回Z城的车后，靳云琛才回答她。

“这些重要吗？”

“怎么不重要？”宋秒秒十分郁闷，“靳云琛，今天我才发现，我真是对你一无所知。我们高中同学了三年，我既不知道你爸爸是我们全省首富靳南风，也不知道你还有双胞胎哥哥。”

靳云琛却对她笑笑：“别怕，我不嫌弃你的出身。”

“什么……”宋秒秒没心情和靳云琛开玩笑，“我真怕哪天被你卖了都不知道。”

见宋秒秒很严肃，靳云琛也一本正经起来，他认真地说：“其实并不是我刻意隐瞒。我不说我爸爸是靳南风的事，是因为我觉得，他是他，我是我。我总不能在胸前挂个牌子，说我是首富的儿子吧？”

也是这么个道理……宋秒秒想象了一下靳云琛在胸前挂个牌子的傻样，一下子被说服了。

“那你哥哥……”

“至于我哥哥……”说到这里，靳云琛的神色有些落寞，“我和他关系不太好。何况，初三那年，他就随着我爸到美国定居去了。那三年里，我们几乎没有见过面，我们的关系，很淡。”

宋秒秒没有想到靳云琛的家庭情况这么复杂。

“去美国定居？”宋秒秒忽然想到了什么，她小心翼翼地看着靳云琛，“你之前说你爸妈离婚又复婚，难道……”

“是，他们是在我初三时离婚的。他们离婚之后，爸爸带着哥哥去了美国，我和妈妈留在了国内。他们在我高三那年复了婚，我也就跟着妈妈一起去了美国。”

“怪不得你高中的时候一直冷冰冰的，谁也不爱搭理，原来那时候你家里发生了这么大的事……”宋秒秒有些心疼地看着靳云琛。

她也终于知道，为什么高考完，靳云琛就像凭空消失了一样，原来他跟着妈妈去了美国，和他的家人团聚去了。

“其实我的家庭原本很幸福。”靳云琛像是陷入了回忆一样，淡淡地说，“虽然我爸爸很忙，经常看不到他的人，但妈妈很爱我们。有了我和哥哥以后，她就没有再工作，专心在家照顾我和哥哥。我妈妈长得很漂亮，性格也很温柔，还会做特别好吃的湘菜。爸爸再忙，每个月也会抽时间陪我们。他喜欢带我们去旅游，到北极看极光，到南极看企鹅，到太平洋冲浪……”

靳云琛说着，像是沉浸在幸福的回忆当中，嘴角也情不自禁上扬了起来。

听了他的描述，宋秒秒能想象出一家四口幸福生活的画面。

“这么幸福的家庭……那你爸妈为什么会离婚？”宋秒秒不假思索地说出这句话后，才意识到这个问题有多欠妥，特别是，她看到靳云琛的目光中忽然多了一丝寒意。

“是啊，这么幸福的家庭，为什么要毁了它呢？”

“反正你们一家人现在又团聚在一起了，过去的事就过去了，不要再想了哈。”察觉靳云琛的眼神不对劲，宋秒秒及时转移了话题，“那个……我还是不敢相信，这个世界上会有一个和你长得一模一样的人，我真不敢想象两个你同时站到我面前是什么情景。对了，你和你哥哥真的哪里都长得一样吗？那你们的性格呢？也一样吗？”

她一连问了几个关于靳云霆的问题，靳云琛眼里的那丝寒意终于散去，眼神中转而多了几分挑逗。靳云琛勾了勾嘴角：“你对我哥哥这么有兴趣，莫不是想移情别恋？”

“什么呀，我是真的好奇，这个世界上居然有个和你一模一样的人……”宋秒秒越想越觉得不可思议。

宋秒秒当时并没有只沉浸在这种不可思议的感觉中，想到靳云琛高中时孤独的样子，她这个女朋友，决定把靳云琛高中时缺少的温暖时光弥补回来。

所以，宋秒秒第二天去网球馆时，手里还提了一个保温桶。

靳云琛训练完，在一众羡慕的目光中走向在办公室里等着他的宋秒秒。看到他，宋秒秒打开保温桶，骨头汤的香味瞬间充满了整个办公室。

“以前我不开心的时候，我妈就煲汤给我喝。特别神奇的是，每次喝完我妈煲的汤，我都会觉得超级幸福。”宋秒秒有些不好意思地对靳云琛说，“你也尝尝这汤吧，骨头汤里面含有丰富的钙，最适合你们运动员。就当……就当弥补你高中时那段孤独的时光。”

看着宋秒秒手里的保温桶，靳云琛喜笑颜开：“这是你亲手为我煲的？”

“呃……学校里哪有地方给我煲，是我买的。”宋秒秒说完，吐了吐舌头。

靳云琛嘴角一勾：“没事，嫁给我以后，有的是时间。”

宋秒秒羞涩低头：“呃……”

“来，你也喝一口。”靳云琛喝了一口之后，也舀了一勺汤，递到宋秒秒面前。

宋秒秒拒绝不了，也低头喝了一口。

不过，宋秒秒发现，靳云琛每喝一口汤，嘴角的笑意就更浓一些。

“靳云琛，你在笑什么？”

“没什么。就是，早知道能被你这么体贴地对待，我就应该早点告诉你我凄苦的身世了……”

而此时，苏教练正要推门进办公室，就从门缝里望见二人你一口我一口地互相给对方喂汤……

他羡慕得想辞职！

他站在门边舔了舔干裂的嘴唇，心里只有一个感受：光棍，真的好苦……

苏教练并不是有意想被虐的，他来找靳云琛，确实有重要的事。

所以，在忍受完靳云琛和宋秒秒互相喂汤的甜蜜互动后，他还是痛苦地推开了办公室的门。

看到苏教练，宋秒秒急忙擦了擦嘴巴，尴尬地笑了笑："苏教练好。"

苏教练镇定地点头示意，假装刚刚没有被她伤害过，然后对靳云琛认真地说："靳云琛，一个月后，全球高校友谊网球公开赛就要开始了，你知道吧？"

"嗯，我听说了。"靳云琛点头。

"对此，你这个队长，有什么看法？"

"全球高校友谊网球公开赛是今年的新项目，比起全国性的比赛，高手肯定更多。我们队虽然实力不弱，但不谦虚地说，达到我这个水平的，人数太过有限。确切地说，只有我一个人。这并不是一件乐观的事，队里还至少要有一个和我实力相当的人。"

"很好，看来你对我们队员的水平很有数。除了你，我们队其他队员的确在这种全球性的比赛中不占优势。既然你也是这个意思，那刚好，我推荐一个人选……"苏教练说着，缓缓吐了一个人的名字，"裴之枫。"

"他？"听到裴之枫的名字，靳云琛的眉头动了动。

"对。裴之枫先前一直是队里的主力队员，你没来之前他是队长，也带领球队取得过不少优异的成绩。你和他切磋过，相信也知道他的真实水平。"

"他的水平确实没问题，我自然也很欢迎他。但是……他不是已经退队了吗？"

"我已经找他谈过了，"说到这里，苏教练情绪有点低落，"他确实不愿意归队。所以我才想来找你商量一下，看是不是你这个队长去和他聊聊。"

苏教练说这话时是没有底气的，从靳云琛加入校网球队，他就看出靳云琛和裴之枫之间不和。

但他没有想到，靳云琛居然想也没想就爽快地答应了。

“好，我一定让他归队。”

苏教练喜出望外：“那太好了，这件事就看你的了。”

等苏教练满意地走了，宋秒秒也为靳云琛爽快邀请裴之枫归队的事感到很开心。

“就是嘛，大家都是同学，彼此之间没必要闹得不愉快。何况他现在和我的闺密言妍还那么幸福地在一起，算起来，你们也是朋友呢。”

“我没有这样的朋友。”靳云琛的语气清冷，“他很幸福，可是有些人，却因为他再也不能幸福了。”

宋秒秒知道，靳云琛说的是他那个所谓的妹妹。

她小心翼翼地看着他，说：“靳云琛，是不是你那个妹妹……被他伤得很重？”

靳云琛没有回答这个问题，但宋秒秒看到，那抹熟悉的寒意又在他的眸中一闪而过。

当宋秒秒把靳云琛要亲自邀请裴之枫重回校网球队的事告诉言妍时，言妍激动地给了宋秒秒一个热情的抱抱。

“太好了！我正在为这件事发愁呢。靳云琛亲自邀请？那是不是意味着他再也不会找我们裴学长的麻烦了？真是太完美了。你不知道我多想裴学长能重新打球，我觉得他打球的样子太帅了。”

“那裴之枫呢？他想归队吗？”宋秒秒也很期待。

“我倒是听他说过苏教练找过他的事，不过我也听他说他拒绝了。可是，我看得出来裴学长有多喜欢网球啊。”言妍激动地说，“我曾经看过他小时候穿网球服打球的照片，才知道原来裴学长从五六岁就开始练习网球了。我曾经还听他说起过，他的偶像就是网球天王费德勒。现在他就这么放弃梦想，我都替他不值。我也劝过他，但是他都拒绝了。这下好了，要是靳云琛亲自来劝他，他应该就不会有什么顾虑了。”

可惜言妍只是裴之枫的女朋友，即使他们朝夕相处，她也改变不了裴之枫，更不可能替裴之枫做决定。所以，即使她认为裴之枫这样就没什么顾虑了，但裴之枫直接拒绝了。

是的，裴之枫拒绝了靳云琛的归队邀请。

当言妍带着宋秒秒和靳云琛来到裴之枫面前说明情况，却听到他的拒绝时，言妍完全想不明白。

“为什么？裴学长，成为职业网球运动员不是你的梦想吗？现在靳云琛亲自来邀请你重新归队了，你们可以重归于好了，他一定会好好和你相处，是不是，靳云琛？”言妍说完，殷切地看向靳云琛。

靳云琛看着裴之枫，他点头，语气淡然：“这是一定的。”

可裴之枫却躲开他的目光，说：“我不稀罕他的邀请。”

“是不稀罕，还是害怕？”靳云琛死死地盯着裴之枫，“你怕什么？如果你没有做过亏心事，你为什么那么害怕我？”

可能是靳云琛说这句话的时候气场太过强大，让裴之枫的目光无处可躲，他只得转过头看向靳云琛。他们二人目光相撞的一瞬间，宋秒秒明显感觉空气中凝出一丝寒意。

他们如同两只困兽相对。

言妍也感觉到两人的针锋相对，她担心地看了看裴之枫，正想开口说点什么来缓和一下这冰冷的气氛，却被宋秒秒拦住了：“别说话，也许转机就在这里。”

果然，下一刻，裴之枫面对着靳云琛的目光，冷冷地说：“好，我答应你，我归队，就让你看看我究竟有没有在害怕。”

听到这句话，言妍激动地跑过去抱住了他。

“太好了，裴学长，我终于又可以看你打网球了。”

裴之枫能够答应重新回校网球队，对他本人，对整个校网球队，对苏教练，甚至是对即将到来的全球高校友谊网球公开赛来说，都是一件好事。但当裴之枫说明天会去队里报道，就和言妍离开之后，看着靳云琛望向裴之枫的眼神，宋秒秒还是有一些担心。

“靳云琛，你应该说话算话，真的不会再找裴之枫的麻烦了吧？”

靳云琛没有说话，他轻轻地扯了扯嘴角，给了她一个意味深长的微笑。

在这抹微笑中，宋秒秒似乎……有种不好的预感。

对于裴之枫的重新归队，队员们都很高兴，毕竟很多队员和他相处的时间不短，关系也都不错，先前对他的退队决定都深表遗憾。而且他们都知道裴之枫的梦想，这次他重新回来，队员们自然很高兴。

但最高兴的，还是苏教练。

一员虎将归队，让他这个教练对接下来的比赛信心大增。

虽然上次在 S 市，裴之枫在和七色龙职业网球队选手的较量中出现了失误，但那次情况比较复杂。苏教练认为，那次的失误有裴之枫的心理原因，更何况对手还是职业网球队的，有失误也算正常。

对这次的全球高校友谊网球公开赛，苏教练还是很有信心的。

考虑到裴之枫也有一段时间没练习，他一归队，苏教练就安排了集训。

集训是封闭式的，但场馆内除了队员，还有两个观众。

对于这两个观众的出现，苏教练虽然多少有点意见，却只能当作没有看见。

毕竟，她们一个是校网球队前任队长的女朋友，一个是校网球队现任队长的女朋友。

宋秒秒和言妍坐在不远处，观看着她们各自的男朋友练球，一时间竟有些感慨。

“秒秒，还记不记得我第一次带你来网球馆的时候啊？”言妍看着宋秒秒，意味深长地笑了笑。

宋秒秒叹了一口气：“怎么能不记得。”

当初她为了挽回沈倦，在言妍的怂恿下，来找传说中的“恋爱锦鲤”许愿。

谁能想到，这个所谓的“恋爱锦鲤”不但是她的冤家，现在她还和这个“恋爱锦鲤”谈起了恋爱。

言妍用胳膊肘碰了碰宋秒秒：“有没有觉得像一场梦？”

“谈不上吧，就是觉得好神奇。”宋秒秒望着挥汗如雨的靳云琛，淡淡地说，“刚高考完那会儿，我到处打听，但没人知道他的消息，我曾经以为这辈子再也见不到他了。没想到，三年之后，他会重新出现在我的生命中。”

当初因为靳云琛那句“我再也不想见到你了”，宋秒秒伤心了好一阵。但后来她想了想，她欺负了他三年，靳云琛这样说也是情有可原。

但靳云琛不想见到她，不代表她不想见到靳云琛。

所以，高考结束后，她开始到处找他。

结果她打听了很久，没有一个人知道他去了哪所大学。

中国太大了，世界更大。茫茫人海，她去哪里找他呢？

想到以后都见不到靳云琛，宋秒秒更加难过了。但那份难过她藏得很好，藏得不让任何人看出来，以至于到后来，连她自己都忘了。

这也是宋秒秒为数不多的优点——乐观。

既然找不到他，就随他去吧。

让她没想到的是，靳云琛会喜欢她。她一度以为他会讨厌她，结果靳云琛现在还这么爱她……她简直是捡到了宝。

所以说，人间处处充满着意外和惊喜啊。

可能是被宋秒秒的情绪感染，言妍望着同样挥汗如雨的裴之枫，也有些感慨：“是啊，我也一直以为裴学长只能是我的一个梦想，和他谈恋爱这种事也只能偷偷想一想。没想到，我真的会和他在一起。”

言妍说完，和宋秒秒不约而同地对视了一眼。

两个女人的眼睛里透露着同样掩饰不住的幸福和一点点羞涩。

在各自的男朋友结束辛苦的训练后，两个幸福的女人都心疼地想带他们吃顿好的。吃饭这种事，当然是越热闹越好。何况，在没有男朋友之前，两位幸福的女人几乎天天都是一起吃饭的。

靳云琛也有这个想法，所以在裴之枫拉着言妍准备离开时，他急忙开了口：“今晚一起吃饭吧，上次你们请我和秒秒吃饭时我说好的，下次我来请你们吃饭。”

“那多不好意思……”言妍话是这么说，却拉着要走的裴之枫停了下来。

裴之枫当然不太想和靳云琛一起吃饭，但在靳云琛挑衅的目光中，他还是没有再挣扎。他要是不去，好像就是在害怕什么一样。

于是，一行四人风风火火地准备大吃一场——主要是宋秒秒和言妍这样想。毕竟她们觉得，现在他们四个人相处得越来越和谐了，这可真是值得庆祝的大喜事。

当车子停到饭店门前，宋秒秒和言妍就更开心了，因为他们来的是C市最高档的西餐厅，人均消费够她们半个月生活费的。

言妍还对宋秒秒小声地调侃：“全省首富的儿子就是不一样，出手阔绰。未来的豪门媳妇，我真羡慕你……”

“嘻嘻。”宋秒秒也感到十分兴奋。

然而，宋秒秒和言妍正要急忙冲进去时，却看到抬头看着饭店招牌的裴之枫停在了原地。

他的眼神有些不自然。

“怎么，不喜欢这里？”靳云琛盯着裴之枫，声音清冷，“还是说，这里勾起了一些你不敢回忆的往事？”

听完靳云琛的话，宋秒秒和言妍同时怔住，一股不好的预感不约而同地在她们心里升起。

就在她们有所担心时，裴之枫看也不看靳云琛，说：“听不懂你在说什么。”

然后，他便第一个迈进了饭店。

看到她们最担心的人开了个好头，宋秒秒和言妍也朝着诱人的大餐迈开了大步。

不过，不久后，在服务员领着他们走向定好的位子时，看到那个靠窗最内侧的座位，裴之枫的神情有一丝慌乱。

对于裴之枫的反应，靳云琛像是早有预料一般，他看着愣住不动的裴之枫，扯了扯嘴角：“怎么，不喜欢这个位子？还是说，有一种熟悉感？”

在靳云琛的注视下，裴之枫的神色很快恢复了正常：“靠窗的位置，我很喜欢。”

听着靳云琛和裴之枫的对话，那种不好的预感再次涌进宋秒秒的心里。她不知道靳云琛葫芦里到底卖的什么药，但她觉得这样下去肯定没什么好事。为了以防万一，在裴之枫和言妍坐到位子上后，宋秒秒将靳云琛拉到了一旁。

“靳云琛，你到底在干吗？我怎么感觉你今天很不对劲？”

靳云琛却目不转睛地看向裴之枫，说：“是我不对劲，还是裴之枫不对劲？”

宋秒秒想了想，诚实回答：“都不对劲。”

“要是连你也感觉裴之枫不对劲，那就对了。”靳云琛说完，自顾自地走向座位。

从坐下来后，靳云琛就像在监视一样注视着裴之枫，气氛一时有些诡异。

言妍自然也感觉到了诡异的气氛，所以即使昂贵的牛排端上来，她也没有心情吃了。为了不让自己的男朋友承受这种煎熬，言妍忽然低头捂住肚子“哎哟”了两声：“糟糕，好像是我家亲戚不期而至了，好疼呀，哎哟哎哟，看来我是无福享受这顿美食了。裴学长，你快扶我回宿舍休息吧，那个，秒秒呀，你们慢慢吃吧……”

然而，当裴之枫关心地扶着言妍刚要站起来时，靳云琛犀利的目光就投向了他：“裴之枫，这么快就坐不住了？还是说你心里有鬼？”

言妍急忙解释：“不是裴学长坐不住，是我肚子疼得厉害，哎哟……我们下次再请你们吃饭吧，今天就先对不住了。”

宋秒秒当然一眼就识破了言妍拙劣的演技，但现在这种气氛下，她也觉得他们先离开是最好的办法。所以宋秒秒不但没有拆穿她，还帮她圆场：“是啊、是啊，每次言妍这时候都疼得死去活来，搞不好还要去医院，我看裴学长就快带她回去吧。”

裴之枫自始至终都没有说话，但他已经扶起言妍准备离开。

可能是裴之枫离开座位的动作刺激到了靳云琛，谁也没有想到，刚刚还风轻云淡说着话的靳云琛，忽然间像变了一个人一般。他朝裴之枫怒吼：“裴之枫，事到如今你敢说你不认识温婉？你敢说你没有见过温婉？你敢说你没和她在这里吃过饭？”

他的声音很低，却透露着他内心掩饰不住的愤怒，他现在就像……一头失控的狮子。

这是宋秒秒第一次听到靳云琛那个所谓的妹妹的名字。

她叫温婉。

在听到这个名字的时候，宋秒秒瞬间想起那天看到的照片。那个女孩的笑容灿烂又温柔，还真和她的名字一般。

言妍也被靳云琛突然的怒吼吓到了，她收回假装捂住肚子的手，想起宋秒秒曾经和她说过那张照片的事。

她知道照片上的女孩儿是靳云琛的妹妹，宋秒秒后来还和她分析，也许靳云琛处处找裴之枫的麻烦就是因为她。

想到这里，言妍咬了咬嘴唇。

“靳同学，你先别生气，有话好好说。”说完，她又看向裴之枫：“裴学长，这到底是怎么回事啊？如果你真的伤害过那个……温婉，你向靳云琛好好道个歉。毕竟这些事都已经过去了，有什么事，说开就好了。你放心，不管你以前做过什么，我都不介意的。”

言妍的语气里几乎带着恳求，可是裴之枫像是没有听到一样，他的表情始终如一。

言妍再次将目光投向靳云琛，用试探的语气问他：“要不然，我替他道歉好不好？”

靳云琛的目光却一直停留在裴之枫身上，他语气冷厉：“裴之枫，是个男人，你就承认。你这个样子，对不起的是爱你的女人。”说完，他站起来，朝前走了一步，“你说，她要是知道你的真面目，还会不会这么爱你？”

裴之枫的眼神闪了闪，他扭过头去，不看靳云琛，说：“我听不懂你在说什么。”

“听不懂？做过什么，你自己心里最清楚。”

眼看着靳云琛在说完话后再次朝裴之枫逼近了一些，宋秒秒及时拉住了他：“靳云琛，有没有可能是，误会什么了？”

靳云琛头也没回地继续看着裴之枫：“你说呢？裴之枫，这一切是不是误会？”

靳云琛死死地盯着裴之枫，想看看他怎么回答，但裴之枫缄口不言。

空气再次凝固起来，连周围看热闹的人都觉得这边气氛太过诡异。就在宋秒秒一边歉意地对其他人笑笑，一边思考该怎么让靳云琛冷静一下时，她没有想到，裴之枫在靳云琛的注视下重新坐回了座位上，并淡定地吃起了牛排。

宋秒秒和言妍对视了一眼，眼神里都有一种说不出的意味。

见此情形，靳云琛虽然有些吃瘪，但也没有再说话。他同样坐下来吃起了牛排，虽然他时不时抬头盯着裴之枫，却没有再开口。因为他知道，裴之枫今天的态度，摆明了是跟他耗上了。

满心期待的促进双方感情的美食大餐，就成了这么一顿气氛僵硬的饭局。宋秒秒和言妍只能用眼神互相传递彼此的遗憾和歉意，当然，歉意主要是宋秒秒发出的。

十分钟后，裴之枫的牛排便吃完了。

言妍发现后，立马放下了手中的刀叉，急忙站起来，对靳云琛和宋秒秒表示她还有事就先离开了。毕竟她已经感受不到这昂贵牛排的美味了。

这一次靳云琛也没有理由再阻止裴之枫，只是，看着裴之枫淡定地拉着言妍离开的身影，他眉头紧皱。

他的神情宋秒秒都看在眼里，也正是因为靳云琛今晚的异常反应，宋秒秒犹豫了一下，还是开口问出了心中的那个疑问："靳云琛，高中的时候，为什么我从来没有听你提起过这个……温婉？她是叫温婉吗？"

靳云琛的视线一直随着裴之枫的身影移动，他没有回答宋秒秒的问题。宋秒秒不知道他是没有听到，还是这个名字太过敏感。

就在宋秒秒准备换个轻松一点的话题时，靳云琛才幽幽地开了口："她去了美国。"

"什么？"宋秒秒没听清靳云琛的话。

靳云琛的目光转过来。像是勾起了回忆一般，他放下手中的刀叉，缓缓地看向了窗外，轻轻地重复："后来她去了美国。"

温婉是靳云琛妈妈的闺密唐颂的女儿。

和靳云琛妈妈一样，唐颂年轻时也是舞蹈演员，但她的运气没有靳云琛妈妈好。唐颂嫁给的男人虽然也是 Z 城的富豪，但好景不长。温婉七岁那年，她的爸爸生意失败，欠下巨额债务，丢下妻女独自跑了。

几乎是一夜之间，大别墅没有了，豪车没有了……为了躲避追债的人，唐颂带着七岁的女儿东躲西藏。

从锦衣玉食到亡命天涯，已经多年没有工作的唐颂承受不住这样巨大的落差。唯一值得庆幸的是，她还有几分姿色。靠着这仅存的姿色，没过多久她便交到了新欢。

但新欢哪里都好，就是不接受她七岁的女儿。

唐颂的父母远在乡下，她不愿将女儿送到乡下。

一次，她和靳云琛的妈妈诉苦，靳云琛妈妈知道之后，毅然决定将温婉接到家里。

用她的话来说，不过就是多一双筷子的事。何况她一直都很喜欢温婉，也想要这么可爱的女儿。

唐颂原本就抱着这个目的，靳云琛家里比她原先的家庭还富有，这样温婉以后就不用受苦了，靳云琛的妈妈能这样爽快地答应，自然了了她一桩心事。

靳云琛和哥哥靳云霆也很喜欢温婉，三个孩子以前原本就经常一起玩耍，现在能住到一起，更加开心了。

因为家里以前没有女孩，温婉住进来后，一家人都很疼她，两个哥哥更是把她当亲妹妹疼爱，温婉过的几乎就是小公主的日子。

她上学有两个哥哥保护着，放学后两个哥哥为她买喜欢的零食，就连去游乐场坐旋转木马，两个哥哥也一前一后地保护着她，生怕她摔着。

被这样照顾疼爱的温婉非但没有任性傲娇，还很懂事。也许是因为她知道这里不是她真正的家，她从来没有让人为她操心过。

他们一直这样生活了五年。后来，唐颂总算让她的现任丈夫接受了自己的女儿，温婉便离开了靳家，和她妈妈一家人搬去了美国。

那之后，他们的联系也因为距离而变少了。温婉学习了大提琴，她的梦想是成为一名音乐家。为了这个梦想，她无比拼命地学习。所以，即使后来靳云琛一家也去了美国，因为各自的忙碌，他们也只偶尔联系，没有经常见面。

“可能因为被我们保护得太好，她的性格一直比较单纯。在我眼里，她纯净得就像一杯水。”说到这里，靳云琛的眼睛忽然闪了闪。

听着靳云琛的讲述，她可以想象得出来，温婉这样的女孩被两个小哥哥保护着，有多么幸福。

这样单纯的小女孩如果真的被裴之枫伤害了，也确实让人心疼。

宋秒秒终于知道为什么靳云琛那么恨裴之枫了，可是宋秒秒又有些想不明白：如果裴之枫真的伤害了温婉，他为什么那么抗拒承认呢？甚至，靳云琛这么逼迫他，他都拒绝承认认识温婉。

在她的印象中，裴之枫虽然多情，但并不是那种不负责任的人，很多人都说他对每一任女朋友都很好。

所以宋秒秒还是小心翼翼地对靳云琛说：“对了，你们毕竟后来也没有再生活在一起，是温婉亲口告诉你，是裴之枫伤……害了她吗？”

“她没办法亲口告诉我。”

宋秒秒愣了一下，问：“为什么？”

靳云琛却没有回答，他只是将头重新扭向窗外，用异常悲伤的声音轻轻地说：“她答应过要为我拉一首《a 小调大提琴协奏曲》的……”

第十章 我永远都是你娇俏漂亮的小娇妻

宋秒秒觉得，无论如何也要让这个坎早点过去，不然依目前的情况来看，拖得越久，对他们每个人来说都不是一件好事。

原本，一对闺密同时恋爱，恋爱对象还都是校网球队的，可以说是“亲上加亲”，幸福无敌。

结果，两人的男朋友是“仇家”，她们找谁说理去？

当晚，宋秒秒把温婉的事告诉言妍后，言妍也和宋秒秒的想法相同。

“道歉，一定要道歉。其实从餐厅出来后，我也一直劝说裴学长……会拉大提琴的温柔女孩儿，想想就知道是好美好的人……”

“我觉得当前要弄清的是，裴学长不愿意承认他认识温婉的原因。这其中是不是有什么误会？”

“靳云琛那边呢？他是怎么说的？”

“他……”提到这里，宋秒秒抿了抿嘴。

在餐厅时，不管她再怎么问，靳云琛都没有再开口。

他的眼睛里，满是悲伤。

以宋秒秒对靳云琛的了解，她知道，靳云琛不想开口，谁都没办法。

但问题总要解决。为了查清这件事情，宋秒秒和言妍决定兵分两路。

言妍还是从裴之枫这边入手，她对宋秒秒说，她的办法是旁敲侧击，用自己的温柔和美貌来感化他……

宋秒秒听了后，对她基本不抱希望了。

而宋秒秒想到的办法是，她可以尝试着联系一下靳云琛远在美国的哥哥——靳云霆。

她没见过靳云霆，也不了解靳云琛的这个双胞胎哥哥，但他好说话一点也说不定……

于是，第二天一大早，两人为了她们将来的幸福生活分工行动去了。

言妍约裴之枫去看电影，宋秒秒要先打听到靳云霆的电话号码。想来想去，她也只能从靳云琛这里套取，于是她准备去靳云琛在外租的公寓。

不过，还没出校门口，她就看到一个熟悉的人朝她走了过来。

看到这个熟悉的人，宋秒秒下意识地怔在了原地。

“秒秒……好久不见。”

宋秒秒没有想过，她会和沈倦以这样的形式再相见。

许久不见，沈倦的样子憔悴了不少。他胡子拉碴，两眼无神，唯一有生机一些的，是他手里捧的玫瑰花。

看到沈倦，宋秒秒就想起当初他为了一个保研名额将她抛弃的事，她心下一冷。

“我们认识吗？”宋秒秒说着，就想越过他离开。

“秒秒，等等，你听我解释……”沈倦一把拉住了宋秒秒的胳膊，有些激动地说，“这段日子我一直很悔恨，每天都在忏悔我对你的伤害。可是你也知道，我并不是真的喜欢穆涵，我是……我只是想利用她，我原本是想拿到保研名额后就和她分手，向你坦白一切的，我的……”

“啪！”

沈倦的话还没说完，脸上就挨了一记响亮的耳光。

“沈倦，这种话你也说得出口！你现在说这种话，伤害的不只是我一个人，而是两个人！穆涵如果听到你说这种话，她该怎么想？我没想到你这么卑鄙，算我当初看走眼了。”

宋秒秒甩开沈倦的手想继续往前走，可她的话似乎让沈倦想起了什么一样。

“当初？对……”沈倦急忙将自己的背包放下，从里面掏出一只猫抱在了怀里，满眼心疼地对她说，“你还记得这只猫吗？就是让我们第一次在舞蹈室外面相遇的那只……我从宠物店将它接回来了。这段时间，如果不是它陪在我身边，我肯定撑不过去。秒秒，原谅我好不好？再给我一次机会，让我们重新开始，我保证，我再也不会辜负你……”

看到那只黑猫，宋秒秒鼻子一酸。

当初在遇到沈倦时，她的确以为沈倦就是她的生命中那个对的人，每次触及他温柔的眼神，她都觉得心快要融化了。她还记得他们一起抓住这只受伤的黑猫，送到宠物医院治疗……

可是转眼间，一切都物是人非。

“从你抛弃我的那一刻开始，我们就再也回不去了。”

宋秒秒吸了吸鼻子，终于还是没有再看那只猫。她迈开脚步，想和这个渣男彻底断绝关系。然而，她没走几步，就撞到了一个人怀里。她刚要起身道歉，对方就一把抓住了她。

宋秒秒抬头，眼前是一个陌生的男人，他正饶有兴味地盯着她看。

“你是谁？放开我！”宋秒秒被他看得不自在，想要挣扎却发现他抓得很紧。

“别误会，我只是想看看是哪个女人能让我朋友这么魂不守舍。”男人说着，舔了舔嘴角，“自我介绍一下，我叫陈末，是沈倦的朋友。”

说完，陈末望了望不远处魂不守舍的沈倦，说：“怪不得你这么难过，失去了一个这么漂亮性感的小妞，确实很可惜。”

宋秒秒听懂了陈末话里的意思，也明白了他为什么会出现在这里。她皱了皱眉，努力使劲挣开了他。

“你嘴巴放干净点！”

“好说，好说。”陈末笑意更浓，“我对漂亮的女人一向很尊敬的。”

宋秒秒不想搭理他，转身想走。没想到刚走一步，却听到了沈倦的声音。

“陈末，你别动她，欠你的钱，我会还给你的，你没必要天天跟踪我。”

“欠钱？”宋秒秒皱了皱眉，回过头不明所以地看向沈倦。

“唉，都是朋友，说什么钱不钱的。”陈末笑着搂住沈倦的肩膀，“你有这么漂亮的女朋友……哦，不对，准确地说，应该是前女友。怎么不早点告诉我嘛。”

陈末说完，看着一脸茫然的宋秒秒说：“秒秒呀，这就是你的不对了。你不知道吧，沈倦还真是一个痴情郎呢。这些天，他想你想得呀，每天到我的酒吧买醉，一喝就是一整晚。你看，好好的一个帅哥，都喝废了，是不是很可怜？”

宋秒秒没想到这段日子沈倦这么颓废，还是因为她，她心里忽然一软。

陈末继续说：“不过呢，感情这种事，是要讲究缘分的。既然你们已经没有缘分了，我也不会来劝你再可怜他的。而且，你刚好是我喜欢的类型，你说我们这是不是很有缘分？”

陈末说了些什么，宋秒秒没有听到，她望着沈倦，心里有一种说不出的滋味。

作为C大的校草，沈倦以前确实是玉树临风，只怕现在谁也认不出，宋秒秒眼前这个颓丧的人就是当初众多女生倾慕的男神。

“对了，我听说之前你参加舞蹈大赛，就是想赢得奖金和沈倦一起去日本旅行？我刚好也想去日本，既然你和沈倦已经不可能了，要不，我们一起去？”

“谢谢了，我女朋友如果想去日本旅行的话，也是和我一起。”陈末的话刚落音，一道熟悉的声音传来。

她抬头，看到靳云琛正朝她走来。

在看到靳云琛的那一刻，她下意识地跑过去抱住了他。

在她感到无奈又无助的时候，他仿佛从天而降，她心里好像忽然有了坚固的堡垒。

“靳云琛……”宋秒秒紧紧地拉着靳云琛的衣角，很想说些什么，最终却只是喊出了他的名字。

靳云琛紧紧地搂住宋秒秒，冷冷地看向陈末。

看到这一幕时，沈倦眼里的落寞又多了一层。

陈末也没有想到会出现这一幕，他挑了挑眉笑笑:“你女朋友？呵，秒秒呀，这就是你的不对了。刚刚还口口声声说沈倦渣，你这不也没过多久就对别的小白脸投怀送抱了吗……”

陈末的话还没说完，他就感觉嘴巴一疼，随后一颗牙齿从嘴里掉了出来。

“你敢打我？”陈末不可思议地看着地上带着血的牙齿，眉头瞬间拧成了一团。

“打你？调戏我女朋友，你再不从我眼前消失，我可不单单打你。”靳云琛紧紧地握着宋秒秒的手，冷冷地对陈末说。

说完，他看了一眼沈倦，扯了扯嘴角：“还有你，以后少来骚扰我女朋友。复合？你不配。”

沈倦紧紧地抱着怀里的猫，没有说话，陈末却吐了一口血水，狠狠地看向靳云琛：“那你可别后悔！”

陈末和沈倦离开之后，靳云琛一把将宋秒秒紧紧地抱在怀里：“秒秒，对不起，让你担惊受怕了。”

宋秒秒没有说话，只是那一刻，她觉得，靳云琛的怀抱是这个世界上最温柔的东西。

也是这一刻，她望着沈倦落寞的背影，心里忽然有点酸涩。不是因为她和他真的再也回不去了，而是她忽然发现，曾经海誓山盟过的人，原来说散，也就散了。

“靳云琛，你会离开我吗？”宋秒秒忽然轻轻地问。

“不会。”靳云琛的声音坚定无比，“永远不会。”

为了靳云琛那句“永远不会”，宋秒秒也决定要快点解决他的心病。所以，当靳云琛在网球馆训练时，她特意去买了一杯靳云琛最爱喝的奶茶，想趁机向他打听一下靳云霆的电话。

可惜，她买回奶茶后，还没来得及找靳云琛，苏教练就先皱着眉头将正在训练的靳云琛喊到了一边。苏教练还让其他正在训练的队员也都停下来，理由是网球打来打去的声音让他心烦。

这个将自己的青春都奉献给了网球事业的教练，居然说网球打来打去的声音令他心烦，简直让人不可思议。

不过大家也都意识到了事情的严重性。

宋秒秒也觉得今天苏教练的反应很是反常，只是宋秒秒没有想到，罪魁祸首会是她。

“靳云琛呀靳云琛，这全球高校友谊网球公开赛开赛在即，你怎么偏偏就在这个时候得罪陈末了呢？”

听到这个名字，靳云琛和宋秒秒同时皱起了眉头。

“他是谁？”靳云琛赶在宋秒秒开口前问苏教练。

苏教练对此大跌眼镜：“你连他是谁都不知道，就把人家打了？我的个队长同志诶，你的心还真大。他就是UP-11俱乐部的公子爷。”

“UP-11俱乐部……”听到这个名字，宋秒秒愣了愣。

她正要插话，靳云琛又抢先了一步：“打了就打了，公子爷就很了不起吗？”

“打了就打了？”苏教练快要痛哭出来，“你说得轻巧。现在他们撤销了对我们的赞助，这次的全球网球赛，没我们什么事了……”

全球高校友谊网球公开赛是全球性的重大赛事，这种比赛的费用是学校承担不起的，球队一般都会找俱乐部支持赞助。当然，作为回报，能在这种赛事上取得优异成绩的网球队，也要向俱乐部输送人才。不过，这一般是校队可遇不可求的事。

上一次，C大校队去S市，代表UP-11俱乐部去和七色龙职业队比赛，输得惨不忍睹，这次，是苏教练又说破了嘴，才让UP-11

俱乐部再次赞助的。他之前没有告诉大家，就是怕上一次的 S 市之行给大家带来阴影。

结果现在倒好，靳云琛直接给他的人生来了一层阴影。

“什么？这么严重？”听了苏教练的话，宋秒秒彻底不淡定了。

靳云琛也没有想到对方背景这么强大，更没有想到对方会影响到全队的赛事。如果只影响到他一个人倒也无所谓，他可以不参加，可是这关乎全队的未来。

队员们也听到了苏教练的话，他们互相看了看，眼睛里都有说不出的情绪。

靳云琛没时间分析他们眼神里的意思，他皱了皱眉，就突然转身离开了。

“靳云琛，你去哪里？”

靳云琛走得突然，速度很快。宋秒秒追了两步，就没有再追上去，因为此时她想到了另一种可能。

沈倦没有想到宋秒秒会来找他。

宋秒秒也没有想到沈倦会住在这种地方。

当她向沈倦的同学打听到他现在的住址后，就急忙赶了过来。可眼前这个破旧小区里的只有十个平方的隔断间，还是让宋秒秒感到震惊。

“你怎么会住这种地方？”宋秒秒问完才发现这不是她此行的目的，考虑到事情的严重性，她还是没等沈倦回答，就问了她最关心的问题，“陈末在哪？”

“出什么事了？”听到这个名字，原本还对宋秒秒的出现感到震惊的沈倦便知道了事情的严重性。

“大事。你知不知道他是 UP-11 俱乐部的公子爷？”见沈倦点了点头，宋秒秒的眉头皱了起来，“这到底怎么回事？你怎么会认识他？”

“他是我的一个远房表弟。”沈倦的神情有些难过。

“什么？他是你的表弟？”宋秒秒彻底凌乱了，“这到底怎么回事啊？”

“其实我们也很久没有联系了，原本就是八竿子打不着的亲戚。但自从离开学校后，我每天都沉浸在对你悔恨中。知道你有新的恋情后，我心里难受，就去这附近的酒吧喝酒，没想到是他开的，我之后便经常去……”说到这里，沈倦沮丧地看向宋秒秒，“秒秒，我们真的再也没有可能了吗？”

可是宋秒秒像是根本没有听到最后一句一样，她迫不及待地问他：“他的酒吧在哪儿？你知道他现在在哪儿吧？”

沈倦沮丧地点了点头：“平时这个时候，他应该在俱乐部里打网球。”

知道了俱乐部的具体地址后，宋秒秒便急忙准备离开了。

在她迈出门口的时候，沈倦还是不甘地喊住了她。

可是宋秒秒头也没回，只对沈倦说了一句话：“好好找份工作吧，以后，还是别再喝酒了。”

沈倦望着她的背影，眼睛有些发酸……

宋秒秒的眼睛也发酸，但不是在面对沈倦这个旧情人的时候，而是在UP-11网球俱乐部看到陈末的时候。

她当然不是太懦弱，她只是想到，整个C大校网球队可能会因为她而没机会参加全球高校友谊网球公开赛，她于心有愧。

“陈末，我想和你谈谈。”

宋秒秒开口的时候，陈末正和别人打着网球。和上次见到他时不一样，这次陈末也穿着网球服。他身材高挑，打球的样子也有模有样。在宋秒秒喊他的时候，陈末更像是早就料定她会来一样，不急不慢地挥动着球拍，丝毫没有反应。

“陈末，我想和你谈谈！”见陈末无动于衷，宋秒秒提高了音量再次开了口。

陈末依旧没从球场上下来，不过他回头示意宋秒秒坐到旁边。

宋秒秒虽然无奈，也只得坐到一旁等。

她慌张地看了看周围，没有发现靳云琛的身影。

或许，她真的跑赢了他。

“怎么样？我打网球的样子也很帅吗？就是不知道，我的技术和你的男朋友相比，会如何呢？”在宋秒秒神游的时候，陈末终于从球场上走了下来，他一边擦汗一边对宋秒秒笑笑。

可宋秒秒完全没有心思和他讨论这些。

“你要怎样才能恢复对C大校网球队的赞助？”宋秒秒开门见山。

陈末却像是没有听到一样，他坐到宋秒秒旁边的位子上，继续笑着：“秒秒呀，你不知道吧？我这个远房表哥，以前可是我们这一大家子中最优秀的孩子，大人们都说他聪明，长得又帅。所以当我看到他在酒吧里一杯一杯地买醉时，我就特别好奇，到底是什么样的女孩子，能让他变得这么颓废？直到看到你……秒秒，我觉得，你是值得让他为你颓废的。”

对于陈末的答非所问，宋秒秒很是烦躁：“我没心思在这里听你说废话。你说，你到底要怎样才能恢复对C大校网球队的赞助？”

“看来，你男朋友不能参加这次的全球网球公开赛，你很紧张啊？”陈末目不转睛地盯着着急的宋秒秒，“秒秒，你相信一见钟情吗？”

还没等宋秒秒回答，他又继续说：“遇见你之前，我不相信。但是现在，我相信了。你不是想让我恢复对C大校网球队的赞助吗？很简单，只要你答应做我的女朋友就行。”

“你……你卑鄙！”宋秒秒没有想到陈末这么无耻。

“卑鄙也好，无耻也罢，我不在乎。而且，只要你能答应做我的女朋友，我不但会恢复对C大校网球队的赞助，还追加赞助费，让你担心的人从此飞黄腾达。”说到这里，陈末忽然玩味地对宋秒秒勾了勾嘴角，“而且我想向你确认一件事。我调查到你的男朋友是双胞胎之一，而且你们也三年没有见过了。你真的确定，你现在的男朋友，就是你的高中同学靳云琛，而不是他的哥哥靳云霆吗？”

不知道为什么，在陈末说完那句话后，宋秒秒感到心头一慌，但她下一秒就皱起了眉头。

“陈末，你只会用这种卑鄙的下三烂手段来挑拨别人的关系吗？”

“挑拨？呵呵……”陈末笑了笑，“随你怎么说。不过你心里有数就行，反正我都是为了你好。你看，我在这么短的时间内打听到这些，可见我对你的幸福有多关心啊。”

“我不需要你对我的幸福关心，我只需要你恢复对C大校网球队的赞助。”

“秒秒，看来你还真是很专一啊。”陈末说完，淡定地喝了口水，“你现在不想做我的女朋友也行，但你必须要和靳云琛分手。”

看着陈末无耻的样子，宋秒秒很想把旁边茶杯里的水全泼到陈末的脸上。

但她也只是想想，她还没来得及付诸行动，手机就响了。

原本宋秒秒是想挂断的，可是手机上显示电话是靳云琛打来的。

“秒秒，你在哪儿？”电话接通后，靳云琛立刻问，还没等宋秒秒回答，靳云琛强调道，“不管你在哪儿，现在马上来网球队。”

说完，大概是怕宋秒秒不放心，他又补充说：“赞助的事，已经解决了。”

“什么？已经解决了？怎么解决的？”宋秒秒说出最后一句话时，看向的是陈末。

挂断电话后，宋秒秒终于把旁边茶杯里的水全泼到了陈末的脸上，顺带送给了他两个字：“卑鄙！”

等宋秒秒回到网球队，她才知道靳云琛到底是怎么解决的。

方法非常简单粗暴，并且符合靳云琛的一贯作风——他向校网球队赞助了一百万。

看着旁边的苏教练激动的笑脸，宋秒秒甚至能想象出之前的画面——

靳云琛大手一挥，给了一张百万支票："一百万，够不够？"

苏教练点头哈腰："够、够、够！完全够了。"

旁边的队员手舞足蹈："教练，是不是现在没事了，我们可以继续练习了？"

苏教练眉开眼笑："没事了、没事了，大家继续练习，让别人看看我们的实力！"

挑事的队员："教练，那我们队长打UP-11俱乐部公子爷的事……"

苏教练眉头一皱："什么公子爷？调戏我们队员的家属？该打！我要是在场，我也会打！"

想到这里，宋秒秒在心里默默翻了个白眼。

"靳云琛，那可是一百万啊，你……哪来这么多钱？"宋秒秒有些不可思议地看着靳云琛。

靳云琛却对她挑了挑眉毛："你忘了？我爸爸可是Z城首富。"

宋秒秒心道：有钱真的可以为所欲为！

拉风！

宋秒秒当场就给了她拉风的男朋友一个大大的拥抱。

靳云琛却话锋一转："你刚刚去哪儿了？"

"我……"宋秒秒尴尬地笑了笑，"我还以为你去找人家的麻烦了。"

"在你眼里，我是那么没用的人？要靠找人麻烦来解决问题？"

"你走的时候那么气势汹汹，我……"

"不气势汹汹一点，怎么找我爸要钱？"

看着靳云琛自信的样子，宋秒秒怔了一下。

她忽然想起了陈末的话——你真的确定，你现在的男朋友，就是你的高中同学靳云琛，而不是他的哥哥靳云霆吗？

虽然她很不想承认，但陈末说得没错，她不敢确定。而且，她也觉得，眼前的靳云琛不管是说话还是做事的样子，都和以前她认识的那个沉默寡言的靳云琛不太一样。

不知道是下意识的还是刻意的，宋秒秒忽然转头对靳云琛甜甜地笑了笑："靳云琛，你还记不记得，高中的时候我最喜欢让你干的一件事是什么？"

宋秒秒原本是想考验一下靳云琛，可惜她低估了靳云琛的智商和情商。她看到靳云琛同样对她甜甜一笑，然后他说："过去你不是我女朋友的日子，我都不记得了。我只知道，现在我最应该做的事，是让自己的女朋友拥有最幸福的样子。"

试探失败。

但是……她心里好像有点甜。

"对了，还有一件事。你能不能给我一下你哥哥或者你其他家人的联系方式，我打算寄一些小礼物给你的家人。"宋秒秒并没有忘记大事。

"寄礼物给我的家人？"听了宋秒秒的话，靳云琛怔了一下。

"对呀，我现在是你的女朋友，我总要表示表示嘛。"

"你还真是有心。不过，礼物给我就行了，我寄给他们。"

"那怎么可以。一来你最近要加强训练，比较忙。"宋秒秒适时地撒了一个小娇，"二来，我亲自寄才能显出对他们的尊重嘛。"

靳云琛对宋秒秒撒娇的样子十分享受，可惜对她的话却不太同意，他下一秒就开始转移话题。

"你的心意我替他们领了就行。还是先不要管他们了，我们还是先享受享受我们的二人世界吧。"靳云琛说着，像变魔法一样，手里忽然多出两张机票，"你不是一直想去日本旅行吗？我们明天就出发吧？”

看到这个礼物，宋秒秒才发觉自己和靳云琛之间的差距……

还想要套路人家，自己不被套路就烧高香吧！

不过宋秒秒完全没想到，在她离开的这一小段时间里，靳云琛不但解决了校网球队赞助的大事，还办了一件这么浪漫的小事。

“靳云琛，你什么时候买的？”

“什么时候买的不重要，重要的是，能让你开心的事，以后我要多办一些。”

宋秒秒眼睛里是藏不住的欢喜，她问：“靳云琛，你怎么这么懂浪漫了？”

宋秒秒确实一直想去日本，不过她并不是想去旅行，而是因为她以前听过一个浪漫的传说。

传说中，在日本北海道，有一棵神树。如果和自己最爱的人一起对着它许愿，两人就会永远在一起，再也不会分开。

以前宋秒秒很想和沈倦一起去，但现在想想，也许那棵树真的灵验，知道他不是最爱宋秒秒的人，于是提前让他露出了真面目。

对于这个问题，靳云琛显得很是无奈。

“没办法，现在竞争对手这么多，前有旧情人，后有什么公子爷的，再不对你更好点，我怕你被别人拐跑了。”

宋秒秒当然知道靳云琛说的是谁。

想到陈末被自己泼了一杯水的狼狈样子，她得意地对靳云琛笑笑：“你的心意我心领了，但是还是等到你参加完这次全球高校友谊网球公开赛，我们再去吧！”

靳云琛皱眉：“那这两张机票岂不是浪费了？”

宋秒秒挑了挑眉：“浪费是有点浪费，不过，你爸爸不是Z城首富嘛……”

“好呀宋秒秒，你开始学会挖苦人了，看我怎么收拾你。”

“哎呀，靳云琛，你别闹，好痒的哈哈哈……”

因为有了靳云琛的 Z 城首富爸爸赞助的一百万，校网球队不但伙食改善了，连球拍和网球也全部升级为质量最好的，队员们训练起来更是卖力。为了表达对靳云琛的 Z 城首富爸爸的感谢，他们甚至专门还设计了一个口号——“首富爸爸别牵挂，C 大冠军一定拿。队长队长不用怕，漂亮嫂子是你哒！”

这口号羞得宋秒秒两天没敢来网球队监督。

当然，并不是所有队员都这么激动，重新归队的裴之枫就很是无动于衷。

而宋秒秒发现，言妍最近也有点不太正常。

这天，两人上同一堂课，宋秒秒发现，一向紧紧贴着她坐的言妍居然坐到了最后一排，大有一种能躲多远就躲多远的架势。

“我怎么感觉你在躲着我？”宋秒秒一下课就将言妍拦住。

言妍见躲不过，只得嘿嘿一笑：“哪有？我是想体验一下坐最后一排的感觉。”

宋秒秒才不信言妍的鬼话：“坦白从宽，到底怎么回事？”

见宋秒秒表情认真，言妍深吸了一口气，还是老实交代了：“秒秒，你说得没错，裴学长，可能真的和温婉在一起过。”

“嗯？”

言妍说的事，也是她意外发现的。

那天，她无意中登录了裴之枫的淘宝账号。虽然裴之枫的购物记录里没有任何东西表明他和温婉有关系，但言妍在聊天记录里发现，他曾让一家鲜花店主给一个人送过去一束鲜花，还让店主写了一张卡片，卡片上的内容有一句话——“温婉，我爱你。”

“真的？你说真的？”听了言妍的话，宋秒秒不可思议地看着她，“那你为什么不及时来告诉我，反而还躲着我？我们不是说好了一起寻找证据吗？”

“秒秒，你也知道，我也想裴学长能和靳云琛和平相处，所以我才答应你。可是裴学长毕竟是我男朋友，而且我发现裴学长肯定删掉过他和温婉有关系的记录，这个聊天记录应该只是他忘记删了。这两天我在想，既然他不想承认，肯定有他的苦衷。我们这样逼迫他，会不会反而弄巧成拙？”

听了言妍的话，宋秒秒恍然觉得也许言妍说得对，裴之枫这样刻意隐瞒，肯定有他的苦衷。

“可是……”宋秒秒心里有些不甘，“有些问题既然出了，就要想办法来解决，不然将来只会越来越糟糕。”

“我知道。”言妍咬了咬嘴唇，“所以这两天我才有意躲着你。我说出来，希望你不要怪我。秒秒，这几天我发现裴学长的情绪越来越低落。我也想过了，如果非要在友情和爱情面前二选一的话，我……我只能选择裴学长。所以，我……我把那个聊天记录删掉了。”

“什么？你……”宋秒秒十分无语，“唉……”

“秒秒，我知道你会怪我。”

“其实我又何尝不知道这不是最好的办法，也确实难为你了。”言妍还想再说些什么，宋秒秒却打断了她。

其实，宋秒秒想一想，也觉得让言妍从裴之枫这里寻找突破口，确实太过残忍。

不过，既然确定了裴之枫和温婉谈过恋爱，至少证明靳云琛没有冤枉他。现在这个确实存在过的聊天记录，也不失为重大发现。

“我不会怪你。只是，以后无论发生什么，你都不要躲着我，好不好？”宋秒秒紧紧地抱住了言妍。她现在才发现，在爱情面前，言妍也只是一个无助的小女生。

失去了言妍这个“卧底”，宋秒秒只得靠自己来解决靳云琛和裴之枫之间的问题。

但是她还没来得及想出一个好办法，全球高校友谊网球公开赛就到来了。

这次，全球高校友谊网球公开赛的规则和以往的比赛不同。

先前这种全球性的比赛，都是各个国家内的高校先进行比赛，最后的获胜者才能代表国家与别国的代表球队比赛。

但今年的规则是抽签决定比赛对手。

这一规则让所有参赛的球队都感到兴奋。因为，按以往的规则，有些球队很可能一早就被自己国家或者自己城市的高校球队比下去，连外国球队的影子都看不到。这一次，他们却可以直接对抗外国球队，想想就很振奋人心。

而苏教练这次的手气也不负众望，他抽到的比赛对手，是来自美国斯坦福大学的校网球队。

听到这个校名，宋秒秒愣了愣。

“靳云琛，那好像是你在美国的大学吧？”

宋秒秒问完了话，才注意到靳云琛的表情有些反常。

但她还没有等到靳云琛回答，其他队员也听到了她的话，开始七嘴八舌说起来。

“什么？没这么巧吧，居然是队长在美国的大学！”

“队长，快说说你们那边的实力如何？”

“这还用说吗？队长都作为那边的交换生来我们学校了，肯定是他们学校最优秀的网球队员呀。现在最优秀的网球队员在我们这边，你说他们那边实力如何？”

“哇哇哇，这么说，我们这次是知己知彼，胜券在握啦！”

……

看着队员们手舞足蹈的样子，靳云琛却没有说话。

“靳云琛，我怎么感觉你的反应……有点不正常？”

“没什么，没想到自家人打自家人了，你说我该有什么反应？”靳云琛说完，拉过宋秒秒的手亲吻了一下，“秒秒，你不是一直想知道温婉为什么没办法亲口告诉我她的事了吗？因为，她已经不在了。”

“什么？”宋秒秒不可思议地看着靳云琛，“不在了……你的意思是……”

“对，就是你想的那样。”靳云琛的声音有些悲伤，“她再也没有办法为我拉一首《a 小调大提琴协奏曲》了。”

温婉是怎么离开的，她的离开和裴之枫究竟有什么关系……这一刻，宋秒秒的脑海里有很多问题，可是看着靳云琛满眼的忧伤，她一个问题也没有问。

她只是好奇一点：“你为什么忽然告诉我这个？”

靳云琛将她紧紧地搂在怀里：“因为，我很怕失去你。”

宋秒秒也紧紧地抱住了他：“不会的。靳云琛，你永远都不会失去我，我永远都是你娇俏漂亮的小娇妻。”

说完她立马就后悔了，因为，这最后一句其实是她最近在网上看的土味情话，没想到顺嘴就说了出来。

意识到不对，她急忙补充：“不对，是娇俏漂亮的……女朋友。”

第十一章

你才是我心心念念的那个人

娇俏漂亮的宋秒秒不会想到，她的一句无心之语，却给了靳云琛重大的启发。

全球高校友谊网球公开赛的前一天，靳云琛将她约到学校附近的游乐场，说他赛前想放松一下，并且强调，如果他娇俏漂亮的女朋友陪着他一起玩耍，放松的效果就会更好了。

宋秒秒也确实做到了带靳云琛一起放松，他们玩过山车、坐旋转木马……像两个疯狂的小孩子。只是宋秒秒怎么也不会想到，靳云琛所谓的放松是假，他真正的目的，是求婚。

当时他们正在摩天轮上，宋秒秒还没有好好看一看脚底下的城市，“咔”的一声响，摩天轮忽然停在了半空中。

宋秒秒瞬间慌乱了：“靳云琛，这怎么回事？我们不会被困在这儿了吧？”

宋秒秒的话刚说完，靳云琛就一把将她搂在怀里。

“别怕，秒秒，任何时候都不要怕，有我呢。”靳云琛说完，还没等宋秒秒有所反应，他已经单膝跪地，手上像变魔术一样，多出一枚七克拉的钻戒。

不仅如此，摩天轮座舱中忽然闪烁起色彩斑斓的灯光，造型是一个个大小不一的心形。唯一的缺点是，大白天的，效果不太到位。

看到这一幕，宋秒秒彻底蒙了。

“靳云琛，你在干什么？”

“秒秒，我一直想对你说，分开的这三年里，我一直非常后悔。好在我们只是分开了三年，未来的我们还会有三十年，甚至我希望是三百年。我们订婚吧？因为，我希望你成为我真正的小娇妻……”

“啊？小娇妻……”听到“小娇妻”这三个字，宋秒秒的脸瞬间红了，“靳云琛，别闹，我们还没毕业呢。”

“你是不是觉得很突然？可是我早就决定了。”靳云琛深情地看着宋秒秒说，“其实，上次和你父母一起吃饭，我就趁你上厕所的时候和他们说过这件事了。两位老人也都很赞成这件事。”

宋秒秒心想：我怎么有一种被卖了的感觉？

“今天是什么日子，你怎么突然……”宋秒秒想来想去，还是觉得有点奇怪。昨天靳云琛才深情吐露心声，今天就直接来了个求婚，她有一种明天就要嫁人的错觉。

“今天确实是个很重要的日子，”靳云琛依旧举着戒指，“今天是我们重逢的第一百天。”

没想到靳云琛还记得这么一个浪漫的日子，宋秒秒的心跳加快了一些。

“确实是个很重要的日子，”宋秒秒小脸一红，“不过，也不至于要求婚。这件事，还是等我们毕业以后再说吧。”

“毕业后就不是订婚，而是直接结婚了。”靳云琛丝毫没有放下戒指的打算，“秒秒，我们先订婚吧？只是订婚，我们还和现在一样。这样，我的心里……会多一份安全感。”

“呃……”宋秒秒有些蠢蠢欲动，但好在最后一点理性战胜了感性，“还是太早了，以后再说吧。再说了，明天就是你比赛的日子，我们还是不要耽误时间，你早点回去训练吧。”

宋秒秒说完，偷瞄了一眼靳云琛和他手里的七克拉钻戒，然后她把头扭了过去，生怕多看一会儿，最后一点理性就会被感性战胜。

此时，从靳云琛开始表白就重新转动的摩天轮也到达了终点，宋秒秒转身从摩天轮里跑了出去。

她一边跑，一边激动地捂着脸小声道：“妈呀，我被靳云琛求婚了……”

宋秒秒跑得很快，所以她没有看到，身后的靳云琛盯着手上的戒指自嘲地笑了一声，然后自言自语：“面对这个小丫头，你怎么越来越沉不住气了？”

在和靳云琛重逢第一百天的这天，宋秒秒觉得有必要去寺庙里拜一拜，询问一下姻缘大师，是不是她的桃花运又回来了。

因为，当天除了靳云琛向她求婚，还有一个人也弄了大阵仗来向她表白。

从游乐园回来后，宋秒秒换了一身运动装，扎了一个清爽的马尾，准备给赛前训练的靳云琛加油鼓劲。

她换上运动装，是有原因的。她记得高中的时候，她第一次让靳云琛教她打网球时，她就穿着运动服，靳云琛盯着她走神了好几次。

宋秒秒当时质问他在看什么，没想到靳云琛小脸一红，说："没什么，就是觉得你穿运动服挺好看的。"

所以，今天宋秒秒这样打扮，对靳云琛来说可以说是最高待遇了。

但宋秒秒没想到，在网球馆，她没有等到求婚失败的靳云琛，却先等来了陈末。

陈末不是一个人来的，他的身后，有一排穿着职业网球服的网球队员。一群人浩浩荡荡地冲进C大校网球馆，大有一种踢馆子的架势。

看到陈末出现，苏教练第一个迎了上去："这不是小陈总吗？你怎么来了？"苏教练眼尖，认出他身后的队员就是有名的UP-11俱乐部的队员，苏教练的笑容更加灿烂了，"哎呀，网球明星队大驾光临，怎么也不先打声招呼？你看，你们现在突然过来，我们也没有准备。"

"又不是来找你的，和你打什么招呼？"陈末说完，直接越过一脸茫然的苏教练，来到了宋秒秒跟前。

接着他便挥了挥手，下一秒，他身后排列整齐的队员突然站成一个心形，将宋秒秒围在了中间。

就在宋秒秒惊慌地质问陈末要干什么时，陈末已经换上了刚刚苏教练脸上出现过的恭敬笑容，对宋秒秒挑了挑眉。

"秒秒，我这个人最大的优点就是不会半途而废，更不会知难而退，这也是我这么年轻就能有自己的事业的原因。当然，我对待爱情也一样。有调查表明，这个世界上有70多亿人，一个人穷其一生只会和2920万人有或多或少的交集，而在这2920万人当中，与对方相爱的概率是0.000049。所以，我今天能够遇到你，你该知道有多么不容易。”

“你爱遇到谁就遇到谁，爱喜欢谁就喜欢谁，只要别烦我就行。”话刚说完，宋秒秒就走向旁边，对拦住路的人皱起了眉头：“让开！”

没有陈末的话，那个人当然不会让开。

但周围的C大校网球队队员已经看清了眼前的状况，他们全围了过来。

“我当是干吗的，原来这是来抢我们小嫂子的！”

“职业队员了不起吗？欺负人欺负到我们头来了！我看谁敢动我们小嫂子！”

话音未落，所有校网球队队员都手握网球拍，在UP-11俱乐部队员外围了一圈。

看到这些年少轻狂的队员，陈末不怒反笑：“想打架？来呀，只要你们不怕被取消明天的参赛资格。”

“不要打架，千万不要打架！”赶在队员们冲动动手前，苏教练急忙从外围挤了进来，他亲切地对陈末笑笑：“小陈总，怎么回事啊这是？你先是取消了对我们的赞助，现在又来……挖我们队员的墙脚，这……这不太好吧？”

“不太好？”陈末对他冷笑一声，“我觉得你还是不要多管闲事的好。让开！”

“看来小陈总今天是有备而来呀。”苏教练继续赔着笑脸，“我让开当然很容易。但是小陈总带着职业俱乐部的队员这么欺负我们队员的家属，不知道陈总知道了，会怎么想？”

“你拿我爸爸来压我？”

“不敢、不敢。不过呢，”苏教练笑得和蔼，却突然对围在外面的队员高喊："C大校网球队所有的队员给我听着，待会谁要是敢动秒秒一下，直接把他从网球馆扔出去！"

网球队的队员们没有想到苏教练会突然这么护犊子，齐声高喊："是！"

宋秒秒也没有想到苏教练会这般保护她，她鼻子一酸，想说什么，却只喊出了三个字："苏教练……"

陈末也没有想到苏教练突然之间会这么硬气，一时间表情有些尴尬。就在他张了张嘴想说些什么时，一个声音却响起了。

"都围在这里干什么？还训不训练了？"

众人闻声望去，只见靳云琛从网球馆大门走了进来，他身后烈阳高照，让他看起来像是被光芒环绕。

"所有校队队员集合，其他无关人员迅速离开。扰乱队员训练的人……"靳云琛抬头死死地盯着陈末，"以寻衅滋事处理，我们马上报警。"

宋秒秒觉得，靳云琛从来没有哪一刻像现在这么英武帅气，她也忽然明白了他在摩天轮里说的安全感是何物。

安全感就是，只要那个人在，你就再也不会感到害怕。

看到靳云琛后，陈末还是示意俱乐部的队员离开了。他倒不是怕他们报警，而是好像在看到靳云琛的时候，无端地更加有自信了。

陈末对宋秒秒笑笑："秒秒，你拒绝我，就是因为他吧？没关系，我可以等，反正，你很快就会离开他了。"

不知道是因为拒绝了靳云琛的求婚她于心有愧，还是靳云琛赶走陈末的阵势让宋秒秒觉得他很帅气，又或者是为了给靳云琛明天的比赛提前加油打气，总之，当晚宋秒秒请靳云琛吃了个饭。

原本宋秒秒是想约在餐厅的，但靳云琛强烈要求把地点约在他的公寓里，还要喝宋秒秒亲手煲的汤。理由是，他求婚失败，小心脏受了伤，需要安慰。

当宋秒秒折腾了三个小时，把最后一道汤端上饭桌时，她有些不好意思地笑了笑："这还是我第一次做饭给我爸以外的男人吃。"

看着宋秒秒系着围裙一副小娇妻的模样，靳云琛很满意："我希望以后，你也只做给我这个你爸以外的男人吃。"

宋秒秒小脸一红："快尝尝怎么样。不过汤的味道可能没到位，时间太短了，汤需要煲五个小时左右，味道才最好。"

靳云琛喝了一口汤，在宋秒秒期待的小眼神中淡淡开口："确实没到位，太甜了。"

"什么？甜？该不会是我把糖当成盐放进去了吧？"宋秒秒急忙尝了一口，奇怪道，"不甜啊，味道刚好……"

但她的话还没说完，靳云琛就打断了她："我说，有你这个小娇妻做饭，我的生活太甜了。"

听到"小娇妻"三个字，宋秒秒羞涩地转移了视线，她急忙转移了话题："靳云琛，我拒绝了你，你……不会怪我吧？"

她没想到，靳云琛居然斩钉截铁地回答："会。"

宋秒秒当场愣住了。

"好了，我逗你的。"见宋秒秒有些尴尬，靳云琛勾了勾嘴角，"不过你说的，等毕业以后我再求婚，到时候你可不能再拒绝我了。"

"嘿嘿。"见靳云琛没有生气，宋秒秒这才放下心来，她急忙给靳云琛夹了一只鸡腿，"快尝尝，吃饱了明天好发挥出你的实力。"

看了看宋秒秒夹过来的鸡腿，靳云琛抬头看她："你是不是特别害怕我会输？"

"啊？为什么这么说？"

"你就是害怕。"

"靳云琛，你说什么呢。不要太有压力，你的实力我可是见识过的……"宋秒秒说着，像是想起了什么，她转回厨房，再出来的时候，手上多了一瓶葡萄酒，"对了，我刚刚看到你冰箱里有一瓶葡萄酒，今晚我们就喝一点，就当为你明天加油打气，你要相信，你是最棒的！”

看着宋秒秒倒好了酒，靳云琛挑了挑眉：“你就不怕酒后乱……”

结果他的话还没说完，酒杯就被宋秒秒一把抢了过来：“那还是不喝了吧。”

“好了，我开玩笑的。”靳云琛又拿过酒杯，柔声对宋秒秒说，“其实我一直想找个机会，和你这样好好说几句话。”

“呃……”看着靳云琛深情的眼神，宋秒秒忽然有些羞涩，“那你想说什么……”

“我……”

靳云琛怎么也不会想到，他的话还没说完，灯突然灭了。

“停电了？”宋秒秒愣了愣，问，“你这里有蜡烛吗？”

宋秒秒说完，打开手机自带的手电筒，却发现靳云琛岿然不动，依旧深情地看着她。

“你怎么了？被停电吓到了？”宋秒秒说着，还伸手在靳云琛面前晃了晃。

但是下一刻，她的手就被靳云琛握住了。

“秒秒，”靳云琛将她拉到怀里，又将她手里的手机灯光关掉，轻轻地说，“不要找蜡烛了。只要和你在一起，我的眼前就没有黑暗。”

宋秒秒没想到靳云琛会突然这样说，她紧紧地回抱住靳云琛，嘴角带着浓浓的笑意，说：“我也是。靳云琛，告诉你一个秘密，其实高中的时候，我就发现我有点喜欢你。”

闻言，靳云琛整个人怔住了。

不知道是不是气氛到位了，在靳云琛还没反应过来的时候，宋秒秒忽然主动吻了上去。

这是宋秒秒第一次主动吻一个男生，她觉得喝了酒的靳云琛嘴唇很好闻，像是初恋的味道。

初恋味道的吻可能确实不一样，第二天宋秒秒回味起来，心里还美滋滋的。

看着宋秒秒时不时露出笑意的样子，旁边的言妍一脸好奇地看着她："宋秒秒，我怎么觉得你今天有点痴呢？"

宋秒秒立马正襟危坐："你才痴。"

说完，她生怕言妍再在这个话题上继续，急忙转移了话题："没想到网球比赛还有这么多人看，我以为只有篮球和足球比赛才这么受欢迎。"

如果说上次在S市和七色龙职业网球俱乐部的比赛场面算是盛大的话，今天的全球高校友谊网球公开赛的场面就称得上声势浩大了。

C市体育场中，宋秒秒看着人山人海的观众，有点感叹。

言妍笑了笑："主要是来看靳云琛的，你没发现观众都是年轻的小姑娘吗？而且以我们学校的女生居多？"

被言妍这么一提醒，宋秒秒确实发现了很多同校的熟面孔。

"你忘了？你家那位可是恋爱锦鲤，多少人的幸福就靠你家那位了呢。"

"迷信，我才不相信呢。也许只是恰好两个人的缘分到了。要是靳云琛真有这个能力，他还不发财了啊？"宋秒秒说着，开始幻想带着靳云琛四处招摇过市、被众人撒钱的样子了。

"我说宋大小姐，你还嫌你家靳云琛不够有钱啊。Z城首富之子啊！对校网球队随便就是豪掷一百万，你是觉得超过全国首富才算有钱是吗？"

宋秒秒立马从幻想中回神："言妍，你又取笑我是不是？"

言妍撇嘴一笑："说正经的，我听说，陈末昨天说，你很快就会和靳云琛分手？"

听到这个，宋秒秒脸色不太好："你别听那人胡说八道。"

“不过，我也听说这位公子哥泡妞很在行，没有他追不到的姑娘，你还是要小心一点……”

“我好像听到有人提到了我的名字？”

说曹操曹操到，宋秒秒和言妍闻声望去，只见陈末正朝她们这边挤过来。

“陈末，你又来干什么？”见陈末直接坐在了她们旁边一直空着的位子上，宋秒秒瞬间想离场。

虽然只和他见过几面，但宋秒秒对陈末的印象极差。

陈末倒是自我感觉非常良好。

“别怕，我不吃人。”陈末的嘴角上扬，“今天我来呢，没有别的意思，一来是想向你印证我昨天说的话，二来，是想介绍一个人给你认识一下。”

“谢谢，我没兴趣。”宋秒秒不太想看到他。

“真的没兴趣吗？话可不要说得太满哦。”陈末看了看手表，“还有三分钟，正式比赛就开始了。待会儿他出来的时候，我希望你还能这么说。”

说话间，三人同时望向赛场，靳云琛已经代表C大校网球队慢慢走进赛场。

靳云琛一出现，观众们瞬间尖叫欢呼了起来。特别是C大的女同学，她们都指望靳云琛今天大获全胜，她们好趁机许愿，从此脱离单身苦海，走向幸福人生。

言妍也高呼了起来，她尖叫完，蔑视了陈末一眼。那眼神的意思非常明显：和靳云琛抢女朋友，你还不配！

陈末却不急不躁地望向赛场的另一端。

宋秒秒发现，赛场另一端的观众席上也渐渐开始骚动了起来。

“出什么事了？”言妍也发现情况不太对。

陈末的嘴角却一直上扬：“很快你们就知道了。”

陈末的话音落下后，赛场另一端的观众席上骚动越来越大。

片刻后，宋秒秒便知道了观众席上骚动的原因。

从赛场另一端走出来的美国斯坦福大学网球队代表，和赛场这一端 C 大校网球队的代表，长得一模一样。

就在宋秒秒怔住的瞬间，陈末的声音在她耳边响起："秒秒，他说他也叫靳云琛，你说，怎么会那么巧呢？"

C 市体育场瞬间沸腾了起来。

赛场上出现了两个靳云琛，不管是身材还是长相，甚至是发型，几乎都一样。

观众们议论纷纷，有人以为这是在拍科幻电影，还有人以为自己是眼花了。

最惊讶的是 C 大校网球队的队员，他们都一脸茫然地看着自家队长，大眼瞪小眼，一时竟有点不知所措。

"没听说队长还有个双胞胎兄弟啊？"

"克隆人？斯坦福大学这么厉害了吗？为了赢我们提前克隆了一个我们队长？"

苏教练倒是显得很兴奋："两个靳云琛？这要全是我的队员，那以后我们还不是所向无敌了？"

言妍惊掉了下巴："靳云琛说得没错，他和他哥哥长得还真是一模一样呀。这要是不知道情况的，怎么能分清谁是谁啊？等等……"

言妍像是想起了什么，她疑惑地看向陈末："你刚刚说他也叫靳云琛？你什么意思？"

陈末嘴角一勾："就是你想的意思。"

"你的意思是，现在的靳云琛不是真正的靳云琛，刚从美国过来的这个靳云琛才是真正的靳云琛？"言妍像说绕口令一样，快把自己绕晕了。

陈末没有说话，只玩味地盯着宋秒秒看，目光中写着：你说呢？

宋秒秒也没有说话，准确地说，是她一时间竟然说不出话来。

其实，从刚刚那个人出来的那一刻，宋秒秒就怔住了。

虽然赛场上的两个人看上去长得一模一样，但刚刚出来的这个人，他的眼神，他的气质，连他走路的姿势，都和高中的时候相差无几。

是的，代表美国斯坦福大学网球队出战的这个人，才是真正的靳云琛。

先前是因为她不知道靳云琛有个双胞胎哥哥，加上他们三年未见，她才没有判断出她身边的那个人究竟是不是靳云琛。然而现在，当他们两个人同时出现，宋秒秒甚至不用听他们说话，就能一眼判断出来。

她太熟悉靳云琛身上的那种气质。

他如同荒漠中一棵孤独的树。

原本她以为是这三年里靳云琛改变了，所以，即使对身边的“靳云琛”多有怀疑，她也没有往这方面想。可是，当真正的靳云琛出现的时候，她才知道，原来从一开始，她就被靳云霆给骗了。

想到这里，宋秒秒下意识地握紧了拳头。

她更加没有想到，此时，赛场上的靳云霆会突然回头朝VIP席上的她看来。

他凝视着宋秒秒，宋秒秒却看不懂他眼神里的意思。

她只能将那个眼神理解为：现在才发现我不是真正的靳云琛，是不是太晚了点？

也是这一瞬间，她终于明白，在听到他们的对手是美国斯坦福大学网球队的时候，靳云霆的神情为什么有些不对，她更加明白了为什么他这两天会如此急迫地向她表明心意、向她求婚。

一切都是因为，他是靳云霆，他不是靳云琛。

靳云琛也顺着靳云霆的视线朝宋秒秒这边望了过来。

和靳云琛四目相对的那一刻，宋秒秒的心像是被什么东西猛烈地撞击了一下。因为她发现，靳云琛的眼神，比以前还要孤寂。

那深邃的眼睛里，似乎还带有一些苍凉。

宋秒秒不知道靳云琛为什么会在此时从美国回来，她更不知道靳云琛是不是知道她和靳云霆现在的关系。

她只知道，在看到真正的靳云琛时，她的心里乱成了一团麻。

"靳云琛，靳云琛啊，你才是靳云琛，你才是我心心念念的那个人。"

言妍自然已经发觉了宋秒秒的慌乱，她也很混乱："秒秒，这……这到底怎么回事啊？"

陈末却冷笑一声："怎么回事？这还不够明显吗？她被人骗了。"

说完，他看向宋秒秒："秒秒呀，相信不用我说，你就应该知道怎么回事了吧？你和靳云琛高中同学了三年，不可能不知道哪一个才是真正的靳云琛吧？"

见宋秒秒不说话，陈末还想再开口，却听见一道哨声响起。

比赛正式开始了。

当靳云琛和靳云霆从宋秒秒身上收回视线，再次对望时，场上瞬间燃起了一股强烈的火药味。这股火药味，连不明缘由的观众都闻到了。

观众们依旧在议论纷纷，但宋秒秒并没有心情听这些。她只是注意到，靳云琛打球的时候，依旧是右手握拍，挥拍强劲有力。不同的是，和三年前他习惯后发制人的打法相比，率先发球的他，从开始发球就带着一股主动出击的强势之感。

靳云琛这一球来得猛烈，靳云霆也拿出了十二分的精力应对，他一跃而起，挥拍将球打了回去。

靳云霆的弹跳力很强，立马引起了开赛后全场的第一阵欢呼声。

靳云琛同样跳起来接住了球。

二人你来我往，很快就打了几个回合。宋秒秒虽然站得远，但是这几个回合，她看得很清楚，靳云琛的实力明显强于靳云霆。

很快，靳云琛以一个漂亮的高吊球率先赢得了一分。

靳云琛的这一分，让全场的气氛达到了高潮。但宋秒秒发现，自始至终，他的眼神都平静如初，看不出任何的情绪。

反倒是靳云霆，他站在原地，看着靳云琛，目光有些冷冽。

随后，在接下来他的发球中，所有人都看到他的球似乎如一把利剑向靳云琛射去。可能因为这把利剑太过迅猛，几个回合下来，靳云琛终于没有接住。

一比一，平局。

靳云霆的这一分，再次掀起了全场的高潮。

宋秒秒发现，他们的额头上都冒出了豆大的汗珠。两个人都在用全力对抗着，不知不觉间，她的手也紧紧地握了起来。

烈日下，他们的比赛吸引着全场观众的目光。

观众们心中原本对这两个一模一样的队员产生的疑惑，不知不觉间就被他们的精彩对决替代了。

毕竟，这大概是他们近期看过的最精彩的比赛了。

在靳云霆赢下一分后，宋秒秒身边又冒出让人哭笑不得的对话。

“到底哪个才是‘恋爱锦鲤’啊？”

“可能两个都是，说不定两个‘恋爱锦鲤’一起打球，我们许的愿就更灵！”

“对对对，那我们赶快许愿吧！”

看着那些虔诚的女孩子低头许愿，听到他们喊着“恋爱锦鲤”这个称号时，宋秒秒却更加混乱了。

为什么？靳云霆为什么要冒充靳云琛和她在一起？靳云琛又为什么在这个时候才出现？

宋秒秒没有得到答案，她彻底蒙了。她只知道，原来靳云霆从一开始，就是骗她的。

骗她的。

宋秒秒没有想到，第二个问题，很快就有人给了她答案。

“其实我很好奇，发现自己喜欢的人是别人冒充的，是一种什么样的感觉。”看着目不转睛地盯着赛场的宋秒秒，陈末笑了笑，“秒秒呀，你说，我把真正的靳云琛给请回来，你要怎么感谢我呢？”

听了陈末的话，宋秒秒完全怔住了，她问：“什么，是你请靳云琛回来的？”

“是不是很感动？从靳云琛……不对，从靳云霆打了我那天开始，我就派人调查是什么人敢在我太岁头上动土，没想到却有意外收获。我发现他有个双胞胎兄弟，又费了九牛二虎之力趁着这次机会把真正的靳云琛请回来。怎么样？以这样的方式让你知道真相，是不是很有冲击感？”

“陈末，你到底想干吗？”听了陈末的话，宋秒秒下意识地握紧了拳头。

“我想干吗？你还不清楚吗？当然是害怕你被人欺骗啊。”陈末对她示意了一下赛场上的靳云霆，“这个男人仗着和弟弟长得一模一样，竟然把弟弟喜欢的人骗到了手，真是坏得很呢。秒秒呀，你可要离他远一点啊。”

“我要离谁远一点，还用不着你来管！我只希望你能离我远一点！”

“那，你希望谁赢呢？”陈末丝毫没有离她远一点的想法，反倒朝前凑了凑。

此时，赛事进入了白热化的状态，靳云琛连续两次得分，以三比一的优势领先。但就在他们看向赛场时，靳云霆从侧面打出了一个角度异常刁钻的球，又赢得了一分。

“漂亮！加油啊！”C大校网球队队员为这来之不易的一分高声欢呼。

靳云霆并没有被他们影响，相反，他打得很是投入。因为他对面的靳云琛更加投入。

宋秒秒一早就发现了，靳云琛在网球场上打球的时候，不光目光专注，他似乎完全沉浸在其中，像是除了对手之外，完全感受不到别的存在一样。正是这种超乎寻常的专注，让他的战斗力十分强大，所以哪怕是C大网球队的支柱靳云霆也迎战得吃力。

“既然你不回答，不如让我猜猜吧？”陈末看着赛场上发球的靳云琛，继续说，“我猜，你一定希望靳云琛在赛场上将靳云霆打得落花流水，以报他欺骗你的仇。我相信你的这个愿望一定会实现的。你恐怕还不知道吧，靳云霆从小到大都没有赢过靳云琛，一次都没有哦。”

陈末的话让宋秒秒一愣，她问：“从小到大一次没赢过？”

“怎么样？是不是很震惊？当我听说的时候，我也感到很惊讶。你说，同一天来到世上的，长得也一模一样，哥哥却打不过弟弟，这心里该有多难受啊？”

陈末的话刚落音，宋秒秒就见靳云琛突然腾空一跃，右手侧举，一记猛拍，将球击出。不知道是这一记球太过猛烈，还是靳云霆根本来不及反应，他根本没碰到球，眼睁睁地看着球从自己的耳边划过……

“四比二！厉害！”不知道是谁突然高喊了一声，其他观众也跟着欢呼了起来。

宋秒秒往赛场上望去，只见站在原地的靳云霆视线一直固定在那颗没有接到的球上，眼睛里……有杀气。

“看来他要发狠了。”言妍也看出了靳云霆的异常。

果然，下一刻，他挥起球拍，将球猛然击打了过去。

就在此时，宋秒秒站起身来，朝赛场外走。

“你去哪儿啊？比赛可还没结束呢。”发现宋秒秒要走，言妍急忙跟了上去。

“回去。”

“你是害怕靳云琛赢不了呢？还是担心靳云霆输得太惨？”陈末朝她高喊。

不过，他没有得到宋秒秒的回答。他只是发现，宋秒秒的身影，有一种说不出来的落寞。

宋秒秒一直觉得，舞蹈是她心目中最圣洁的东西，正因为如此，她才从来不想带着任何坏情绪去玷污它。

可是，在得知沈倦为了一个保研名额抛弃她的时候，她来到舞蹈教室，独舞一曲。

当时，难过的宋秒秒已经想不出其他办法来宣泄她心里的悲痛。

这一次她出现在舞蹈教室，也是出于同样的理由。

在看到真正的靳云琛时，宋秒秒说不出自己究竟是什么心情，她只知道，不管是靳云霆还是靳云琛，都让她感到混乱。

这种混乱让她不知所措，所以，她再次来到了舞蹈教室。

宋秒秒发觉，只有在跳舞的时候，她的心里才能得到一种久违的平静。

不过，宋秒秒没有想到，在她跳到一半的时候，有一个人走进了舞蹈室。

来人是穆涵。

穆涵不像是来跳舞的，她没有带舞蹈服，但她也不像是来找宋秒秒的。

宋秒秒不知道为什么这个时候穆涵会出现在这里，她没有心情也没有打算和穆涵打招呼，她只是跟着节奏全心全意沉浸在自己的舞步当中。

而穆涵似乎也没有打算和宋秒秒打招呼，在一个合适的节拍中，她也突然跳起了舞步，跟着音乐的节奏，缓缓地加入了宋秒秒的舞蹈当中。

宋秒秒跳的依旧是她最拿手的舞曲——《黑天鹅》。这首舞曲，也是穆涵在C市高校舞蹈大赛上获得单人舞一等奖的曲目。就是宋秒秒被沈倦下药狼狈离场的那次比赛。

音乐时而激烈时而绵长，一曲结束后，宋秒秒那颗烦闷的心也平静了很多。

也是跳完这一曲后，她才发现穆涵同样将这曲《黑天鹅》演绎得淋漓尽致。

虽然在同一个舞蹈队，但是说起来，宋秒秒还是第一次单独和穆涵一起跳舞，这也让她更加感受到穆涵的舞蹈才华。

这让她觉得，那次C市高校舞蹈大赛上，穆涵获得单人舞一等奖，也的确是实力使然。

如果在平时，她肯定会对穆涵说一句“你跳得很好”。但今天，她没有这个心情。

宋秒秒跳完了舞，平复了心情，就准备离开。

不过她还未离开，就听到穆涵的声音响起。

“其实以前我偷偷看过你跳这支舞——在你刚加入舞蹈队没多久，一个人最后留在这里练习的时候。秒秒，我一直很羡慕你的舞蹈天赋。严教练说过，舞蹈是一种艺术，有时候，并不是练习的时间长就能跳出舞蹈的灵魂。在看到你第一次跳这支舞的时候，我就知道，你就是严教练嘴里说的那种有天赋的人……”

宋秒秒没有想到穆涵突然会说这些话，更不知道她突然说这些话是什么意思。宋秒秒愣在了原地，犹豫了一下，还是张开了嘴：“不，你跳得也很好。”

“为了能跳出和你一样的水平，其实我每天回家后也练习三四个小时。”穆涵对宋秒秒笑笑，“其实，每次看到你最后一个人留下来继续练习，我是想和你一起的，但是……我不敢。”

穆涵的话，更是让宋秒秒一愣。

“我一直很想和你做朋友，可是……我不敢。”就在宋秒秒思考该说些什么的时候，穆涵的声音再次响起，“其实说起来，我也并不是多喜欢沈倦。按理说，当时他还算是你的男朋友，我不该答应他的追求。可秒秒，你知道吗？正是因为他是你的男朋友，我才答应的。”

听到这话，宋秒秒一怔：所以她今天是来再伤害自己一次的吗？

“舞蹈方面我比不过你，你的男朋友却喜欢我而不喜欢你，而且还是他主动追求我……这让我，一时有些得意……”

穆涵没有再说下去，宋秒秒这才发现她的神情有些难过。

宋秒秒正在犹豫该怎么开口，穆涵已经向她走了过来。

穆涵满脸愧疚地看着她，说：“秒秒，我一直很自责。如果当初我没有答应沈倦，你就不会受到这么大的伤害了。这一切都是我的虚荣心在作祟，我真的很对不起你……”

看着穆涵满眼的自责，宋秒秒这才明白，她这是道歉来了。

“不，这件事上，你也是受害者。”想起穆涵知道沈倦和她在一起的真正目的时那悲痛的神情，宋秒秒顿时有些为她心疼。

不知道是宋秒秒的话让穆涵感到了心安，还是她已经不在意，穆涵没在这个话题上再继续，她只是对宋秒秒淡淡一笑：“秒秒，今天我来，其实是想告诉你，我终于敢鼓起勇气和你一起练习这首也是我最喜欢的《黑天鹅》舞曲了，也敢鼓起勇气告诉你我一直想和你交个朋友了。我也希望我的这份勇气能传达给你，让你有勇气面对你害怕面对的……”

宋秒秒抬起头，才知道穆涵说的话是什么意思。

透过舞蹈教室的玻璃窗，她看到靳云霆正朝她们走过来。

“秒秒，加油。”在靳云霆走近前，穆涵对着宋秒秒甜甜一笑，便转身离开了。

宋秒秒还没来得及回应她，靳云霆便已经走到了她面前。

宋秒秒刚刚一眼就看出他是靳云霆，在看到真正的靳云琛之后，宋秒秒才发现，他和靳云琛太好区别了。她只要看到他们，就能一眼分辨出他们谁是谁。

但宋秒秒并没有为此感到庆幸，毕竟，现在她再怎么能分辨，也已经晚了。

看到靳云霆，宋秒秒转身就要离开。此时，她最不愿看到的人就是他。但她刚走了一步，她的胳膊就被靳云霆一把抓住了。

“秒秒，对不起。我知道，你现在一定在怨恨我欺骗了你。但是我希望，你能给我一个机会解释……”

“靳云霆，很好玩是不是？”宋秒秒甩开靳云霆的手，冷冷地看着他。

“靳云霆……”靳云霆有些自嘲地重复着宋秒秒的话，“是不是在看到我弟弟后，你现在一眼就能分辨出我和他的不同？”

宋秒秒皱眉：“所以你承认你从一开始就在骗我了？”

“是。”靳云霆看着宋秒秒，毫不犹豫地点了点头。

宋秒秒没想到靳云霆会这样爽快地承认，一时间竟不知道说什么。

“但是我想对你说，我不是有意骗你的。我……我有我的苦衷。”靳云霆满眼哀伤，说着，伸手去拉宋秒秒的手，“秒秒……”

“靳云霆，我恨你！”宋秒秒打断了靳云霆。她冷冷地看着眼前这个和靳云琛长得一模一样的男人，有一肚子的话想对他说，可是张开嘴后，她只能喊出这样一句。

第十二章 我很想你

美国斯坦福大学网球队代表靳云霆以一分之差压制C大网球队代表靳云琛获胜的消息，第二天就传遍了整个C大。更加劲爆的消息是，靳云霆和靳云琛是一对双胞胎。

兄弟二人不但长得一模一样，球技也同样了得。在全球高校友谊网球公开赛上，两人为大家呈现了一场精彩绝伦的网球盛宴。

网上有人传出二人比赛的视频，一时间刷爆了朋友圈。

虽然C大校网球队以一分之差落败，但整个队伍从教练到队员似乎都没有沉浸在悲伤的情绪当中。队员们在八卦那个和自家队长一模一样的球员究竟是怎么回事，为什么他们不但打法完全不同，看上去还像是有深仇大恨一样。而苏教练已经在思考怎么让靳云琛把他的哥哥挖到自己的队伍里了。

更加感到惊喜的是那些一心想要告别单身的女孩子。看到多了一个和“恋爱锦鲤”一模一样的男生，她们都以为是“恋爱锦鲤”要给大家带来更多好运，所以纷纷转发他们比赛的视频并且许愿脱单。

真正的靳云琛出现，似乎皆大欢喜，只有宋秒秒，整个人像丢了魂一样。

言妍知道她心情不好，给了她一个拥抱就离开了。作为宋秒秒最好的闺密，她知道宋秒秒现在最需要的是一个人静一静。

昨天她也去舞蹈室找了宋秒秒，但看到宋秒秒和靳云霆的身影后，她还是默默离开了。

此时的宋秒秒在床上翻了个身，她睁着双眼，满脑子都是靳云霆昨天在舞蹈室跟她说的那些话。

“我知道你恨我，所以比赛一结束，我就第一时间来找你了。因为我害怕你会一直恨我。”这是靳云霆对宋秒秒那句充满怨恨的话的回应。

“靳云琛知道你这么卑鄙吗？”宋秒秒冷冷地看着靳云霆，对他的话一个字也不想再听。

靳云霆却答非所问："我想，你一定很好奇我为什么要冒充我弟弟。"还没等宋秒秒回答，他已经自顾自地说了起来，"还记不记得我和你说过的温婉。"

听到靳云霆主动提起温婉，宋秒秒怔了一下。

"你不是一直很想知道她为什么没办法亲口告诉我她和裴之枫的事吗？因为……她自杀了。"

虽然一早就想过这种可能，但听到靳云霆亲口说出来，宋秒秒心里还是被什么东西刺痛了一下。

她还没有反应过来，就听到靳云霆继续说："她吃了安眠药，从别墅的三楼楼顶跳了下来，摔到了大理石地板上。"

靳云霆说这些话的时候，语气中似乎没有太多感情，可宋秒秒看到，靳云霆的眼睛里全是悲伤。

"其实最初认识温婉的时候，我就特别喜欢她。她是一个那么温柔可爱的女孩子，连说话都不会很大声。后来，她住进我们家，我更是想方设法地对她好。她的第一把大提琴，还是我用自己存的钱买来送给她的礼物。"靳云霆像是回忆起了什么美好的事，全然沉浸在自己的回忆中，他慢慢地说，"她告诉我，她很喜欢音乐，长大以后想当一名音乐家。后来她去了美国，便学了音乐。她还一直说要拉一首《a小调大提琴协奏曲》给我听，可惜，种种原因之下，一直没能实现。"

说到这里，靳云霆看了看宋秒秒，继续说："后来，我跟着我爸去了美国，他依旧很忙，所以我便想多和温婉一起玩。但因为她学习音乐太忙了，我们在一起玩的时间也不多。真正经常联系起来，是在她告诉我她恋爱了之后，她想把她的幸福分享给我。在我心里，我早就已经把她当成了我的亲妹妹，她能幸福，我当然替她开心。她没有告诉我过多关于那个男孩子的具体信息，她只简单说过，那个男孩在C大读书，还是校网球队的。后来，她告诉我，她想回国和那个男孩子见面，当初我还祝他们幸福。可是，我怎么也没有想到，她和那个男孩子见面回来后，不到一个月的时间，却自杀了。”

“这究竟是怎么回事？”听到这里，宋秒秒终于有所触动。

“是啊，我也很想知道这是怎么回事。可惜她把和那个男孩子的消息都删得很干净，我只知道，法医鉴定说，她怀孕了。”

“你是说？”宋秒秒想到了那种可能，心一下子就悬了起来，“你怀疑是有人把她……”

那个残忍的词，宋秒秒怎么也说不出口。

说到这里，她忽然明白了什么，又张了张口：“你怀疑是裴之枫？”

“确实只是怀疑。我只在她的微博中发现了一张她偷拍的、和那个男孩子在西餐厅吃饭的照片，照片里还没有那个男孩子的正脸。”

宋秒秒瞬间想到上次靳云霆带她和裴之枫去西餐厅吃饭的事，现在想来，他是有目的的。

“那你怎么确定是裴……”

“知道他是C大校网球队的，就很好办了。”靳云霆打断宋秒秒，“虽然温婉拍的那张照片没有他的正脸，但那个男生也有一个明显的特点——他戴着一枚黑色耳钉。裴之枫就带了一枚那样的耳钉，而且整个校网球队，只有他一个人戴耳钉。”

听了靳云琛的话，宋秒秒深吸了一口气。她终于明白为什么靳云霆从一开始就要加入校网球队，并且处处针对裴之枫。事实上，他根本看不上区区一个队长的位置。

“既然你那么确定了，那你为什么没有直接找他对质呢？”宋秒秒好奇起来。

“如果只是情侣之间发生关系导致怀孕，婉儿不会回去后像变了一个人一样，更不会因此而自杀。”靳云霆说到这里，声音变得阴冷起来，“一定是被强迫的。这样的事，就算真的是裴之枫做的，只凭那么一张没有正脸的照片，他也不可能承认。”

虽然宋秒秒知道，言妍确实在裴之枫的账号里发现了他和温婉恋爱的证据，但如果真的按靳云霆所说……宋秒秒还是无法想象裴之枫会是那样的人。

“也正是因为没有确凿的证据，所以才需要调查清楚。而要亲自调查这一切，我只能成为靳云琛。”在宋秒秒陷入思考的时候，靳云霆又说，“几个月前，斯坦福大学和C大有一个互相派遣学生进行交流学习一年的项目，靳云琛就是斯坦福大学方面的代表。这是一个接近裴之枫的大好机会，所以我成了靳云琛，成了我弟弟。”

听到这里，宋秒秒才明白靳云霆为什么要和她说这些。

“虽然我和弟弟长得一模一样，不熟悉的人很难分辨，但冒充他也不是件小事，所以一开始我没告诉你。但其实我是有想和你解释的，我打算在查出裴之枫和温婉在一起过的证据之后就告诉你。只是没想到，事情比我想象的要难得多。”靳云霆不给宋秒秒任何思索的时间，接着说，“但其实我一直很害怕，我害怕你知道真相以后，我就会失去你，永远地失去你，就像我失去温婉那样。秒秒，你一定不知道，遇见你之前，我其实并不相信爱情。你知道，我的家庭……我爸和我妈离过婚，因为我爸在外面有了别的女人。我害怕你知道我不是真正的靳云琛，就会弃我而去。秒秒，我真的不是有意欺骗你的。”

靳云霆说完，忽然从口袋里掏出一枚戒指，对宋秒秒说：“这件事，是我做得不对。但隐瞒你的时间越长，我越是能发现自己对你的爱。秒秒，我不能失去你。这还是那天在摩天轮里，我向你求婚时的那枚戒指。秒秒，我爱你，答应我的求婚，好不好？”

看着靳云霆殷切的眼神和他手里的戒指，宋秒秒刚刚平复的心情再次混乱起来。

听完靳云霆的话，她确实没有那么恨他了。

可是让她现在答应他的求婚……

“靳云……霆，对不起，我需要冷静一下。”宋秒秒说完，转身就朝门口跑去。

这一次，靳云霆没有再拉住她。

宋秒秒跑得很快，她听到身后的靳云霆坚定地对她说：“好，我给你时间冷静。我会等你，一直等你。”

靳云霆也不知道自己在说这些话的时候为什么会这么坚定，他唯一可以确定的是，这坚定的话，是发自肺腑的。

看着宋秒秒渐渐远去的背影，靳云霆更加确定来之前心里那强烈的感觉：他是那么害怕失去她。

是从什么时候发现自己有这份担心的，他已经无法确定。

也许是看到宋秒秒被他调戏后露出羞涩的神情时，也许是看到她无意间流露出来的可爱样子时，又或者是看到她因为别的男人失意难过的时候……

如今这些已经不重要了，重要的是，随着时间的推移，这种害怕失去的感觉也越来越强烈了。

虽然一开始他接近宋秒秒，确实只是想刺激靳云琛，可是当靳云琛真的出现时，他心里出现了强烈的危机感。这种危机感让他迫不及待地想来和宋秒秒解释清楚，他永远都不想失去她。

但是，看着宋秒秒今天的样子，他不确定他是否能挽回她。

这种不确定，让他更加不安。

宋妈妈打来电话说宋爸爸被撞伤正在住院时，宋秒秒正被言妍拉着逛街。

虽然言妍知道宋秒秒需要一个人冷静，但宋秒秒已经在被窝里窝了整整一天。为了防止她最好的闺密在床上发霉，言妍没有再任由宋秒秒这样颓废下去。

说是逛街，但宋秒秒整个人如同行尸走肉一般。

“秒秒，虽然我不知道靳云霆和你说了什么，但你这样逃避也不能解决问题，还要把自己的身体搞垮了。”言妍十分心疼地看着宋秒秒，说完，她指着路边的一面镜子说，“你看看你现在成什么样子了？那个天不怕地不怕的宋秒秒呢？”

逃避确实不能解决问题，也正是因为不能解决，宋秒秒才更加沉闷。

宋秒秒也看着镜子里的自己，她的黑眼圈很重，整个人看上去像一只瘟鸡一样……

其实她也被自己的样子吓了一跳。

见宋秒秒不说话，言妍叹了一口气：“秒秒，靳云霆骗了你，当然是他不对。不过，你这么难过，究竟是因为他不是靳云琛，还是因为他骗了你？”

“这有区别吗？”宋秒秒愣了。

“何止是有区别，是有很大的区别。”言妍严肃地对她说，“你也看到了，他和他弟弟确实长得一模一样。如果你只是因为他骗了你而难过，相信昨天他已经给了你一个合理的解释。但如果你因为他不是真的靳云琛而难过，那就……”

言妍没有再继续说下去，因为她发现宋秒秒的眼神里有一股惊慌。

“秒秒，你要想清楚，你是因为他是你高中同学——三年前的靳云琛，才喜欢他，和他在一起的，”言妍继续引导她，“还是仅仅因为这段时间你们相处得不错，你觉得他对你很好，你才和他在一起的。”

宋秒秒摇头：“我不知道……我不知道……”

“那……”言妍才张开口，宋秒秒的手机便响了起来。

接通电话，听了宋妈妈的话后，她慌乱地挂掉电话，和言妍简单地说了一下，便回宿舍收拾东西，最后马上打车直接奔回了Z城。

“我爸怎么回事？”Z城的中心医院抢救室外，宋秒秒着急地问宋妈妈。

“就是今天早上我和你爸在摆摊时，一辆车开得飞快，撞到了我们的煎饼摊……”宋妈妈抹着眼泪说，“你爸被撞倒的煎饼车压住了。”

“撞车？你呢？那你没事吧？”宋秒秒着急地检查宋妈妈的身体。

“我没事，我在一旁，车子没碰到我。”

“那开车的人呢？怎么没看见他们陪着来。”宋秒秒四下张望。

“跑了……”宋妈妈说到这里，眼泪再次流了出来，“警察说是肇事逃逸，还没追到肇事者。”

“跑了？”宋秒秒的拳头不自觉地握了起来，“那医药费你……”

“我已经给了。”宋妈妈打断宋秒秒，说完却突然一把搂住她，“秒秒，你爸要是有个三长两短，我该怎么办啊？”

“妈，没事。”宋秒秒紧紧地抱住宋妈妈，“我爸他……一定不会有事的。”

宋秒秒轻轻地拍着宋妈妈的肩膀，转头才发现，不知道什么时候，宋妈妈鬓间已经有了几根白头发。

宋秒秒忽然有些心疼眼前这个女人。宋秒秒知道宋妈妈比任何人都要担心宋爸爸，不仅因为他是她的丈夫，甚至可以说，他是她生命中的唯一。

宋妈妈和宋爸爸的感情一直特别好。

长大后宋秒秒才从奶奶那里知道，说起来宋妈妈和宋爸爸算是青梅竹马，但这对青梅竹马恋爱时却顶着巨大的压力。

那些往事有点像狗血的八点档电视剧。虽然宋爸爸宋妈妈两家人住得很近，但宋妈妈从小生在富裕之家，宋爸爸家却一贫如洗。这样门不当户不对，宋秒秒的外公当然不同意自己的女儿和这样的穷小子在一起，可是他并不能阻止爱情。宋妈妈生性温柔，却为了和宋爸爸在一起，不惜和家里断绝关系。

这也是宋爸爸后来不断做生意的原因。

他想证明自己是能给宋妈妈幸福的，他要靠着自己的能力，让宋妈妈过上以前优渥的生活。

可惜天不遂人愿，宋爸爸可能天生没有做生意的天赋，做什么赔什么。

宋妈妈当然不在意宋爸爸能否给她像以前那样优渥的生活，所以，不管宋爸爸失败多少次，宋妈妈都无条件地在背后支持他，哪怕是最后陪着他摆摊卖煎饼，她也从来没有任何抱怨。

宋秒秒的外公也是后来被宋妈妈的执着感动，于是在有了宋秒秒以后，便认了宋爸爸这个女婿。

宋秒秒在懂事以后，特别庆幸自己生活在这样一个幸福的家庭里。

所以她知道，宋爸爸对宋妈妈有多重要。

宋秒秒说得没错，宋爸爸确实没事。

宋爸爸从抢救室推出来时，医生告诉她们，宋爸爸只是失血过多才昏迷过去。宋爸爸左腿骨折，现在已经接了上去，腿上打了石膏，只要静养一段时间，就不会有大碍。

宋秒秒和宋妈妈这才松了一口气。

“秒秒？”病床上已经醒过来的宋爸爸看到宋秒秒，渐渐咧开嘴。

“爸，你醒了？感觉怎么样？还很疼吗？”宋秒秒急忙拉住宋爸爸的手。

“打了麻药，不疼。”宋爸爸微笑地看着宋秒秒，“奇怪，怎么这次醒过来，我感觉像做梦一样。我一直记得你还只是一个小女孩，忽然你就长这么大了。”

听完宋爸爸的话，宋妈妈立马紧张了起来：“她爸，你……你不会失忆了吧？你可别吓我啊。”

“我就是忽然想到，那时候，我们好像也是在秒秒这个年纪结婚的吧？”宋爸爸看着宋秒秒，“一想到秒秒也快要嫁人了，有点不舍。”

听到宋爸爸的话，宋秒秒心里一紧，又道：“爸，你别想太多，医生要你好好休息。”

“你一个人回来的？我那个女婿呢？”宋爸爸朝门口张望了一下。

宋妈妈终于被宋爸爸的行为逗笑：“你瞧瞧你，才从鬼门关回来，就想着你女婿了。”

“她妈，你不知道，刚刚出手术室的时候，我忽然明白了一些事。以前我总是想证明自己，结果害得你跟着我越过越苦。现在我觉得，只要能健康平安，一家人幸福地在一起，比什么都重要。特别是秒秒，人生太无常，我希望你能幸福。”宋爸爸说完，见宋秒秒没回答，又问，“怎么了？吵架了？”

“没有，事情太急了，我还没告诉他。”宋秒秒说完，心虚地松开了宋爸爸的手，“爸，你应该饿了吧？我去给你们买点吃的。”

“瞧见没，咱女儿害羞了。”宋秒秒刚出病房门，就听到宋爸爸对宋妈妈笑着说，“走了一趟鬼门关才知道，什么都是假的，只有你和秒秒，才是让我最放心不下的啊。我现在最大的愿望就是亲眼看到秒秒有一个好的归宿，这样，哪天我真的出意外了，也能安心了。”

听了宋爸爸的话，宋妈妈的声音有些哽咽。

宋秒秒鼻子一酸，没敢回头看。

第二天，警察局打来电话，要家属前去做一个简单的笔录，宋秒秒是一个人去的。

她以为是有了肇事司机的消息，可令她失望的是，肇事司机依旧在逃逸，还没有被抓到。警察表示会全力追捕，第一时间会通知家属。

回医院的出租车上，宋秒秒一时有些恍惚。

这是宋秒秒今年第一次回Z城。

想到今年的一些经历，她感到有点疲惫。

从舞蹈比赛失利到和沈倦分手，再到爸爸出了车祸肇事司机还逃逸，还有靳云琛……

“秒秒，你要想清楚，你是因为他是你高中同学——三年前的靳云琛，才喜欢他，和他在一起的，还是仅仅因为这段时间你们相处得不错，你觉得他对你很好，你才和他在一起的。”

想到言妍的话，宋秒秒觉得胸口越发闷了。

她刚要打开车窗透透气，恍然发现，窗外的景色十分熟悉。

Z城第一高中，这是她的母校。

“司机，麻烦你靠边停一下。”

今天是周末，学校没什么人。

宋秒秒和看门大爷说了自己原先是这里的学生后，大爷居然笑笑说：“我知道，我认得你，你叫宋秒秒，以前三班的。和我孙女一个班。”

宋秒秒心中顿时升起一种亲切感。

这种亲切感，在她走进校园，看着熟悉的梧桐树和教室时，更加强烈。

仿佛穿越了一般，宋秒秒好像看到穿着高中校服的自己，身后跟着一个干净清秀的高个男生，耀武扬威地在同学们面前横冲直撞。

这个画面让她鼻子一酸。

她走到自己原先的教室外面，发现教室里的桌椅早就变了样，可宋秒秒好像还是看到了中间那排的座位上，靳云琛皱着眉头帮她写作业的样子。

再往前走，她看到教学楼前那棵巨大的松树。在那里，宋秒秒好像看到靳云琛不情不愿地从自己的书包里掏出零食给她的样子。

还有前面的过道，当年高考结束，最后一次班会散会后，她就是在这里追上靳云琛，问他报了哪所大学，可是靳云琛只对她说："我不会告诉你的，我再也不想见到你了。"

宋秒秒似乎还能看到，当初靳云琛说完那句话离开后，自己站在原地惊慌失措的样子，当时的她就像是一只被人抛弃的小狗。宋秒秒当时从来没有想过，一向温柔的靳云琛会对自己说出那么重的话。

想到这里，宋秒秒又朝教学楼的楼顶走去。

其实她也说不上来，自己为什么要来这里。以前，每当宋秒秒找不到靳云琛时，就会在这里找到独自望着天空发呆的靳云琛。

他孤独得如同荒漠中的一棵树。

那是宋秒秒第一次在那里看到靳云琛时的感受。

今天，当她推开楼顶的门时，她顿时就怔住了。

因为她发现，以前靳云琛待的地方，真的站着一个她无比熟悉的身影。

"靳云琛？"宋秒秒几乎不敢相信地看着眼前的身影。

听到宋秒秒的声音后，那道身影缓缓地转了过来。

如果非要宋秒秒形容她在看到靳云琛的那一刻心里是什么感受的话，她只能说，她好像看到了夜空中最明亮的星辰。

和在全球高校友谊网球公开赛赛场上看到的靳云琛不一样，今天的靳云琛整个人都显得有些恍惚。

但宋秒秒在看清他的时候，还是怔在了原地。

世间万物都在这一瞬间静止了一般，他们也像是穿越回了高中的时光。他们穿着校服，在温暖的阳光下，温柔的微风中，凝视着对方。

宋秒秒觉得心里异常混乱。

很明显的是，感到混乱的不止宋秒秒一个人。可能靳云琛也没有想到会在这里看到宋秒秒，所以，在看清她时，他的眼睛里忽然有了神采。

“你怎么在这里？”宋秒秒平复了一下心情，还是开了口。

靳云琛没有说话。他以前就是这个样子，性子很慢，说话也慢。

宋秒秒正想再说点什么缓解一下尴尬，就听靳云琛缓缓地开口。

“其实我是昨天跟着你的出租车回Z城的。”

“什么？你昨天跟着我回的Z城？”

“昨天我正要去找你，就见你急匆匆地打车离开。因为担心你，我便也打车跟着来了。在医院看到你父亲没事，我就离开了。”

如果宋秒秒没有记错，这是靳云琛第一次一口气和她说这么多话。

“啊？”

“只是没想到，还能在这里碰到你。”

“我……就是路过，就顺便来看看。”

“我不是。”

“啊？”宋秒秒愣了。

“我不是路过，我是特意来这里看看，我想来这里找回我生命中最重要的一个女孩。”

宋秒秒没有想到靳云琛会这样说，她觉得自己的呼吸都有些急促了起来。

“你还记不记得那棵梧桐树？”就在她思考着该说些什么时，靳云琛突然望向教学楼前的那棵梧桐树，对她说，“以前你常常带着我去那里，你还在树上偷偷刻下我们两个人的名字。我记得那时候你说，名字刻在一起，这样就永远不会忘了对方。”

看着靳云琛忽然转过来的视线，宋秒秒不知道他究竟要干什么，就在她想张口时，靳云琛凝视着她，忽然深情地说：“对不起，秒秒，我回来晚了。”

不知道为什么，在听到靳云琛的话以后，宋秒秒的眼泪几乎瞬间喷涌而出。

这两天的烦闷似乎被他的这句话彻底击碎，她掩盖住的思绪在这一刻无处躲藏。

看着靳云琛深情的眼神，宋秒秒有一股冲动，她想冲上前紧紧地抱住他，告诉他，她也是想回到这里，找回自己生命中曾经最重要的一个男孩。

可是，这股冲动最终还是被仅存的理智战胜。所以，宋秒秒最终开口说出来的是：“靳云琛，你说什么？我听不懂。”

“我知道，秒秒，都是我的懦弱才造成今天的局面。如果我早一点从美国回来，也许你就不会受到这样的伤害。如果我从靳云霆发第一张你们的合照给我时就赶回来，你也不会被他蒙骗这么久……”

“你说什么？什么合照？”宋秒秒打断靳云琛的话，整个人愣了。

靳云琛也愣了一下，似乎是打算刻意回避这个问题，他没有回答宋秒秒，反而朝她走近了一步。

“秒秒，三年了，整整三年没有见过你了，你知道吗？我很想你。”

我很想你。

这句话，宋秒秒曾几何时在靳云霆里嘴里听过无数次，那时她还以为他就是那个突然从她生命中消失的靳云琛，是她寻遍了所有地方也找不到的那个人。

可是现在，当真正的靳云琛对她说出这句话的时候，宋秒秒一时却有些恍惚。

她也不知道为什么，在听到靳云琛说这句话的时候，她感觉有些别扭，别扭到让她以为是靳云霆在对她说这句话。

大概是因为，在她的印象中，靳云琛从来不会说这么肉麻的话。

他是个性格沉闷的男生，宋秒秒以前一直觉得他是根木头。

木头不会说情话。

可宋秒秒又清楚地知道，眼前的人就是靳云琛。

也许时间真的能改变一个人，毕竟他早已不是那个十七岁的少年。

“你刚刚说的是什么合照？”宋秒秒并没有因为靳云琛的情话而忘记他刚刚说的事。

似乎是发觉宋秒秒并没有打算轻易放弃这个问题，靳云琛沉默了一下，终于还是缓缓地开了口：“其实，我和我哥哥……关系一直不太好。”

宋秒秒一怔，心里产生的第一个令她疑惑的念头是：如果他们关系不太好，为什么他愿意让靳云霆顶替自己到C大做交换生？

但她没有问这些，现在她更关心的是合照的事，所以她愣愣地说：“这和你刚刚说的那个什么合照有什么关系？”

靳云琛却没有回答这个问题，他望向远处的操场，像是陷入了一段沉重的回忆。

靳南风曾因为妻子生下一对漂亮的双胞胎儿子而异常开心。虽然工作很忙，但他依旧会忙里抽空陪家人，带他们到世界各地游玩，给他们最好的生活。

专职在家带孩子的靳妈妈也很爱两个儿子，她给两个儿子最好的教育，从正常学习到业余活动，安排得都很丰富。大概是给他们请了最好的家教，加上两个儿子也比较懂事爱学习，他们不但成绩都很好，羽毛球网球一类的运动也都很擅长。

弟弟靳云琛似乎天生智商超高，学任何东西都比哥哥快，而且每一样都能比哥哥厉害一些。兄弟俩虽然都很优秀，但从小到大，弟弟都是年级第一，哥哥永远只能屈居第二。

爸爸妈妈自然对弟弟的关爱更加多一些。

他们对靳云霆说得最多的一句话就是："哥哥，你要向弟弟学习哦，不能落后弟弟呀。"

不知道是不是这种长期的相处模式导致的，兄弟俩的性格差异越来越大。弟弟虽然成绩好、智商高，但性格越来越沉闷，不太爱说话，而哥哥则表现出超出年纪的成熟。这种性格的差异，让他们越来越有距离感。

以前他们上学放学会一起走，后来，哥哥以各种借口要求司机单独送他。靳云琛刚开始的时候会默默地看着哥哥，小声地问他"为什么"，可看到靳云霆什么话也不说就坐车离开后，靳云琛渐渐地不再问了。

虽然靳云霆在家人面前没有表现出来，但只要是两个人单独相处时，他就像是自动忽略靳云琛的存在一样。

他们之间的关系就这样从亲密到陌生。

是从什么时候开始，靳云琛发现哥哥对自己有所不满的，他已经无法确定具体时间，他只是觉得，在不知不觉中，和哥哥的间隙越来越大。

虽然他根本不知道这间隙从何而来。

而他们之间的矛盾真正爆发，是在他们十三岁那年。

那一年的夏天，在意外路过一家酒店时，靳云琛发现自己的爸爸搂着一个漂亮阿姨从里面出来，还接了吻，小小年纪的他觉得整个世界都崩塌了。

当晚，在一家人一起吃饭时，靳云琛把这件事说了出来，然后，他永远也无法忘记家里几乎吵翻天的场景。那是多年来，他第一次看到自己的爸妈在自己面前不顾颜面地争吵。

从那一天开始，原本温暖的家庭变得争吵不断，妈妈常常以泪洗面，爸爸常常夜不归宿。

终于有一天，他们彻底分开。

他们离婚了。

而孩子的分配，他们商量的是哥哥跟爸爸，弟弟跟妈妈。

靳云琛不舍地看向靳云霆，原本以为靳云霆也会用同样的眼神看向他。可是他没有想到，在他们家的院子里，靳云霆对他说的话，却是“谢谢”。

“谢谢你，让我终于可以不用每天再看到你。”

和靳云琛分开，似乎是靳云霆梦寐以求的事。

于是，爸爸带着哥哥靳云霆远赴美国，而他和妈妈也搬离原本的别墅。

他的家散了。

靳云琛永远也忘不了靳云霆那天对他说的话——

“靳云琛，从小到大，你都让我抬不起头来。你知道吗？我一点也不喜欢你！”

“我一点也不喜欢你！”那是哥哥去美国前对他说的最后一句话。

靳云琛说最后一句话的时候，宋秒秒才发现，不论经过多长时间，眼前的靳云琛，到底还是那个孤独的少年。

她没有想到靳云琛和靳云霆的关系是这样的，心里瞬间五味杂陈。

“后来，虽然我的父母经过努力复了婚，但是我和哥哥的关系并没有因此缓和。”靳云琛看着宋秒秒说，“我不清楚他是怎么知道我和你是高中同学的，更不知道他为什么认定了你是我的软肋。从某一天开始，他三番五次发一些和你的合照给我……”

说到这里，靳云琛满眼的自责：“对不起，秒秒，我知道他是为了刺激我，却让你白白受到这些伤害。”

宋秒秒皱了皱眉：“我能看看那些合照吗？”

宋秒秒其实是有些后悔的，当她真正看到靳云霆发给靳云琛的那些照片时。

那些照片里，一张是在餐厅里拍的，画面上，靳云琛站起来突然吻住她。

他发给靳云琛的消息是："秒秒的嘴唇真的好柔软，而且这还是她的初吻哦。"

一张是在舞蹈大赛的后台拍的，画面上，靳云霆手捧百合花向她表白，看起来，照片里的宋秒秒更是幸福地泛红着脸。

他发给靳云琛的消息是："宋秒秒以后就是我的女人了，羡慕吗？"

一张是在医院的门口拍的，照片中，靳云霆抱着羞涩的宋秒秒。

他发给靳云琛的消息是："你猜猜我们去医院干吗了？"

一张是……

在看到这些内容时，宋秒秒只觉得像是有人拿着尖锐锋利的刀，一刀一刀地刺向她的心脏。

她痛得说不出话来，手机差点从手中掉下。

她的脑海瞬间闪现这些照片上当时的情景，特别是靳云霆每次深情专注地看着她的眼神……

宋秒秒从来没有哪一刻觉得自己有这么傻。

她没有勇气看下去，她瞬间就明白了，自始至终，自己不过只是靳云霆折磨靳云琛的、一颗可以利用的棋子。

一切终究是谎言！

第十三章

你也说了，那是以前

苏教练今天心情特别好。

因为今天的网球馆迎来了一个稀客——他心心念念的美国斯坦福大学网球队的代表，也就是靳云琛的哥哥靳云霆。

还没等他托靳云琛去挖，靳云霆就主动过来找他们了，这真是意外之喜。

所以，一看到“靳云霆”走进来，苏教练就急忙迎了上去。

可惜靳云琛根本没有理会他，径直朝靳云霆走去。

“我想找你聊聊。”靳云琛面无表情地看着靳云霆。

似乎早就猜到靳云琛会来找自己，靳云霆淡淡一笑。

网球馆外，靳云霆对着靳云琛勾唇一笑：“弟弟呀，你是不是心软了？没在他们面前揭露我是冒牌的，怎么，难道也怕自己受到牵连？”

靳云琛对他的问题毫无兴趣，只简单直接地说了一句话：“我要和你公平竞争。”

“怎么？看到自己心爱的女人在我的怀里，心里很难受吧？终于着急了？”靳云霆得意地勾了勾嘴角，“我还以为你从美国过来后不打算来找我了。你的性格果然还是没变，我刺激了你那么久，你到现在才有反应，居然又过了这么多天才来找我。这样懦弱的你，怎么和我抢宋秒秒？”

靳云霆看着靳云琛，眼睛直直盯着他，像是在打量一个对手。

靳云琛对靳云霆的挑衅没有回应，他冷冷地看着这个和自己长得一模一样的男人，紧紧地握住了拳头。

“你千不该万不该，不该靠伤害秒秒来刺激我。”

“我倒是很庆幸我赌对了，我就是要刺激你。”靳云霆的嘴角微微勾起，“弟弟呀，从小到大，我什么都比不过你。但我相信老天是公平的，总有一样我能赢你，比如让你看着你最喜欢的人，和我在一起。”

“哥哥，你一定会为此付出代价的。”靳云琛没有再和靳云霆纠缠，说完这句话，他便转身离开了。

他的步伐很坚定，就像他的内心一样。他必须要坚定，因为昨天在Z城，他对宋秒秒许下了承诺——

"秒秒，我想告诉你的是，他猜得没错，你的确是我的软肋。这一次，我不会再因为我的懦弱失去你，更不会再让你受到一丁点的伤害。"

看着靳云琛的背影，靳云霆下意识地握了握拳头。虽然他嘴上说着挑衅的话，但只有他自己知道他心里的不安。

一开始，他确实是为了刺激靳云琛，所以找人特意拍了一些他和宋秒秒的亲密照片。他想激怒靳云琛，激怒那个他从小到大都比不上的弟弟，想让靳云琛知道失去最喜欢的人是一种什么感受，他迫切需要做一件可以赢得过弟弟的事。

可是，他发现，他躺在床上难以入眠时，脑海里常常会浮现宋秒秒的样子，他犹豫了。因为他知道，他不只是想利用宋秒秒来赢靳云琛，他是真的觉得她是一个可爱的女孩。

当他发现自己有这种感觉的时候，他甚至庆幸靳云琛一直没有过来。这也是他曾经想过的最好的结局。

可是靳云琛到底还是来了，而且来得这么强势。

在赛场上打球的时候，他就已经感受到靳云琛的愤怒。

靳云琛的愤怒从来都是无声的，而越是无声，就越是强大。

他并不畏惧靳云琛的愤怒，所以在靳云琛面前，他依旧是一副胜券在握的姿态。

但是，他心里是有些担心的。

只是他不知道，自己究竟是在担心靳云琛用什么办法出招，还是担心他对宋秒秒的感情在靳云琛的感情面前其实根本不值一提。

而从Z城回来的宋秒秒还不知道，一场没有硝烟的战争正因为她而正式拉开帷幕。

因为宋爸爸只是骨折，需要静养一阵就好了，在父母的再三催促下，心里一万个不情愿的宋秒秒还是被他们赶回了学校。

知道了宋爸爸没有大碍后，言妍也放下了心。

看着有些萎靡不振的宋秒秒，言妍十分心疼。可是她也知道，宋秒秒现在面对的问题，她也无法帮忙解决。她唯一能做的，是默默陪在宋秒秒身边。

但显然，宋秒秒真正需要的人不是她。

这天下午，为了能让宋秒秒吃点东西，言妍打算带她到她最喜欢的湘菜馆吃饭。可惜，她们还没有走出校门，就被一个熟悉的人拦住了。

“秒秒，你在躲着我。”看着宋秒秒，靳云霆的眼神有些茫然和无助。

不见靳云霆还好，看到他出现，他发给靳云琛的那些内容，瞬间就涌入宋秒秒的脑海里。她只觉得呼吸困难，心上像被压了一块大石头，让她喘不过气来。

纵然如此，宋秒秒也没有打算临阵脱逃。

“对，我就是不想看到你。”

“听起来，你对我的怨恨很深。”靳云霆并不意外宋秒秒会这样说，他看了看宋秒秒旁边的言妍，还是放低了声音对宋秒秒说，“秒秒，我已经和你解释过了。我知道这件事对你伤害很大，你不会轻易原谅我，我也没打算让你这么快原谅我。我只是希望你能再给我一次机会，让我好好弥补一下我的过错。这一次，让我们开诚布公地……”

“靳云霆，你是让我再给你一次利用我来伤害靳云琛的机会吗？我在你眼里是不是特别傻？”靳云霆的话还没有说完，宋秒秒就打断了他。

听宋秒秒提到靳云琛，靳云霆的眉头拧了起来。

“怎么不敢说话了？是不是因为我戳穿了你的虚伪？是不是自始至终我都只是你的一颗棋子？”见靳云霆不说话，宋秒秒冷冷地看着他。

“你见过靳云琛了？”

宋秒秒虽然没有说话，但她的神情已经说明了一切。

虽然想过这是早晚的事，可得到证实的那一刻，靳云霆心里还是一紧。

靳云霆不确定，以靳云琛的性格，他会和宋秒秒说什么。但是，看着宋秒秒冰冷的眼神，靳云霆心里的不安越发重了。

“秒秒，也许上次我对你解释得还不够。我确实是冒充靳云琛的身份接近你的，之前我的身份确实是假的，可是，我爱你这件事，是真的。”

是真的——如今他只能用这三个苍白无力的字眼来诉说他的心意。

“可是我不爱你！”宋秒秒说完，拉起言妍的手就要离开，“靳云霆，永远别再出现在我面前，你让我觉得恶心。”

“秒秒，你真的就那么相信他的一面之词？不管他对你说过什么，我只想告诉你，从遇见你的那天开始，你就在我这里，一辈子都不会离开。”靳云霆喊住宋秒秒，指着自己跳动的心脏对她说。

不知道为什么，宋秒秒明明觉得靳云霆的这些情话让她恶心，她的脚步却就是迈不开。

“秒秒，不要让我失去你。”见宋秒秒停下脚步，靳云霆急忙朝她走去，“我真的很害怕失去你。如果靳云琛和你说过我和他的事，那你一定知道，我有多害怕感情的破碎。当初我爸妈离婚，对我的打击有多大，我想你也应该了解。一开始是我不对，可是越是和你相处，我越发控制不住自己对你的感情……我想永远和你在一起，一辈子都不要分开。秒秒，你就是我的命……”

“看来我们来得不是时候啊。”靳云霆的话还没说完，一道熟悉的声音就响了起来。

靳云霆回过头，只见陈末和UP-11俱乐部的几个队员不知道什么时候朝他们走了过来。

看到靳云霆回头，陈末和身边的人继续说："这里有人正在痴情表白啊。"

他身边的队员大笑："是正在被惨烈拒绝吧，哈哈哈。"

陈末走到靳云霆面前，得意地问："怎么样？还喜欢我送给你的这份大礼吗？见到你弟弟，是不是特别开心？"

没等靳云霆回答，陈末又看向宋秒秒："秒秒啊，有时间你可一定要好好感谢我一下啊，如果不是我及时把真正的靳云琛请回来，你还不知道要被这个骗子骗到什么时候。你不知道，靳云琛听说他的亲哥哥冒充他泡他喜欢的人时有多气愤。不过，就是那家伙的性子有点磨磨蹭蹭的，我劝说了半天他才打算以这种方式出现。这真的要感谢我的主意，你看，这样一来对比多明显，多直观……"

"说完了没有！"宋秒秒觉得自己要被陈末吵得脑袋炸了。

"完了、完了。"见宋秒秒真的生气了，陈末又把视线转向靳云霆，可是这一次，他还没来得及开口，就看到靳云霆阴郁的眼神。

"滚。"

看着愤怒的靳云霆，陈末不以为意，只是对他冷笑一声："靳云霆，我知道你们家我惹不起。可是，我陈末得不到的女人，你也休想得到。你们玩，等我回来收拾残局。"

说完，没等靳云霆反应，他又对宋秒秒咧嘴一笑："秒秒，我今天来没别的意思，就是要告诉你一声，我们俱乐部要去法国训练一段时间。我们之间的事不着急，你先慢慢处理你的事，我等你。"

说完，他给了靳云霆一个挑衅的眼神。

靳云霆却没再理会陈末，他再次向宋秒秒，柔声说："秒秒，我……"

可惜，这一次，宋秒秒没有再给他继续说下去的机会。

“靳云霆，我再也不会相信你说的任何话！”宋秒秒说完，就拉着言妍离开了。这里，她已经一秒也不想再待下去。

看着宋秒秒决绝的背影，靳云霆没有再开口，只是，他的拳头下意识地握了起来。

宋秒秒曾经问过宋妈妈一个问题：“爱情是什么？”

那是在宋妈妈和宋爸爸突然说要来C市旅游的那晚，当时，她就向宋妈妈老实交代了自己正在和靳云琛交往的事。

宋妈妈本就出身于书香门第，知书达理，所以这个哲学问题并没有难住宋妈妈。

当时她在电话里对宋秒秒说：“其实很多时候，我们不需要问这些问题，因为别人根本给不了答案。在自己遇到的时候，不用旁人说，自己就会明白那是什么。”宋妈妈说完，停顿了一下，接着说，“以前我也总是在想爱情是什么，当我到了懂得爱情的年纪，每次看到你爸爸看我的眼神时，我就知道，我遇到了我的爱情。”

当时，宋秒秒听完宋妈妈的话，脑海里第一时间浮现出了靳云琛的身影。准确地说，是靳云霆的身影。

他每次勾着嘴角玩味地看着她的样子，明明和她印象中的靳云琛的样子大不相同，但宋秒秒只能身陷其中。

即使她已经知道了那个人不是真正的靳云琛，但是现在回想起来，她也确定，她的脑海里只有那个人。

这个发现让宋秒秒觉得很痛苦，所以她花了更多的时间在舞蹈训练上，她像当初刚进校舞蹈队时那般，几乎一刻不停歇地练习着舞步。

只有在跳舞的时候，她才能清空自己的脑海，不让任何人跳进她的脑海。

言妍也陪着宋秒秒一刻不停歇地练习。

只是，练习的时间越长，她就越是心疼宋秒秒。

“秒秒，停、停下来吧，你这不是在练习舞蹈，是在折磨自己。”终于，在她坚持不住的时候，她喘着粗气对宋秒秒说。

“言妍，你没必要陪着我，你去陪你的裴学长吧。”宋秒秒脚步不停，对言妍淡淡地说。

“我现在离开你，那我就是友情的叛徒。”言妍说着，眉宇间也有些担忧，“不过，我发现裴学长最近的状态也不太好，他好像越来越不爱说话了。”

听完言妍的话，宋秒秒忽然停了下来。

她想起那天靳云霆说的关于温婉的事。

“言妍……”宋秒秒犹豫了一下，还是开了口，“你记不记得温婉？你知道为什么靳云霆一直针对裴之枫吗？”

“不是因为他伤害了温婉？”说着，言妍似乎想起了什么，皱了皱眉，“难道说，温婉是靳云霆的妹妹这件事是假的？其实她是靳云霆的女朋友？”

“不是，她是像靳云霆的亲妹妹一样，不过她……死了。”

“什么？死了！怎么死的？”言妍彻底愣住了。

虽然很艰难，可宋秒秒还是缓缓地开了口：“自杀。”

“自杀？”可能言妍自己也没有意识到，在她重复这两个字的时候，整个人下意识地轻颤了一下，“你该不会说，是因为裴学长……”

“靳云霆说，温婉死的时候怀孕了，他怀疑是……”宋秒秒最后还是没有说下去。

“不可能！”言妍不住地摇头，“裴学长不可能做这样的事！”

“可是他确实和温婉在一起过。”宋秒秒反而冷静了起来，“其实，就算你没有在他的电脑里发现他给温婉送过鲜花的记录，每次看到靳云霆针对他的时候，你肯定也能发觉裴之枫的异常反应吧？他不是一个专业的演员，靳云霆说得对，如果他没有做过什么亏心事，他不会有那些反应。”

言妍却依旧只是不停地摇头，满眼写着不相信：“不可能，不可能……”

宋秒秒还想再开口，但她知道时机不对，最后，她只是伸出手抱住了言妍。

言妍也回抱住了她。

舞蹈室的音乐还没有停止，明明是一首欢快的舞曲，此时听起来，却显得有些悲伤。

当宋秒秒和言妍都各怀心事地离开舞蹈室时，她们才发现外面不知什么时候下起了小雨。虽然都没有带伞，但她们毫不犹豫地冲进了雨里。

然后，就在她们一路跑到宿舍楼下后，她们看到了同样没有打伞的靳云琛。

靳云琛就站在宿舍旁边的一棵香樟树下，香樟树很大，却丝毫没有为他遮掩住一点雨水。如果不是雨水还算小，靳云琛整个人可能早就成了落汤鸡。

宋秒秒当然知道他来这里是来找自己的，虽然想装作看不见直接避开他，但上楼前的最后一刻，宋秒秒还是转身朝他跑了过去。

“靳云琛，你干吗那么傻？不知道躲躲雨吗？”

可能因为正淋着雨，此时的靳云琛眼睛里好像蒙上一层薄薄的雾气，让他整个人看起来又有了一种苍凉感。

因为身高的关系，宋秒秒在他面前显得有点矮，她只能仰望他。然后，她就看到靳云琛微微低头，缓缓地对她说：“我只是想起，我和你一起躲雨的那次。”

听到靳云琛说的话，宋秒秒愣了一下。

下一秒，她就明白了他说的是什么意思。

靳云琛说的他们一起躲雨的事，发生在宋秒秒央求靳云琛教她练习网球的那段时间。

在商场路过那个舞蹈室，听靳云琛讲了关于他妈妈的事情后，宋秒秒就对靳云琛有了不一样的印象。

不仅因为她像靳云琛的妈妈一样，以前也一直练习着舞蹈，更重要的是，那是靳云琛第一次主动讲起他家里的事，虽然只有只言片语。

所以，后来去网球馆时，宋秒秒拿出了十二分的认真学习网球，只为他们之间增进的这一点感情。

可惜，如靳云琛后来所说，宋秒秒在打网球这件事上，毫无半点天赋。

毫无半点网球天赋的宋秒秒在发觉“教练”靳云琛的神色越来越失望时，立马机灵地对他说：“那个，靳云琛，感谢你今天教我打网球，我知道这个商场对面有个小吃店，他家的糖油粑粑特别好吃，我请你去吃吧？”

不过后来他们还是没有吃成，不是因为靳云琛拒绝了她的好意，而是当他们走出商场时才发现，外面不知道什么时候下起了雨。

没带伞的人们在雨中快速地奔跑着，拿了雨伞的人走得也很急。宋秒秒正着急着该怎么过去，侧过头却发现靳云琛站在一旁，望着外面下雨的天空出神。

宋秒秒也学着靳云琛的样子望向天空，可是，除了密布的阴云和细密的雨丝，她什么也没有看到。

骚动的人群中，两个穿着网球服的少年躲在屋檐下，怔怔地看着下着雨的天空，显得有些格格不入。

“靳云琛，你在看什么？”宋秒秒终于问出了心中的疑惑。

靳云琛不答反问：“你喜欢下雨吗？”

宋秒秒如实回答：“不喜欢，下雨一点都不好玩。”但她说完后，发现靳云琛无动于衷，她扭头又问，“你喜欢？”

“嗯。”靳云琛轻轻地回答，“下雨天，可以让人特别安静。”

还没等宋秒秒弄懂靳云琛那句“让人特别安静”是什么意思，她又听到靳云琛说：“你冷吗？”

那时已是初秋，不说还好，靳云琛一说，宋秒秒还真感觉有点冷。她下意识地缩了缩手，忽然手上多了一个保温杯。

“这是我来的时候带的热水杯，你暖暖手。”

靳云琛的声音很轻，保温杯其实也已经不怎么热了，可是那一刻，宋秒秒的心里感到异常的温暖。

“下雨天这样淋雨，会感冒的。”可能是曾经的那些画面太过美好，宋秒秒觉得自己的脸有些发烫。她害怕这样的回忆，所以先从回忆中退了出来。

“给你的。”靳云琛说着，对宋秒秒举了举手。

宋秒秒这时才发现，靳云琛的手上提着一个袋子。

看到透明袋子里的那些包装袋，宋秒秒瞬间觉得自己的脸好像更烫了。因为她清楚地看到，那些全是高中时她最喜欢吃的进口零食。

“我记得你以前特别喜欢吃这些。”见宋秒秒没有接，靳云琛的手一直停在半空中。

宋秒秒几乎是下意识地咽了咽口水。靳云琛说得对，她的确很爱吃。这么一大袋子零食，以前她能一口气吃完半袋，当初靳云琛还说她是饿死鬼投胎。

但今天，她只是看了一眼那些零食，就扭头往宿舍楼走：“你也说了，那是以前。”

靳云琛永远都忘不掉，他十三岁那年靳妈妈哭泣的样子，那也是靳云琛第一看到她哭。

她本是一个优雅温柔的女人，平日里讲究穿着，画着精致妆容，根本看不出真实年纪。可是那天，靳妈妈哭得泪流满面，毫无形象。

而这一切的缘由，是靳云琛在餐桌上问起靳爸爸，下午和他一起在酒店搂搂抱抱的女人是谁。

他永远都记得靳妈妈泪流满面地质问靳南风的话——

“我放弃了最热爱的舞蹈，嫁给了你，可是你就这样伤害我！你说你究竟为什么要这样？那个女人是谁？”

而那个在靳云琛心中伟岸高大的父亲，也展现了靳云琛从未见过的一面，他烦闷生气地看着靳妈妈，说：“我只是一时冲动……你有必要这么咄咄逼人吗？”

之后那些天，原本幸福安定的一家人，无时无刻不在争吵或者哭泣。

有一次，靳妈妈哭得太过伤心，抱着刚刚放学回来的靳云琛，和他断断续续讲了很多事。

她说得最多的就是她的舞蹈梦想。

靳妈妈年轻的时候长得就漂亮，因为她从小学习跳舞，身材也很高挑。为了成为一名梦想中的舞蹈演员，她比常人付出更多的时间与精力练习，才终于加入自己心仪的舞蹈队。她在舞台上跳舞的时候，如同一位仙女下凡，她每次的演出都能获得许多的掌声与鲜花。

可就在她成为正式舞蹈演员的第二年，她遇到了靳南风。

那个为了追求她而变着花样讨好她的男人，让她很快沦陷了。

为了家庭的和谐，结婚后的靳妈妈放弃了最爱的舞蹈，全心全意照顾家庭。可是，这个让她放弃梦想的男人，却用这样残忍的方式伤害了她。

也就是从那个时候开始，原本性格就有些沉闷的靳云琛，对爱情蒙上一层深深的阴影。

所以，对于爱情，比起相同年纪的孩子心中那种懵懂的渴望，他的内心更多的是恐惧。

只是他怎么也想不到，在爸妈离婚的第二年，他就遇到了一个不一样的小女孩。

她叫宋秒秒，虽然成绩一般，可是性格活泼。这种活泼在常人看来很普通、很正常，但对于自从爸妈离婚后便越发孤僻的靳云琛来说，宋秒秒如同一丝光照进了他的生命中。

也许宋秒秒自己都不记得了，她和靳云琛第一次相遇并不是在他们成为高中同学的时候。

那还是高中正式开学的前几天，他报完了名，却没有回家，而是在操场的一角默默站着。

半个小时前，靳云霆在电话中责问他的话还言犹在耳。

靳云霆不是第一次这样质问他。从那天他在餐桌上说出了那件事，让整个家庭陷入了一种前所未有的破碎状态后，原本就疏远他的靳云霆似乎更加厌恶他了。

也许是这些日积月累的难过压抑了太久，终于在这一刻爆发，连他自己都不知道，自己的眼泪怎么就流满了脸庞。

吃着棒棒糖的宋秒秒就是那个时候出现的。

“这位同学，你怎么哭了？是不是有人因为你好看欺负你？告诉我是谁，别怕……我帮你揍他！欺负这么好看的小哥哥，还有没有天理了！”宋秒秒说着，递给了他一张纸巾让他擦擦眼泪。

靳云琛虽然接过了纸巾，但是他没有擦，也没有抬头。

后来，宋秒秒絮絮叨叨地说了很多安慰他的话，有很多他不记得了，只有一句他永远不会忘记——

“以前我也经常累得想哭，可是我妈说了，哭解决不了任何问题。来，你看看，看我一眼，我保证你就不会哭了。”

靳云琛侧过头，就看到眼前一只有着两排整齐牙齿的“小猪”正对着他做鬼脸。

那是靳云琛第一次发现，有人笑的时候能像彩虹一样灿烂。

后来，他们被分在了同一个班，可是宋秒秒似乎不认识他了一样。她接近他，似乎只是因为他成绩好、没有朋友——这样她就可以威逼利诱，让他帮她写作业。

宋杪杪不知道的是，其实当时他是故意问正在吃烤红薯的她吃的是什么。因为当时老师快来了，他怕她被老师抓个正着。

只是他没有想到，他为此付出的代价是要吃光她递过来的烤红薯。

他更没有想到，后来，宋杪杪用这些烤红薯，将他使唤成了她的小跟班。

不过，他觉得这样也挺好，毕竟他本来也就不爱交际。

宋杪杪不知道，有一个对外宣称“这人是我罩的”的人站在靳云琛前面，他的内心多有安全感。

他嘴上不愿意承认，他的行动却很真实。

比如，虽然靳云琛总是抗议帮宋杪杪代写作业的事，却每次都会默默地模仿她潦草的字迹帮她写完。

比如，在宋杪杪懊悔自己不会打网球，想为班级争荣誉的时候，他虽然看都不看她一眼，却站起来说“我来吧”，然后他把她想打败的那个人打得落花流水。

比如，宋杪杪要求他给她带他家的进口食品时，他会一边说着拒绝的话，一边多往书包里塞两包零食。

比如，高二文理分班的时候，他选择了文科。听到他的选择时，靳妈妈愣了一下，问：“你不是一向喜欢理科吗？怎么想起学文了？”

靳云琛脑海里闪现的是宋杪杪露着两排大白牙，笑得没心没肺地说她以后要成为文科霸王的样子，然后他淡淡地说：“没什么，就是改主意了。”

靳云琛永远都记得，高考结束那天，宋杪杪像一只小兔子一般跳到他跟前，急切地问：“靳云琛，你报了哪个大学？我要和你报同一个。”

和以往的每一次口是心非一样，这一次靳云琛同样回答得很不高兴，他说：“我不会告诉你的，我再也不想见到你了。”

只是这一次，他比以往任何时候都难过。

不知道是不是靳妈妈感觉到了靳云琛在她和靳南风离婚以后的变化，她决定和靳爸爸复婚。

这三年里，靳云琛确实有所变化。在家庭破碎后，他显得越发的孤独，好像整个世界都将他遗弃了一般。

靳妈妈当然不希望自己的孩子变成这样，看到靳云琛这样子，她满眼的心疼。

三年的时间，渐渐抹去了那些错误带来的伤害和疼痛。加上靳南风三年来不断地认错，努力想和靳妈妈重归于好。于是，靳云琛高三结束的这一年，靳妈妈终于答应了靳南风的复婚请求。

这也意味着，靳云琛即将跟随妈妈踏上前往美国的路，一家人重新团聚。

靳云琛知道，靳妈妈是为了他才答应和靳南风复婚。也正因为如此，他才格外珍惜眼前的这一切。

而这一破一圆的爱情，也让靳云琛从一开始就学会压制自己的感情。

他一直认为，没有相爱，就不会有伤害。

所以他对一脸开心的宋秒秒说：“我再也不想见到你了。”

他想，看不到了，也许就不会想起了吧。

靳云琛怎么也不会想到，再次看到宋秒秒，是在靳云霆发给他的照片上。

收到靳云霆发来的照片，看到被靳云霆吻住的宋秒秒，他的心一揪。

虽然照片上的女孩没有照到全脸，可是他一眼就认出了照片里的女孩是他三年未见的宋秒秒。

三年未见，她比以前大方漂亮了，也比以前更会打扮。因为宋秒秒正被靳云霆吻住，他不知道她具体的神情。

靳云霆说："秒秒的嘴唇真的好柔软，而且这还是她的初吻哦。"

靳云琛不知道发生了什么事，只是烦闷地将手机扔在了一旁。

三年未见，她早就彻底从他的生命中消失，她是她，他是他，靳云琛知道，他们只是早就没有联系的普通同学。所以，她要吻谁、和谁在一起，和他没有半点关系。

可是后来，靳云霆又隔三岔五地发一些他和宋秒秒看上去异常甜蜜的照片，并说一些挑衅的话。

——"宋秒秒以后就是我的女人了，羡慕吗？"

——"你猜猜我们去医院干吗了？"

——"秒秒说我变了，变得和高中的时候不一样了。你说，我究竟哪里变了呢？我亲爱的弟弟。"

一语惊醒梦中人，靳云琛恍然发觉，从一开始他就被靳云霆吻住宋秒秒的样子冲昏了头脑。靳云琛这才后知后觉地想明白，难道宋秒秒是把靳云霆当成了自己才和他在一起？

不知道为什么，心里有了这个想法后，他的眼睛突然一亮。

然后，他也忽然想到三年前自己的决定——看不到了，也许就不会想起了吧。

三年了，看不到，就真的不会想起吗？

如果真的是这样，为什么他没事的时候就会去街道小摊买一个烤红薯吃？

如果真的是这样，为什么他常常买一堆零食却又不吃，只是望着它们发呆？

如果真的是这样，为什么每次在看到宋秒秒和靳云霆甜蜜的照片时，他的心会那么痛？

他没有忘记，从来也不会忘记。

特别是，当那个叫陈末的男人跑到他面前，告诉他靳云霆是如何利用他的身份伤害宋秒秒时，他更加明白了，自己从来都没办法忘记那个扮成小猪哄他笑一笑的小女孩。

那是让他努力压抑却压制不住喜欢的小女孩。

所以，他又怎么愿意让靳云霆这么伤害她。

看着自己朝思暮想的小女孩即将走进宿舍楼，靳云琛终于还是担心地喊住了她："秒秒，你可以不喜欢我，但是我希望……你能离靳云霆远一些，他并不是真的喜欢你。"

宋秒秒的脚步到底还是不听使唤地停了下来。

那你呢？你是真的喜欢我吗？如果是，为什么三年前你说你再也不想看到我？如果是，为什么你一声不吭地走了三年，至今连句解释都没有？如果是，为什么偏偏选择在这个时候回来？

这些话宋秒秒很想问一问靳云琛，可是最终开口的时候，她只是淡淡地说："多谢你的好意提醒。"

"秒秒……"靳云琛还想再说些什么，可是刚开口却被另一个声音打断。

"'不是真的喜欢你'？呵，我说弟弟，你这么无凭无据地说，是不是太过草率了？"靳云霆不知道什么时候走到了他们附近，他手握一把黑色的伞，穿着黑色的衬衫，在小雨中显得那样气质出众。

不知道是不是因为了解了他们的故事，现在看到两人同时出现，连言妍都能立马分辨出谁是谁。他们的眼神和散发的气质，实在是完全不同。

宋秒秒没有想到靳云霆也会出现，让她更加没有想到的是，靳云霆似乎并不是刻意来找她的，他要找的对象，从一开始就是靳云琛。

靳云霆朝靳云琛逼近了一些，然后两眼阴冷地扫视着他。

"我不是真的喜欢她。那你呢？如果你是真的喜欢她，三年前为什么不告诉她？在我每次刺激你的时候，你为什么没有马上出现在她身边？"靳云霆的眼神像一把利剑，"靳云琛，你就是一个懦夫，自始至终都是。"

不知道是不是因为他从小到大和靳云霆的关系都很紧张，条件反射一般，在面对靳云霆这些质问时，那股从小被压抑的孤独又从靳云琛的眼里冒了出来。

他就像一个做错事的小孩子一样，眼睛里写满了自责和愧疚。

看到靳云琛的这般反应，靳云霆皱了皱眉。他以为上次靳云琛找过他以后会变得不一样，没想到还是现在这个样子。

从小到大，他最讨厌的就是靳云琛的这副表情。

所有人都叫靳云霆向自己的这个天才弟弟学习，可是当大人们用欣赏的目光看向靳云琛时，他便是这个表情，好像他的优秀是一种错误。

“靳云琛，你就只有这点能耐吗？”不知道是不是被靳云琛气昏了头，靳云霆再次朝他低喝起来。

靳云琛也不知道为什么，在面对靳云霆的这些质问时，他抬不起头，他的脑海里全是刚刚宋秒秒拒绝他的样子。

这份拒绝，好像抽空了他整个人，让他失去了在靳云霆面前骄傲的资本。

“很好，很好，既然这样，那就滚开，别在这里影响我和秒秒……”

说出这些话的时候，靳云霆心里终于也有一丝放松，毕竟，在来之前他是没有什么底气的。

连他自己都没有发现，他其实是害怕和靳云琛竞争的。

他这个冒牌货，拿什么和靳云琛竞争。

可是现在，他重新有了勇气和信心，他或许不会真的失去宋秒秒。

但是靳云霆没发现，靳云琛虽然没有说话，宋秒秒的拳头却下意识地握了起来。

说起来，宋秒秒让靳云琛做自己的小跟班，不仅是因为可以让他给自己写作业、带零食，还有一点原因她没有承认过——这样她就可以保护他。

靳云琛长得好看，性格安静，成绩好。这类型的男生会很受女生欢迎，却不一定受男生待见。

刚上高中的时候，除了宋秒秒发觉靳云琛一向独来独往没有朋友，有些不爱学习的男生也发现了。特别是，当有漂亮的女生向靳云琛暗送秋波的时候，他们便会想尽办法找靳云琛的麻烦，甚至将他拦在角落里，企图和他“谈谈”。

宋秒秒发现的时候，就像一个小霸王一般将靳云琛紧紧地护在身后。

“只有我能欺负他，谁也不行！谁要敢欺负他，我第一个和他没完！”

所以这一次，她像是又看到了以前高中时有人欺负靳云琛一样，脑袋瞬间开始充血。

“靳云霆，你不要太过分！”

听到宋秒秒为靳云琛说话，靳云霆心里紧了一下，他担心的事终究还是发生了。

但他并没有表现出这份不安，他缓缓地看向宋秒秒，声音很轻：“秒秒，你知不知道，他今天来找你，是想和我竞争，他只是拿你当成战利品？”

“那你知不知道他为什么会变成这样子？你知不知道你对他从小到大的厌恶，对他的伤害又有多大？你知不知道整个高中他是怎么过来的？”每每想起靳云琛高中时期的样子，宋秒秒就情不自禁地多了一丝心疼。

可是，在靳云琛听到她的话，向她投来目光时，她又变得冷漠起来。

准确地说，她是不知道该如何面对现在的靳云琛。

靳云霆怎么也没有想到，宋秒秒会突然替靳云琛说话。他只觉得心里某个地方被什么东西刺了一下，隐隐作痛。

“我不知道。我只知道，他只是将你当成了战利品。”靳云霆咬了咬牙，似乎在克制着自己，怕脸上会露出心里的那种痛，说完，他又看向了沉默的靳云琛，问的却是宋秒秒，“你是在心疼他，还是可怜他？”

听到“可怜”这两个字，靳云琛的眼神忽然黯淡了下去。他看向宋秒秒，似乎用了很大的力气才开口：“是可……怜吗？”

“是不是可怜，你自己不知道吗？”靳云霆抢在宋秒秒前面回答，嘴角浮上一抹笑意，“弟弟呀，你不要告诉我，事到如今，你连这些都还分不清啊？”

靳云琛没有理会靳云霆，他像是有些茫然，只凝视着宋秒秒，重复他刚刚的问题：“真的只是可怜我吗？”

“不是，不是……”宋秒秒有些混乱地摇头，“我不知道……你们不要再吵了。”

靳云霆显然没有打算停下，他问：“秒秒，我只想问你，我们相处的这些天，你难道就没有发觉一丝我和靳云琛的不同？你肯定发觉了，但是你依旧选择和我在一起，对不对？你的心里是有我的，是我，不是回忆，不是那个已经消失了三年的靳云琛，对不对？！”

“我不知道……”宋秒秒满脸痛苦地摇头，“那你呢？靳云霆，你口口声声说喜欢我，如果不是我可以被你利用来刺激靳云琛，你还会这么……”

“会。”靳云霆毫不犹豫地打断宋秒秒的问题，“会。秒秒，因为我喜欢的从来不是什么回忆，我喜欢的，是眼前这个真实的你，也只是你。”

宋秒秒没想到靳云霆回答得这么肯定和坚决，一时间竟不知道该开口说些什么。

靳云霆也没有再为难宋秒秒，他转身看向靳云琛。

“你不是想和我公平竞争吗？”靳云霆的声音再次变得冷漠起

来，“从小到大，我无论做什么都赢不过你，你知不知道，这些年来我一直被你踩在脚下，是一种什么滋味？！你别忘了，我是哥哥！我才是哥哥！可是哥哥却不如弟弟！我的心里有多苦你了解过吗？网球不是你一直引以为傲的吗？好，那今天我们就当着秒秒的面立下誓言，我们来一场网球比赛，谁输了，就永远消失在秒秒眼前。你敢吗？”

“我不是你们任何人的战利品……”宋秒秒打断靳云霆，可是两个眼睛里冒着火的男人似乎完全没有听到。

然后她就听到靳云琛沉沉的声音响起，他的回答只有一个字：“好。”

第十四章

一只悲伤的黑天鹅

“双胞胎亲兄弟为爱撕破脸，首富之子求爱也艰难”的帖子几乎是在一夜之间风靡C大的。

不知道是谁扒出了靳云琛和靳云霆是Z城首富靳南风双胞胎儿子的事，还添油加醋地写了以靳家兄弟和宋秒秒为主角的三流言情小说。

也许是越狗血的故事越受欢迎，所以这个帖子一下子就火了。

宋秒秒无意中看到这个帖子的时候，她正在上厕所。然后她就听到隔壁有人正好在议论这事——

“早就听说那个宋秒秒走了桃花运，但这也太旺了吧，真是让人羡慕啊！”

“是让人羡慕，不过我照了照镜子……发现这事不太可能出现在我身上。”

“有颜又有才，真是哪一个都不想错过啊。要是我，我也很纠结。”

“这场兄弟反目的比赛可一定不能错过啊！”

……

听着这些议论，本来就有点便秘的宋秒秒，这趟厕所上得更加不顺畅了。

宋秒秒也不知道为什么事情就发展到了这一步，她想不通，也不想再想，只是她第一次觉得，爱情是一件这么让人感到痛苦的事。

她想起靳云霆和靳云琛针锋相对的样子，觉得他们像是在用一张网将她困住。

她想挣扎，可是她发现这张网没有出口。

被这张网困住的宋秒秒打发了要陪着她的言妍，第一次想一个人安静地喝点酒。

当她踏进那家酒吧时，发现墙上的时钟指向下午三点。

宋秒秒点了一杯鸡尾酒，她喝得很急，好像希望这杯酒能让她骚动混乱的心能安静片刻。可是她安静不了，因为她记得，这个点正是靳云霆和靳云琛约定的比赛时间。

靳云霆和靳云琛的网球比赛宋秒秒当然没去，她不是任何人的战利品。

她不知道他们的战况，她也不想知道。她一杯接着一杯地喝鸡尾酒，忽然感觉身体有点冷。

这种冷意让宋秒秒很想回去睡觉，所以她起身准备结账，结果，她脚下一个不稳就撞到了一个人的怀里。

她原本是想道歉的，可是看到眼前的男人，她瞬间就怔住了，因为眼前的男人她认识。

他是陈末。

“秒秒，看来你也一样想我啊，才几天没见到我，就迫不及待地对我投怀送抱。”看清了撞到自己怀里的女孩，陈末立马眉开眼笑。

宋秒秒立马从他怀里挣开，皱了皱眉头：“你不是去法国了？”

“是啊。离开了你，我才发觉我有多喜欢你。所以，我马上就飞回来找你了。”陈末笑得邪恶，见宋秒秒的眉头皱得更加厉害，他无奈地笑了一下，“好了，其实我是因为公司有事临时回来的。但是你看，我们是多么有缘分，我刚刚下飞机，想喝一杯，就在这里遇到了你。”

“谢谢，我不想和你有缘分，请你离我远一点。”不知道是第一次连喝几杯鸡尾酒的缘故，还是宋秒秒本身看到陈末的嘴脸就觉得恶心，她只觉得自己有点想吐。

“你醉了，秒秒。”陈末当然完全没有要离她远点的意识，反倒朝她又走近了一些，“一个人在这里喝闷酒……是不是很伤心？我知道，这事放在谁身上都不会好受，可是秒秒，有个成语你一定听过，叫‘否极泰来’。等这些什么靳云霆靳云琛从你眼前消失，我就是你的‘泰’……”

“滚开，离我远一点。”宋秒秒烦躁地打断陈末。

“宋秒秒，你不要给脸不要脸！老子想泡哪个女人还没有泡不到的。”陈末终于失去了最后的耐性，一把抓住宋秒秒的手，“是不是被两个靳云琛搞花了眼，都不知道自己是谁了？”

不知道是陈末抓得太疼，还是他的这一声厉吼太过突兀，宋秒秒原本有些发晕的脑袋瞬间清醒了不少。

“你干吗？你放开我！”

“放开你……当然不是不可以。你不是不想和我在一起吗？我也不勉强你……”陈末忽然嘴角一勾，“我记得沈倦说过你以前特别喜欢他，你不想和我在一起也行，只要你当着我的面，亲他一口。要深吻哦。”

宋秒秒继续挣扎：“他不是你表哥吗？你为什么要这么羞辱他？”

“表哥？他是这样和你说的？”陈末像是听到什么好笑的笑话一样，冷笑一声，“对，我就是要羞辱他！他就喜欢以表哥自居，但在我眼里，他什么都不是。我家里有钱有势，他有什么？就因为多花了点时间在学习上，他就成为我们整个家族的荣耀？宋秒秒，你知道我为什么对你这么感兴趣吗？因为，是你让我们这个家族的荣耀成了一个笑话，成了一个落水狗……我感谢你啊！感谢得想要对你以身相许呢。你说，你要是和我在一起了，沈倦看到该有多伤心、多难过，那画面……该有多刺激？哈哈哈……”

“你真是一个变态，放开我！”宋秒秒被陈末的笑声惊得心慌，她努力挣扎，可陈末完全没有松开的意思。

宋秒秒急了，终于朝他的大腿狠狠地踢了一脚。趁着他疼痛的瞬间，她急忙挣开了他。

“你敢打我！”陈末的脸色瞬间铁青，伸手就朝宋秒秒打来。

可惜，他的手还没有落到宋秒秒身上，宋秒秒的身前就出现了一个高大的身影，陈末的胳膊也被对方伸出来的手挡下。

还没等陈末看清是谁拦住了他，一个耳光就狠狠地落在了他的脸上。

“是谁不要命了！敢……靳云霆……”

不知道是不是被对方的一巴掌打蒙了，在看清眼前的男人时，陈末怔了一下。但也是这一下，让他感受到眼前的男人散发出来的与靳云霆不同的气场，他不确定地问：“你是靳云琛？”

靳云琛没有回答他的问题，只对他狠狠地说了一个字：“滚。”

陈末当然不想善罢甘休，可是想到他调查到的靳云琛的家世，他终于还是咬了咬牙，闪到了一边。

“秒秒，你没事吧？”

宋秒秒也看清了眼前的人是靳云琛，可是不知道为什么，这一刻她竟然有一种说不出的失落。她淡淡地看向他，问：“所以是你赢了？”

靳云琛知道她问的是什么，刚想解释，宋秒秒却越过他，朝酒吧门口跑去。他听到宋秒秒有些难过的声音：“靳云琛，我不是你们的战利品！”

外面不知道什么时候下起了大雨，天色渐暗，淋着雨的宋秒秒觉得自己的身体好像更冷了。

靳云琛也很快冲了出来，这一次，他二话不说便紧紧地搂住了她。

“秒秒，你永远都不是谁的战利品。我没有去比赛。”靳云琛温柔地看着她，坚定地说，“对不起，我不该受他的刺激，答应他提出的对你这么不公平的比赛。我没有去，如果我去了，我和他又有什么区别呢？秒秒，你不是我的战利品，你是我……最害怕失去的人啊。”

靳云琛略显笨拙慌乱的眼神让宋秒秒有些失神，她将头埋进靳云琛的怀里，这些天一直压抑在心里的情感终于在这一刻爆发，她的眼泪混着雨水打湿了靳云琛的胸膛。

“可是为什么你到现在才出现？为什么过了三年才出现？为什

么偏偏是在这个时候出现……”

在酒吧里喝酒的时候，宋秒秒想起靳云琛问她的问题——“是可怜吗？”

她不知道这个问题的答案，她只知道，在她一杯一杯地喝些那些酒时，她的脑海里闪现的全是靳云霆的微笑……

是靳云霆，不是靳云琛。

靳云琛显然没有听懂宋秒秒的意思，他以为她是在指责他出现得太晚，所以他用最能表达自己心意的方式向宋秒秒表白。

在宋秒秒还没有说完的时候，他慌乱地吻住了她的唇。

生涩的吻，却霸道强烈，像是用尽他的全力，诉说他的爱。

宋秒秒闭上了眼睛，她想止住眼泪，却怎么都止不住。

宋秒秒生病了，烧到三十九摄氏度，她躺在医院的病床上，身边是紧张地望着她的靳云琛。

这一天，其实原本是全球高校友谊网球公开赛的第二场比赛，但是靳云琛没有参加，他再次当了逃兵。

昨天淋了大雨回到宿舍后，宋秒秒就直接躺下了，言妍察觉她的脸发烫，准备将她送到医院。路上她们刚好碰到前来找宋秒秒的靳云琛，于是，最终是他抱她来了医院。

“今天还有比赛，你为什么还在这儿？”看着靳云琛，宋秒秒皱了皱眉。

靳云琛坐到了她的旁边，给她喝了一杯水，这才缓缓开口：“现在我的生命中，最重要的是你。”

听了靳云琛的话，宋秒秒看了他一眼，却没有说话。

不知道是因为自己心里不确定，还是因为害怕伤害眼前这个单纯又孤独的男孩，昨天宋秒秒没有开口对他说自己当时心里的感受。

“这三年，你还好吗？”见宋秒秒没有说话，靳云琛犹豫了一下，再次张开了嘴，“像今天这样生病的话，是不是都没有人照顾你？”

听到靳云琛的话，宋秒秒有些意外。

她知道，他这是在努力地改变。

但他这样的反应，反而更加让宋秒秒有些不忍。

他从来都不是这样会主动开口说话的人，可是现在，他在改变。

“我挺好的，在这个学校有不少朋友，你知道我的性格……”宋秒秒犹豫了一下，回答说，然后问他，“你在美国怎么样？是不是还是没有一个朋友？”

“没有，也没有谈过恋爱。”靳云琛说着，认真地看着宋秒秒，突然说，“你很喜欢沈倦吗？”

宋秒秒没想到靳云琛会说起这个名字，也没想到他会知道沈倦，她愣了一下，一时不知道怎么回答。

然后她就听到靳云琛说：“我很羡慕他，能被你喜欢。”

宋秒秒也不知道为什么，在听到靳云琛说这样的话时，心里一酸，她说：“靳云琛，你别这样。”

“是真的，”靳云琛说，“你知道吗？我现在最后悔的就是三年前对你说那样的话。我从来都没有不想再见到你，我很后悔，如果三年前，我没有离开……”

“都过去了。”宋秒秒打断他，忽然很认真地说，“靳云琛，你不该当逃兵。”

靳云琛知道她这话的意思，眼神黯淡了一下，说：“我知道。以前你说过，你最喜欢看我打网球的样子。不过没关系，他今天去了。”

宋秒秒当然知道靳云琛指的是谁，她皱了皱眉，问：“所以，这是你的退让，是吗？”

靳云霆从来没有赢过靳云琛，让他赢的唯一办法，就是靳云琛不参加。

“你是在拿你最看重的网球事业来向他换我，是吗？”

靳云琛没有想到宋秒秒会这样说，但听到她的话，他的眼神闪烁了一下。

“我不知道。我只知道，我不想失去你。”

靳云霆确实参加了全球高校友谊网球公开赛的第二场对抗赛，但靳云琛不知道的是，这场比赛的结果却爆了大冷门。

靳云霆败给了之前输给他多次的霍远邵。

谁都看得出来，今天的靳云霆状态很差。

事实上，从昨天靳云琛当了逃兵没有和他进行比赛后，他的状态就很差。

与其说是差，不如说是不安。

虽然他没有去找靳云琛，责问对方为什么没有出现，但他心里清楚，宋秒秒对靳云琛的保护姿态已经在宣告靳云琛在她心里的地位了。

这一切都在无声地向他宣告——他到底不是真正的靳云琛啊。

他很想去找宋秒秒，可他第一次失去了勇气。

这种一直强撑着他、让他在宋秒秒面前努力表现得自然的勇气，在他认识到这个可怕的事实之后，终于从他心里抽走。

靳云霆从来没有这么无助过。

他失落地下场，听苏教练说靳云琛没有参加第二场对抗赛时，心里更加有一股不好的预感。

“云琛啊，虽然我不知道你和你那个弟弟还是哥哥到底怎么回事，但是你这样无疑在毁你的前程啊，你已经没有资格参加下一场比赛了，你知道吗？我们学校也失去了最后的机会……”在苏教练眼里，他依旧是靳云琛，看到他这样的状态，苏教练痛心疾首。

但靳云霆像是没有听到他的话一样，将网球拍塞到他手里，转身离开。

“喂，你去哪儿啊？”苏教练恨铁不成钢地对着靳云霆的背影高声问，想了想，又朝他高喊，“你要是想去找宋秒秒，去第二医院，她发烧了。”

听到苏教练的话，靳云霆的步伐迈得更大了。

那股强烈的不安在他的心里激荡着，果然，当他跑到第二医院找到宋秒秒的病房时，还没有推门进去，他就通过门上的玻璃小窗看到这样一幕——

靳云琛不知道和宋秒秒说了什么，然后他突然站起身来弯下腰，亲吻住了宋秒秒。

而宋秒秒，没有躲开。

看着靳云琛和宋秒秒甜蜜地吻在一起的样子，靳云霆自己都没有发现，他的手已经下意识地握紧，像一块石头一样。

她到底，还是选择了真正的靳云琛啊。

“如果我是一个坏人，你还会喜欢我，和我在一起吗？”

“裴学长，你在说什么？”言妍愣愣地看着裴之枫。

“没什么。”裴之枫说完，再次情绪低落地投入到游戏中。

其实，这不是裴之枫第一次突然莫名地问言妍一些奇怪的问题了。

这些天言妍发现裴之枫的情绪异常低落，她无时无刻不想陪在他身边，所以没课的时候，她都跑到他的宿舍来陪他。

而裴之枫自从又退出了校网球队后，似乎对什么都失去了兴趣，每天都躲在宿舍里打游戏。

看着这样的裴之枫，言妍心里越发地心疼。

那个曾经玉树临风、风流不羁的学长，似乎一日一日地颓废了。

她知道裴之枫为什么会这样，想起宋秒秒和她说的温婉的事，言妍就觉得难受。

她感觉裴之枫似乎也知道她翻过他的电脑，也就是从那之后，她发现裴之枫的情绪越发低落了。但是他从来没有问过她，这让言妍不知道是好事还是坏事。

“言妍，你是不是翻过我的电脑？”裴之枫的声音再次突然响起，让言妍惊慌了一下。

“我……”听到裴之枫的话，言妍的头低垂下去。

“我知道，我不怪你。言妍，你是一个好女孩，其实这些天我想过了，要不，我们分手吧？”裴之枫说话的时候，视线依旧没有从电脑屏幕上移开。

“不要！裴学长，我知道我不该私自动你的电脑，我……”

“不是这个原因。”裴之枫打断她，“是我配不上你。”

“裴学长，不要这样说，你……”

“裴之枫，你给我滚出来！”一声怒吼打断了言妍。

他们还没有反应过来，就看到靳云霆冲进了宿舍。

他的衣服被汗浸透，眼睛里充满了怒火，然后他不由分说地抓起裴之枫的衣领，将裴之枫抵在墙上。

“裴之枫，你这个懦夫，你们通通是懦夫！明明是你害死了婉儿，为什么你不敢承认？你害死了她，你害死了她你知道吗？你这个凶手！”

靳云霆的架势让言妍吓了一跳，她急忙上前想将靳云霆拉开：“靳云霆，快松手！你在干什么！”

可是靳云霆就像疯狗一样，不但没有松开的意思，还一拳打在了裴之枫的脸上。

这个时候，其实连靳云霆自己也分不清，他到底是在打伤害过温婉的裴之枫，还是想将裴之枫当成靳云琛，将满腔的怒火全撒在靳云琛身上。

这一刻，靳云霆的脑海里全是靳云琛吻住宋秒秒的样子。

他心如刀割。

靳云霆从很小的时候就意识到他和弟弟靳云琛的差距，不管做什么，他都比不过弟弟。考试有靳云琛在，他只能考第二；学骑车时，他刚骑平稳，弟弟已经骑得飞快了；连那些公园里不认识他们的阿姨，都只抱抱靳云琛……

这种差距，长期地延续下去，他心里滋生出莫名的自卑，但更多的是难过。

而在他一个人躲起来难过的时候，有一个小女孩会跑过来把自己最喜欢的棒棒糖递给他吃，还会拉着他的手亲切地安慰他："哥哥，你不要难过了，我给你唱歌好不好？"

那个女孩就是温婉。

那个笑起来有两个酒窝的小女孩，是靳妈妈闺密的女儿。

因为温婉的陪伴，靳云霆特别疼爱她，一直将她当成自己的亲妹妹，有什么好吃的都会留给她，有人欺负她他就第一个跳出来保护她。而温婉住进他家后，他更是将温婉捧进手心里，加倍对她好。

只是，他真的只当她是妹妹吗？

只有他自己心里知道。

也正是这种不同寻常的感情，让他在看到温婉从一个鲜活温暖的女孩变成一具冰冷的尸体时，觉得自己是多么没用。

从此他的生命中，便只剩下了一件事：让那个害死温婉的人生不如死。

也就是从那个时候开始，原本性子就有些冷的他，变得更加阴郁了。

为了找到害死温婉的人，替她讨回一个公道。他从仅有的蛛丝马迹中，将线索查到了国内C大的裴之枫身上。无奈没有直接证据，他只得再想办法。为此，他不惜威胁靳云琛，利用他交换生的身份走进C大。

只是他没有想到，宋秒秒会闯进他的生活。

靳云霆永远都记得那晚宋秒秒喝醉后的样子。那晚，她为了缓和他和裴之枫的关系，不断灌他们酒，结果却把自己灌醉了，醉酒后的她靠在他的怀里，胡言乱语——

“靳云琛，我怎么感觉，三年没见你变了好多……靳云琛，老实说，这三年里你有没有想过我？靳云琛，你追求我，是因为真的喜欢我，还是因为我可爱……不对，还是因为我当初欺负了你三年，你想用这种办法捉弄我啊？靳云琛，你的胸好像挺大……”

可能连她自己都不知道自己说了些什么，但是那晚，听到这些话的靳云霆情不自禁地开了口——“如果我真的是靳云琛该多好啊。”

听到这话的宋秒秒迷迷糊糊地抬头问：“你不是靳云琛，你难道是猪啊？”

闻到她嘴巴里呼出的带着酒味的气息，他情不自禁地吻住了她。和那次在餐厅里吻住她的感觉不同，那时候他只是为了刺激沈倦，可是这一次……靳云霆第一次知道什么叫作沉醉。

他喜欢这种感觉，所以他说：“秒秒呀，如果可以，我情愿以我自己的身份追求你。”

宋秒秒没有再说话，她早就醉得不行了，只是在听到靳云霆的话后，她迷迷糊糊地将他抱得更紧了。

是从什么时候意识到他会失去宋秒秒的，靳云霆不知道。

不是刚刚他看到靳云琛吻住宋秒秒的时候，不是那天他在赛场以一分之差输给靳云琛的时候，也不是他看到靳云琛从美国过来出现在他面前时。

当宋秒秒一点一点地占据他的心扉时，他才猛然发现，他只是靳云霆，他永远都不是靳云琛。

这种发现让他整个人都慌乱了起来。

可是他只能任由自己慌乱，什么也做不了。

他什么也做不了。

靳云霆再次狠狠地给了裴之枫一拳。

“说呀，你说呀，为什么不承认！”他嘶吼着，却更像是在无力地发泄。

“你不要再打了，裴学长这些天也一直很低落。”言妍一直想拉开靳云霆，企图站在裴之枫面前保护他。

反倒是裴之枫丝毫没有躲避，靳云霆的拳头打在他脸上，他甚至感觉不到疼痛。只是在靳云霆再次质问的时候，他突然哭了出来。

“对不起，对不起……”

“你承认是你害死了温婉对不对，对不对？你这个人渣！”不知道是不是听到裴之枫松口了，靳云霆双眼充血，更加愤怒了起来，“你这个禽兽，你居然对她做出那样的事！”

“不是我、不是我，我承认我和她在一起过。可是……真的不是我。”

裴之枫不知道什么时候已经泪流满面，而他的眼神，也慌乱如麻。

裴之枫打小就讨女生喜欢，在认识温婉之前，他也确实谈过不少女朋友。可是，裴之枫发誓，在认识温婉以后，他真的决定和温婉永远在一起。

特别是在见到她本人以后，这个决定更加强烈和坚定，因为他从来没有见过那么单纯温暖的女生。

在网上和温婉聊了三个月后，裴之枫收到温婉的邮件，她说想到来 C 大看他。这让裴之枫更加心生欢喜。

虽然谈了三个月恋爱，可是他们并没有见过面。温婉虽然也是中国人，但她几年前随家人搬到了美国，如今定居在那边，很少回国。这次她能为了见他回国，裴之枫当然兴奋不已。

裴之枫租了车，买了花，准备带温婉畅游 C 市。

两人见到对方后，完全融化在对方的眼睛里，都有一种想要以身相许的冲动。用温婉的话来说，裴之枫细心浪漫地照顾她的样子，像整个人都散发着一种光芒。

当晚，裴之枫开着租来的车，将温婉带到一处风景优美的山上，支起了投影仪放起了电影。两个人躺在车里，明月加美酒，电影加美人……人间太值得。

情场浪子裴之枫当时就向温婉表示，等他一毕业，他就去美国找她，永远和她在一起。

只是他怎么也不会想到，那个深山里，在午夜的时候，会出现别人。

歹徒是在裴之枫和温婉接吻的时候突然蒙着面冲出来的，裴之枫还没有反应过来，就被当头一棒敲晕在地。

而等他迷迷糊糊地睁开眼时，眼前的一幕让他终生难忘。只见温婉的衣服都被撕破，她头发凌乱，满脸泪水，一动不动地躺在草地上。

他当然意识到发生了什么事，他不顾头上的血，哭着爬过去紧紧地抱住温婉。可是温婉浑身发颤，一句话也说不出来。

他无法想象，在他昏厥的这段时间里，温婉是怎样的无助。

“不要怕、不要怕，婉儿，不要怕，有我在……”裴之枫慌乱地抱着温婉，他高声大喊“救命”，可是，荒郊野外，午夜时分，如果呼救有用，温婉怎么会被羞辱那么久……

他后知后觉地找手机准备报警，只是刚按下一个键，温婉就哭泣地按住了他手机。她艰难地开口：“不要报警。”

“不要报警……不要报警……”她就像一只惊慌的小鹿，无助地重复着那句话。

裴之枫放下手机，紧紧地搂住了她。

他知道，那是她最后的自尊。

温婉第二天就回了美国。

也是从那天起，裴之枫活得人不像人、鬼不像鬼。他几次想报警，可是每次想到温婉的样子，他都放弃了。温婉不愿报警，裴之枫唯一能做的，是不断安慰温婉。他痛恨这样的自己，他不但没有保护好她，连安慰都只能隔着网络和电话。

直到有一天，他忽然发现温婉将他所有的联系方式都拉黑了。

他找不到她了。

裴之枫彻底慌乱了。等他终于想尽办法找到她的另一个号码打过去时，温婉却只是用异常冷静的声音对他说："把和我有关的东西都删掉吧。"

"你要干什么？"意识到温婉的情绪不对，裴之枫紧张了起来。

可是电话那头的温婉只回答了他三个字："我爱你。"

那是裴之枫最后一次听到温婉的声音。

"后来，我打听到她……她跳楼自杀了……我害怕，我害怕警察来找我，我也不知道我为什么害怕，总之……我很乱，我就把和她有关的一切都删掉了。我害怕，对不起，我真的害怕……真的不是我……可，也都是因为我，我就是个浑蛋。你说得对，我是个懦夫，我是个懦夫……"

事实上，裴之枫后面还说了些什么，靳云霆并没有听到。

在听裴之枫说出事情的真相时，他整个人就像被抽空了一般，瞬间失去了抓住裴之枫的力气。如果不是言妍及时扶住了他，他整个人可能就跌倒在地了。

他没有跌倒在地，但说完那些话后，裴之枫整个人像是失去最后一根支柱般跌倒了。

"裴学长……"言妍将靳云霆放在一边，急忙跑过去扶起他。

裴之枫早已悲痛欲绝，他泪流满面地看着言妍，说："小妍，我配不上你的喜欢，我配不上任何人的喜欢……"

"裴学长，我不准你这样说自己。"言妍打断他的话，紧紧地搂住他，“裴学长，我会永远都陪在你身边，永远。”

言妍和裴之枫在说些什么，靳云霆没有听到，因为那个时候他满脑子都是温婉的样子——

小时候，他因为比不过弟弟而躲在角落里难过时，温婉笑着递给他一根棒棒糖的样子。

温婉即将去往美国，她坐在离开的车里朝他挥手的样子。

温婉告诉他她喜欢上一个男生时，嘴角忍不住露出幸福微笑的样子。

……

最后是，他收到消息前往停尸房后看到的，温婉躺在冷冰冰的停尸台上的样子。

靳云霆从来没有哪一刻这么无能为力，他捂住胸口，明明痛得不能自已，却又似毫无知觉。他只知道，唯一为温婉报仇的机会，彻底没有了。

再也没有了。

“婉儿，对不起，对不起……”

靳云霆瘫倒在地上，嘴巴张开，却再也发不出任何声音。

靳云霆没有再开口，他知道，这一天，他失去了所有。

C 大校网球队这两天有点愁云密布，苏教练更是满脸忧伤。

而这一切的原因是，他的头号战将靳云琛消失不见了，一同消失的还有靳云琛那个从美国过来比赛的哥哥靳云霆。

本来打算收入麾下的两大网球天才都不见了，这可急死了苏教练。

那两天所有人都在问宋秒秒同一个问题：靳云霆和靳云琛去哪儿了？

但他们并没有从宋秒秒那里得到想要的答案，因为每一个看到宋秒秒的人，都发觉她的眼里藏着深深的悲伤。

没有人知道究竟发生了什么事，大家只看到宋秒秒经常在舞蹈室练舞，她好像彻底融入了舞蹈，变成了一只黑天鹅。

一只悲伤的黑天鹅。

第十五章

他的怀抱就是她的整个世界

两年后。

C 市网球大师赛开始的时候，大大小小的视频网站都在现场直播。

欧莱集团最新产品拍摄现场的化妆室里，有一个人就盯着手机认真在看直播。

“秒秒，化好妆了吧？赶快！还看什么手机，导演来了……”穆涵推门进来的时候，宋秒秒的眼睛还盯着屏幕。

宋秒秒头也不抬地说：“再等一下，最后一个队员就要出场了。让他们等一下吧，不差这几分钟。”

穆涵无奈地叹息：“唉，人家都说经纪人最大，可是我这个经纪人却拿自己的模特没有一点办法。”

“好了、好了，我的涵涵你最好了。”宋秒秒说着，眼睛却没有一刻离开过手机。

“涵姐，秒秒姐怎么对网球赛感兴趣？我这两年做她的化妆师，发现她有事没事就喜欢看网球比赛。”化妆师小美好奇地小声八卦。

穆涵却白了她一眼，嗔道：“去，忙你的去，没事少打听。”

小美吐了吐舌头，闪身离开。

但小美一走，看着专注地盯着手机的宋秒秒，穆涵眼中却多了几分心疼。特别是当最后一个队员出现后，看到宋秒秒的眼睛里闪现一丝失望时，穆涵心里更加替她难过。

“走吧，开拍。”宋秒秒收起手机，利索地站起身来朝拍摄现场走去。

宋秒秒曾经一直以为自己将来会成为一名舞蹈演员，但她无论如何也想不到，如今自己变成了一个广告模特。

不过说起来，这事和她的舞蹈确实也有直接关系。

两年前，她在舞蹈室练习黑天鹅的舞蹈，不知道被谁拍了下来，放到了网上。视频正好被一个广告导演看到，导演找到她，对她说：

“不管是外形还是跳舞时的那种神情，你简直就和我想要寻找的模特是一个模子里走出来的，我的这个广告非你不可。”

宋秒秒原本是不想接受拍广告的邀请的，但她最终还是答应他。不为别的，只是她听说导演那段时间刚刚离婚，妻女离他而去，他失去了所有，只剩下自己热爱的工作。

这大概就是所谓的同病相怜。

宋秒秒在那个时候，也只剩下她热爱的舞蹈。

最后的结果让所有人都没有想到，特别是她自己。

她因为那一个广告，一夜之间爆红。

看过那个广告的广告商、广告导演、影视公司老板和一些影视导演，纷纷想要找她拍广告、拍电视剧。宋秒秒每天接到不知道多少个经纪公司的电话，他们都说想将她打造成下一个超级巨星。有些公司甚至派人来学校天天找她，搅得她那段时间课都没办法上。

“秒秒，也许这就是你的命。”在宋秒秒为此感到烦躁的时候，宋妈妈这样说。

宋秒秒依旧头疼。

“有些事来了，是躲不掉的。就像有些人离开了，是没有原因的。”

宋妈妈知道宋秒秒那段时间发生的一些事，只能借此机会安慰她。

听到宋妈妈这样说，宋秒秒愣了。

人的命运真的早已经被注定了吗？

宋秒秒不知道。

但不知道是不是宋妈妈的话被宋秒秒听了进去，再有经纪公司来找她时，她答应了。不过，她有一个要求——她要找一个熟悉的人做助理。

这份工作按理说非言妍不可，毕竟宋秒秒不是真的想要个熟悉的助理，她只是不敢一个人面对一个陌生的圈子。她也想借机带言妍一起出道。

宋秒秒也确实找过言妍。

可是言妍拒绝了她。

“对不起秒秒，我可能……没办法去。”当言妍说完后，宋秒秒才发现，言妍和自己一样，憔悴了不少。

那时候宋秒秒才想起，那段日子，她们都沉浸在自己的悲痛当中，她似乎很少见到言妍。

她确实见不到，因为那个时候，言妍经常去医院照顾裴之枫。

向靳云霆说了事情的经过之后，原本就情绪低迷了很长一段时间的裴之枫似乎更加低迷了。他吃不下、睡不着，连最喜欢的游戏也不玩了。

见到裴之枫这种情况，言妍当然不放心，便硬拉着他来到医院检查。

结果，听到医生的检查报告以后，言妍的心瞬间提了起来。

裴之枫患了中度抑郁。

“我打算陪他去他们老家，一边静养一边治疗。”言妍告诉宋秒秒，“我正准备找个时间和你说的。”

宋秒秒皱了皱眉，问：“你不后悔？”

“如果我这个时候离开他，才会后悔。”

看着言妍坚定的眼神，宋秒秒给了她一个紧紧的拥抱。

“那你要照顾好自己呀。”说完这句话以后，宋秒秒才发现自己的眼睛湿润了。

“你要保重。”那是言妍最后对她说的话。

那天，送言妍和裴之枫坐上离开的汽车后，宋秒秒站在车站久久没有离去。那个时候，她忽然有点羡慕言妍的勇气。

穆涵就是在宋秒秒头疼的时候出现在她面前的。

“我可以吗？”穆涵开门见山地对宋秒秒说。

宋秒秒当然知道她指的是什么事。

“你为什么要帮我？”

“你忘了？我一直想和你成为朋友。对了，我们现在是朋友吧？”

宋秒秒对穆涵微微一笑：“当然。”

穆涵并非只是说说而已，她用行动证明了她是真心想帮宋秒秒的。

不到两年的时间，她便从一个什么也不懂的助理做到了业内有名的经纪人。

所以这两年里，她是宋秒秒最感激的一个人。

只要是穆涵帮她接下来的广告，不管她喜欢不喜欢，她都会去完成，并且在拍摄现场百分之百地投入。

不过，今天的宋秒秒却第一次在拍摄现场出现了失误。

“秒秒……秒秒……”导演不断在喊愣在原地的宋秒秒，但后者像是没有听到一样，站在原地一动不动。

因为，一直将耳机偷偷戴到耳朵里听着这场C市网球大师赛的宋秒秒忽然听到——

“美国UC俱乐部的查尔斯突然申请暂停，像是身体不舒服。现在由候补队员靳云霆上场。”

听到那个名字，宋秒秒便立马怔在了原地。

靳云霆……是你吗？

“秒秒，怎么回事？”发觉到异常的穆涵急忙走上前来，却发现宋秒秒的神情不对。她不知道发生了什么事，立马对导演抱歉地说：“导演，不好意思。秒秒最近有点不舒服，不如大家先休息一下，等秒秒调整一下再拍吧？”

回到化妆室的宋秒秒从口袋里拿出手机，在看到屏幕里的那个人时，穆涵瞬间就明白了她为什么会出现这样的异常。

只见视频里，穿着一身网球服的靳云霆正在赛场上激烈地和对手打球。

他用左手发球，猛烈而强势。

宋秒秒就那样一动不动地看完了这场比赛，直到靳云霆最终战胜了对手，她都一言不发。

穆涵正想开口说些什么，只见刚要下场的靳云霆忽然被记者拦住了。

记者：“首先恭喜靳先生赢得这次比赛，但是我看靳先生打球的时候似乎并不太开心，请问是因为对手实力太强，赢得太艰难吗？”

“没有，我只是想到了一些故人。”

“故人？听起来靳先生对这里很熟悉？”

“其实这不是我第一次来C市，两年前，我在这里失去了我最爱的人。”

“最爱的人？”记者马上嗅到新闻的味道，继续引导他，“那你现在面对着镜头，有没有想对那个人说的话？”

靳云霆不知道是有意还是无意地抬头看了一眼镜头，就在记者期待地看着他时，他却淡淡地回答：“没有了。”

之后，宋秒秒再次以出了名的高效率完成了广告剩下的拍摄工作，导演很满意，所以庆功宴的时候，他频频向宋秒秒举杯表示感谢。

其实宋秒秒是不喝酒的，从两年前戒酒以后，她无论参加什么活动都以茶代酒。

但是今天，她喝了一杯又一杯。

这让导演更加开心。

但穆涵明显知道宋秒秒是不开心了。

“秒秒，想去找他的话，就去吧。”穆涵将宋秒秒拉到一旁，递给了她一杯热水，“这两年你不是一直在等他？”

可宋秒秒只是将热水当酒大口大口地喝着，根本没有回答。

穆涵有些不忍，但她犹豫了片刻，还是将心中那个疑惑了很久的问题问了出来：“秒秒，其实这两年来我一直想问你，当初你为什么拒绝了靳云琛啊？我一直以为，你喜欢的人应该是他。”

宋秒秒看了看窗外闪烁的霓虹灯，再次喝下一口热水，然后说：“其实，我也一直以为我喜欢的是靳云琛。”

两年前她和靳云琛在病房里的场景，似乎还在眼前。

当靳云琛在病房里说完那些话，突然吻住宋秒秒时，宋秒秒愣了一下，终究还是推开了他。

“靳云琛，对不起，对不起……”

听到宋秒秒的话，靳云琛皱了皱眉。

“我也一直以为我喜欢的是你，”不知道是不是这些天压抑的心情终于控制不住，宋秒秒的眼泪忽然喷涌而出，“可是后来我才知道，我伤心不是因为他冒充了你，仅仅只是因为他欺骗了我。我在乎的是他欺骗了我，不是因为他不是你，你懂我的意思吗？其实这些天以来，我的脑海里全是他的样子。甚至直到刚刚，你吻我的时候，我的脑子里也全是他吻着我……”

靳云琛没想到宋秒秒会是这样的反应，他心里有些慌乱。但听完了她的话，那股慌乱就变成了悲痛。沉默半晌，他只是缓缓吐出三个字：“我懂了。”

其实宋秒秒不知道，这个结局，靳云琛是有想过的。

只是当一切真切地发生时，他还是觉得心里被什么东西猛烈地撞击了一下。

“靳云琛，对不起……”

看着脸色苍白的宋秒秒，又看了看自己握着她的手，终于，靳云琛还是不舍地松开了她。

他伸出手，想要给她擦一擦眼泪，但他的手在快接近她的脸时，终究还是停在了半空中，没有放上去。

他张了张嘴，很想再说些什么，但最终还是什么也没说出来。

“秒秒，如果一开始就是我回来和你重逢，是不是就不会是今天这个结果了？”他转身走到病房门前，终于还是站定，鼓足了勇气问了她最后一句话。

“我不知道。”宋秒秒的声音有些哽咽，“对不起，我不知道。”

这一次，靳云琛终于没有再停留，他打开门，走了出去，没有回头。

看着他的背影，宋秒秒只觉得心里恍恍惚惚的。

窗外的风突然吹了进来，带着一股淡淡的寒意。外面原本晴朗的天空，好像要下雨了。

“既然如此，这两年来，你为什么不去找靳云霆？”听了宋秒秒的话，穆涵将她手里的热水换下，主动递给了她一杯酒。

“我不知道。也许，是害怕。”宋秒秒喝了一杯酒，再次陷入了回忆。

宋秒秒不是没有找过他。

两年前，当靳云琛离开后，她几乎马不停蹄地跑去学校找靳云霆。

可是，教室、公寓、网球馆，哪里都没有靳云霆的身影。

哪里都没有。

所有人都问她靳云霆去了哪儿，没有人知道，她其实才是最想知道答案的那个人。

他的电话关机，公寓被搬空。

他彻底消失在宋秒秒的生命中。

宋秒秒再也没有找到过他。

当她想向靳云琛打听一下靳云霆时，才发现连他也消失不见了。

宋秒秒也是在那个时候才现，除了电话号码和微信号，她对他们依旧一无所知。

“我去一下洗手间。”不知道是回忆太过艰难还是喝多了酒，宋秒秒觉得胃里有些不舒服，她放下酒杯朝洗手间跑去。

可能是跑得太急，她没有看清洗手间指示牌便推门走了进去。

下一秒她就怔住了。

因为恰好从洗手间里走出来的人，是个男人。

还是一个她熟悉的男人。

“靳云……霆？”

宋秒秒怎么也没有想到，她和靳云霆会在这里相遇。

此时，有个男人冲进来，看到宋秒秒，他立马又退出去，再进来时他露出疑惑的眼神，问：“这到底是男厕所还是女厕所？”

没有人回答他。

时光仿佛在这一刻静止，宋秒秒有些恍惚。

两年没见，她都不敢确定眼前的人究竟是靳云琛还是靳云霆。以前那个高傲邪魅喜欢勾着嘴角看着她坏笑的男人，如今眼睛里似乎蒙上了一层薄薄的雾，眼神像她熟悉的那个靳云琛拥有的。要不是他身上的网球服印着的“靳云霆”三个字，当初一眼就能分辨他们兄弟二人的宋秒秒也不敢确认。

但是下一秒，看到这样的靳云霆，宋秒秒心里又闪过一丝不一样的感觉。

原来这两年他也过得不快乐。

如果是因为离开了她他才过得不快乐，那么她愿意他有这样的不快乐。

看到靳云霆，她有一万个问题想问他——

这两年你究竟去了哪里？

为什么走得无声无息，连一声告别都没有？

你口中的那个最爱的人是谁？

……

可是她还没来得及开口，靳云霆就先开了口，他一动不动地看着她，淡淡地说：“好久不见。”

“好久不见。”宋秒秒愣了一下，才开口回应。

可是，靳云霆说完这四个字，就从她身上收回了视线，准备离开。

宋秒秒也不知道自己为什么会突然慌乱地喊住了他：“靳云霆，你没有什么想对我说的吗？”

靳云霆终于还是停下了脚步，他重新看了她一眼，风轻云淡地说：“你走错洗手间了。”

宋秒秒差点吐血……

“果然，和喜欢的人在一起，会让人容光焕发。”看见宋秒秒精致的妆容和打扮，靳云霆突然说。

宋秒秒皱了皱眉，问：“靳云霆，你什么意思？”

“秒秒，你知道吗？从小我就不如我弟弟，各方面都不如。成绩比不过他，打网球也从来不是他的对手，就连喜欢的人，我也抢不过他。”靳云霆的声音再次带上了疏离感，“原本我还担心你和他在一起会过得不好，现在看到你过得这么好，看来是我想太多了。”

可是他的话让宋秒秒更加迷惑，她说：“我听不懂你在说什么。”

“怎么？不敢当着我的面承认和靳云琛在一起，是怕再次伤害我？宋秒秒，你太小看我了。这个世界上，谁都不可以，唯独你，可以一次一次地伤害我。”

“你以为我一直和靳云琛在一起？”看着靳云霆的样子，宋秒秒像是突然想到了什么。

靳云霆冷笑道：“这需要我以为？”

宋秒秒再次皱眉：“是他这样告诉你的？”

“从两年前我就再也没有见过靳云琛。”

“什么？”

“别误会，不是因为他抢了我最爱的人，我没勇气面对他，我不过只是进了专业的网球俱乐部进行了为期两年的封闭式训练。我也没那么小家子气不待见他，说到底，我毕竟是他哥哥，不是吗？”靳云霆语气不屑，再次对宋秒秒勾起了嘴角，那个笑容是宋秒秒所熟悉的。

靳云霆说得轻松，却把宋秒秒完全说愣住了。

她只感到心上被人放上一块巨大的石头，大石头死死地压住了她。

她终于听懂了，靳云霆两年没有来找他，是因为他以为自己和靳云琛在一起了。

“我也从两年前就再也没有见过他。”说出这句话，宋秒秒几乎用尽了全力。

“什么？”这一次，看到宋秒秒丝毫不像开玩笑的样子，靳云霆震惊了。

“我也从两年前就再也没有见过他。”宋秒秒像是用尽了全力，一字一句地重复。

说完以后，她看到靳云霆眼睛里的不可思议和惊慌，他说：“可是两年前，我明明看到你们……”

但靳云霆终究没有再说下去，这一刻，他感觉自己像是从缺氧的密室里逃了出来，呼吸都变得舒畅了。

他很想冲过去抱一抱宋秒秒，但他终究还是没敢这样做。

宋秒秒和靳云霆依旧站在原地，只是这一次，他们眼睛里有彼此的影子。

穆涵发现，宋秒秒上了一趟洗手间回来以后，整个人都容光焕发起来。

“怎么去了那么久？我还以为你掉厕所里了。”话还没说完，她就发现宋秒秒的眼睛里藏着笑意，她问，“在厕所里捡钱了？怎么笑得这么甜？”

宋秒秒咬了咬嘴唇，说：“我刚刚碰到靳云霆了。”

“什么？他来找你了？在哪儿？”穆涵说着，向宋秒秒身后望去。

“男厕所。”

穆涵一头黑线：“好吧，你赢了……”

“不是……重点是，原来他一直以为我和靳云琛在一起，所以才没来找我。”

“你的意思是……”

虽然话还没说完，但穆涵看到宋秒秒已经重重地向她点了头。

“太好了！秒秒，你终于守得云开见月明。我就说嘛，有情人会终成眷属的。不过他人呢？”穆涵朝洗手间的方向张望。

“被他同事喊走了。”宋秒秒说着，有些羞涩地看向穆涵，“你说，要不，这一次，我主动出击，怎么样？”

这个想法，是当宋秒秒发觉靳云霆误会了她两年后，第一个从脑海里跳出来的。

她不想再失去靳云霆，她确实喜欢他。

但很显然，有主动出击这个想法的人不止宋秒秒一个。

为了逮住这个让宋秒秒想念了两年的男人，在宋秒秒计划主动出击之后，穆涵便为她开始筹备。她打听到靳云霆第二天还有一场比赛，所以她为宋秒秒制定的计划是这样的——

“明天靳云霆的对手实力我打听过了，还不如今天他打赢的那个英国选手，所以明天他肯定是会赢的。而你……你就在他的比赛场外等着他。到时候我先找人在他出场的赛场口铺满玫瑰花，你再穿着一身漂亮的衣服，站在中间，手捧一束大红花等着他凯旋。他一出来，你就大声对他说‘靳云霆，我爱你，娶我吧’……你觉得我这个计划怎么样？”

穆涵的话刚说完，她就被宋秒秒一把推开，宋秒秒说：“别闹，那也太张扬了，再把他吓跑了怎么办？”

“是你说要主动出击的。要不然你想怎么办？”

宋秒秒其实也没有想过怎么主动出击，她只是害怕再错过靳云霆，她思考了一下，才淡淡地说：“我就还是站在他出场的赛场口，但既不铺花也不捧花，就在他出来的时候，和他表露一下心意。”

听完宋秒秒的话，穆涵嘴角一撇：“我说宋秒秒，见到靳云霆，你怎么变得小心翼翼起来了呢？”

宋秒秒对她笑笑：“大概，因为害怕失去吧。”

于是，C 市网球大师赛的第二天，许多观众就看到当红广告模特宋秒秒穿着站一身漂亮的衣服站在赛场外面。

有很多记者发现了宋秒秒的身影，他们很想过去采访一下，问她为什么此时出现在这里，但他们都被穆涵的人拦住了。记者无奈，但敏锐的嗅觉让他们注意到这不同寻常的状况，所以，虽然他们没有走过去，但还是时刻盯着这边的一举一动。

终于，比赛结束了。当靳云霆出现在宋秒秒面前时，记者们也都骚动了起来。

看到靳云霆的那一刻，宋秒秒的心里忽然慌乱了起来。

也是那一刻，她终于体会到当初靳云霆在舞蹈比赛后台等着她出现时的心情。

原来等着喜欢的人出来，是这样紧张又甜蜜啊。

宋秒秒吸了一口气，努力让自己看起来平静一些。可是她怎么也没有想到，她还没有来得及开口，靳云霆就先朝她走了过来。

“秒秒，刚好你在这里，我正想要找你。”说完，他对远处的穆涵和手拿摄影机的记者们说：“不好意思导演，麻烦借给我两分钟的时间。”

宋秒秒愣了一下才明白，原来靳云霆以为她是在拍广告。

“靳云霆，你要干吗……”

“秒秒，如果我不来找你，你是不是永远都不会来找我？”靳云霆凝视着宋秒秒，突然情绪有些失控，“对不起，我实在控制不住自己。自从昨天听完你说的话，我才知道自己有多愚蠢。我竟然错过了你两年！秒秒，这两年，我太想你了。”

“靳云霆，我……”宋秒秒正要顺势对他表白，却被靳云霆再次打断。

“秒秒，你先别说话，听我说。这一次，我不是靳云琛，我就是靳云霆，我用我自己的身份重新追求你，你可以再给我一次机会吗？”

当记者们纷纷拍照录像时，他们都发现，在网球界新星靳云霆的深情告白下，当红广告模特宋秒秒的脸一点一点地泛起了红色。

“这是大料啊！我说宋秒秒这两年怎么什么绯闻也没有，原来真命天子在这儿啊。”

“我听说，这网球新星好像还是宋秒秒的高中同学。”

“哇，还是青梅竹马的初恋！劲爆啊！”

……

记者们一边兴奋地讨论着宋秒秒和靳云霆的关系，一边多角度拍摄着他们，而听完靳云霆这句话的宋秒秒却怔在了原地。

几乎就在靳云霆说完的那一瞬间，她的眼泪喷涌而出。宋秒秒心里有千言万语，可是她张开嘴，发现自己发不出任何的声音。终于，她一头埋进了靳云霆的怀抱里，千言万语只变成了三个字——“我愿意”。

“靳云霆，我愿意。”宋秒秒吸了吸鼻子，终于说出了话，“其实我今天来，就是想告诉你。靳云霆，我也很遗憾我错过了你两年，我也很想你。”

靳云霆没想到宋秒秒会同样激动地回应自己，他紧紧地将她搂在怀里，深情道：“我以为我这辈子就这样彻底失去你了，对不起秒秒，我回来晚了。”

这一刻，宋秒秒觉得靳云霆的怀抱是这个世界上最令她安心的归处。

他的怀抱就是她的整个世界。

“不会。”宋秒秒的声音坚定无比，“你永远都不会失去我。”

托记者的福，当红广告模特宋秒秒的恋情第一时间就曝光了。

经纪公司知道后，对她的经纪人穆涵大发雷霆：“你是怎么当经纪人的？你知不知道曝光恋情对艺人来说是大忌！”

穆涵却奋力和公司对抗：“幸福的事，原本就不该瞒着。”

说完话，她翻了翻自己的手机通讯录，手指停到“沈倦”两个字上，终于还是没有拨出去。

“宋秒秒人呢？她可还有一大堆工作没完成呢！”自从宋秒秒的恋情曝光，她就好像失踪了一样，经纪公司怎么都找不到人，他们只得找经纪人。

对于公司的质问，穆涵却不当一回事，她笑了笑：“她呀，应该在海滩上晒太阳吧。”

在穆涵说话的同时，马尔代夫的沙滩上，穿着泳衣的宋秒秒躺在靳云霆的怀里，正优哉游哉地喝果汁。

“啊，两年了，两年我都没有休息过。靳云霆，感谢你把我从工作的苦海中拯救了出来。”宋秒秒说着，对靳云霆甜蜜地笑了笑。

“我也是。”靳云霆温柔地抚摸着宋秒秒的头发，“你不知道这两年我过的什么日子。只有让自己不停地打球，累得喘不过气来，才不会想你想得那么难受。”

听了靳云霆的话，宋秒秒凑上去给了他一个吻，郑重道：“靳云霆，我答应你，以后无论你在什么地方，无论你在做什么，只要你想我，我就会立马出现在你眼前。”

靳云霆没有再说话，他用一个激烈的吻回应着她。

“对了，靳云霆，两年前你为什么突然不告而别啊？是不是如果我真的和靳云琛在一起了，你就永远也不会再见我了？”一吻结束，宋秒秒突然抬头问他。

“不会的。你知道我为什么选择封闭式训练吗？”靳云霆认真地看着她。

“为什么？”

“我就是为了要打败靳云琛。从小到大，我从来没有赢过靳云琛一次，我连网球都打不赢他，又拿什么来和他抢你？”

听了靳云霆的话，宋秒秒心里一甜，问：“打败他，对你来说有那么重要？”

靳云霆坚定地看着她，说：“有。打败他以后，我就再也不怕他来抢你了。”

宋秒秒再次紧紧地抱住他，柔声说：“靳云霆，我是你的，谁也抢不走。”

碧海，蓝天，夕阳，晚风，温柔无比。

宋秒秒从来没有觉得人生还可以这样幸福。

如果不是靳云霆突然说出了那句话——

“秒秒，你是不是永远都能分清我和靳云琛？”

“靳云霆，你什么意思？”

“没什么，就是害怕你有认错的时候。”

听到靳云霆的话，宋秒秒愣了，问：“你在说什么？难道你不是靳云霆？你……你是靳云琛？”

靳云霆却嘴角一勾，将她压倒在身下，反问道：“你猜呢？”

——未完待续——

与
可爱先生
的每一天

2020 年历

JANUARY 1

日	一	二	三	四	五	六
			1 元旦	2 腊八节	3 初九	4 初十
5 十一	6 小寒	7 十三	8 十四	9 十五	10 十六	11 十七
12 十八	13 十九	14 二十	15 廿一	16 廿二	17 小年	18 廿四
19 廿五	20 大寒	21 廿七	22 廿八	23 廿九	24 除夕	25 春节
26 初二	27 初三	28 初四	29 初五	30 初六	31 初七	

鼠年吉祥

国民系可爱先生

FEBRUARY 2

日	一	二	三	四	五	六
						1 初八
2 初九	3 初十	4 立春	5 十二	6 十三	7 十四	8 元宵节
9 十六	10 十七	11 十八	12 十九	13 二十	14 情人节	15 廿二
16 廿三	17 廿四	18 廿五	19 雨水	20 廿七	21 廿八	22 廿九
23 二月	24 初二	25 初三	26 初四	27 初五	28 初六	29 初七

国民系可爱先生

MARCH 3

日	一	二	三	四	五	六
1 初八	2 初九	3 初十	4 十一	5 惊蛰	6 十三	7 十四
8 妇女节	9 十六	10 十七	11 十八	12 植树节	13 二十	14 廿一
15 廿二	16 廿三	17 廿四	18 廿五	19 廿六	20 春分	21 廿八
22 廿九	23 三十	24 三月	25 初二	26 初三	27 初四	28 初五
29 初六	30 初七	31 初八				

国民系可爱先生

APRIL

4

日	一	二	三	四	五	六
			1 愚人节	2 初十	3 十一	4 清明
5 十三	6 十四	7 十五	8 十六	9 十七	10 十八	11 十九
12 二十	13 廿一	14 廿二	15 廿三	16 廿四	17 廿五	18 廿六
19 谷雨	20 廿八	21 廿九	22 三十	23 四月	24 初二	25 初三
26 初四	27 初五	28 初六	29 初七	30 初八		

国民系可爱先生

MAY 5

日	一	二	三	四	五	六
					1 劳动节	2 初十
3 十一	4 青年节	5 立夏	6 十四	7 十五	8 十六	9 十七
10 母亲节	11 十九	12 二十	13 廿一	14 廿二	15 廿三	16 廿四
17 廿五	18 廿六	19 廿七	20 小满	21 廿九	22 三十	23 闰四月
24 初二	25 初三	26 初四	27 初五	28 初六	29 初七	30 初八
31 初九						

鼠年吉祥

国民系可爱先生

JUNE 6

日	一	二	三	四	五	六
	1 儿童节	2 十一	3 十二	4 十三	5 十四	6 十五
7 十六	8 十七	9 十八	10 十九	11 二十	12 廿一	13 廿二
14 廿三	15 廿四	16 廿五	17 廿六	18 廿七	19 廿八	20 廿九
21 父亲节	22 初二	23 初三	24 初四	25 端午节	26 初六	27 初七
28 初八	29 初九	30 初十				

国民系可爱先生

JULY 7

日	一	二	三	四	五	六
			1 建党节	2 十二	3 十三	4 十四
5 十五	6 小暑	7 十七	8 十八	9 十九	10 二十	11 廿一
12 廿二	13 廿三	14 廿四	15 廿五	16 廿六	17 廿七	18 廿八
19 廿九	20 三十	21 六月	22 大暑	23 初三	24 初四	25 初五
26 初六	27 初七	28 初八	29 初九	30 初十	31 十一	

鼠年吉祥

国民系可爱先生

AUGUST 8

日	一	二	三	四	五	六
						1 建军节
2 十三	3 十四	4 十五	5 十六	6 十七	7 立秋	8 十九
9 二十	10 廿一	11 廿二	12 廿三	13 廿四	14 廿五	15 廿六
16 廿七	17 廿八	18 廿九	19 七月	20 初二	21 初三	22 处暑
23 初五	24 初六	25 七夕节	26 初八	27 初九	28 初十	29 十一
30 十二	31 十三					

鼠年吉祥

国民系可爱先生

SEPTENBER 9

日	一	二	三	四	五	六
		1 十四	2 中元节	3 十六	4 十七	5 十八
6 十九	7 白露	8 廿一	9 廿二	10 教师节	11 廿四	12 廿五
13 廿六	14 廿七	15 廿八	16 廿九	17 八月	18 初二	19 初三
20 初四	21 初五	22 秋分	23 初七	24 初八	25 初九	26 初十
27 十一	28 十二	29 十三	30 十四			

国民系可爱先生

OCTOBER 10

日	一	二	三	四	五	六
				1 国庆节	2 十六	3 十七
4 十八	5 十九	6 二十	7 廿一	8 寒露	9 廿三	10 廿四
11 廿五	12 廿六	13 廿七	14 廿八	15 廿九	16 三十	17 九月
18 初二	19 初三	20 初四	21 初五	22 初六	23 霜降	24 初八
25 重阳节	26 初十	27 十一	28 十二	29 十三	30 十四	31 十五

国民系可爱先生

NOVEMBER 11

日	一	二	三	四	五	六
1 万圣节	2 十七	3 十八	4 十九	5 二十	6 廿一	7 立冬
8 廿三	9 廿四	10 廿五	11 廿六	12 廿七	13 廿八	14 廿九
15 十月	16 初二	17 初三	18 初四	19 初五	20 初六	21 初七
22 小雪	23 初九	24 初十	25 十一	26 感恩节	27 十三	28 十四
29 十五	30 十六					

国民系可爱先生

DECEMBER 12

日	一	二	三	四	五	六
		1 十七	2 十八	3 十九	4 二十	5 廿一
6 廿二	7 大雪	8 廿四	9 廿五	10 廿六	11 廿七	12 廿八
13 廿九	14 三十	15 冬月	16 初二	17 初三	18 初四	19 初五
20 初六	21 冬至	22 初八	23 初九	24 平安夜	25 圣诞节	26 十二
27 十三	28 十四	29 十五	30 十六	31 十七		

鼠年吉祥

国民系可爱先生